金牌虎妻 1

風文創 927

橘子汽水 著

目錄

序文

橘子汽水

前公司裡有個女同事特別愛做手工藝，像是刺繡、針織、編織之類的。

有一年得知閨密要結婚，我為送新婚禮物而發愁。除了大大的紅包，還要有一份能代表我的心意，又是特別有意義的禮物，這樣才對得起我們多年情誼。

某天午休時，我看見女同事正在一塊白布上畫圖，是可愛的小動物和小花小草，畫完圖，她取出自己的針線包，開始用繡線勾勒圖樣。

不一會兒，白布上有了圖形，很是生動，好看又有趣。

我忽然靈感一閃，如果親手做一件繡品，不就能代表自己的心意？

於是，我向同事討教了適合手笨的人做的手工藝——十字繡。

一開始，我充滿雄心壯志，直接上網訂購一套適合送給新婚夫妻的繡樣，但收到繡樣時，整個人傻眼了。

這真是一個大工程啊，看著賣家的教學影片，糊里糊塗的我，連落針、走位都錯了，也不知道分繡線，繡出來的樣子慘不忍睹。

但我不服輸，我是手笨，可不能腦子也笨，於是再次點開影片，一幀一幀的研究，還找資料來看。經過多方練習，終於讓我學會了在別人看來十分簡單的十字繡。

最終，這件繡品，花了兩年的時間繡好了。

禮物沒能趕上閨密結婚的日子，但這份心意讓她很感動。

不過，這次經歷，引起了我對刺繡的興趣，為此買了一些相關的書，看各種教學影片，還買了繡繃、針線、各種工具，開始了我的刺繡生涯。奈何實在沒有天賦，只能當作消遣。

寫《金牌虎妻》是個意外。

靈感來自另一篇作品的主角，一隻凶巴巴的貓和一隻紙老虎，當時有個情節將他們性格對調，於是有了這篇故事的發想。

沈迷於刺繡卻手笨的我，便將刺繡大師的技能賦予女主角，帶著我的快樂，行走在筆下的世界。

我們經常有想做，卻做不好的事。作者比起一般人，多了能用筆去創造替代我們完成夢想的世界的能力，彌補一些遺憾。

希望我的故事能帶給大家快樂。

第一章

大和隆平三年。

西坊街向來是平江城最熱鬧、繁華的一條街。

街道兩旁突出的綠瓦長簷下，店肆林立，酒館、茶樓、食肆等門口，此起彼伏的招攬聲不斷，客人進進出出。外面走道空處被依地擺攤的小販們占據，吆喝聲與招攬聲交相呼應，走街穿巷的挑擔貨郎與行人熙熙攘攘。

行人時而腳步匆匆、時而頓足揀貨，一時間家長裡短、討價還價聲不絕於耳。

遠處突然竄出三五孩童，身著破爛衣裳，手上各拿了破盆子，慌慌張張地高聲呼叫。

「娃霸回來了！已經到西門橋了！」

離他們最近的小販熟練而又麻利地將鋪蓋上的花鈿、頭花、絹花一收，再朝報信的乞兒盆裡扔了半個饅頭，就往身後的小巷跑了。

有人帶頭，其他小販雖不及他反應快，但也毫不遜色。

逃跑的小販們都不忘給乞兒們一些吃食或銅錢。

「老天爺！不是才走三日嗎？怎麼這樣快就回來了？」說話的是個穿著灰色粗布衣的婦人，她的攤子零碎東西多，因為害怕，一時手忙腳亂，收拾不及。

「哎喲，早知道我就聽碼頭搬貨漢子的話，今天不出來了！」婦人旁邊的是賣小菜的小販，經常混跡在碼頭幫閒苦力裡，消息比較靈通。

「他說什麼？出了什麼事？」又有個賣豆花的婦人好奇過來問道。

「聽說他娘子前兩日去滿香樓買胭脂，不知怎的撞著頭，血流了一地呢！」知情的人搶先說道。

「那滿香樓豈不是要倒楣了！」

「不過滿香樓見點血也好，上次我兒媳婦買了盒口脂，竟然要價一兩半，你說這價錢過不過分！」

「喂，你們怎麼還聊開了呢？」其他路過的小販聽了一句，著急道。

「哎喲！快走吧，等下午鬧了，我再去妳家串門子。」兒媳婦被坑的婦人對灰衣婦人說道，也急匆匆跑了。

一時間，熱鬧的街上，人已去了大半，剩下的要麼是身強力壯的男子，要麼是有點背景，根本不怕惡霸的。

乞兒們的盆裡全滿了，帶頭的乞兒見已無甚可收，眼珠滴溜溜轉了轉，小手一揮，帶著兄弟姊妹去了滿香樓。

乞兒們到了滿香樓，在門口叫了一圈。「娃霸來了！」

滿香樓的羅掌櫃氣極，卻也無法，只好吩咐夥計給錢，才把他們打發走。

小乞兒們得了好處，立時散開，一溜煙消失在巷口裡。

駕！駕！駕！

乞兒們一消失，街口處傳來馬蹄聲，數匹快馬呼嘯而來，揚起一片塵土。領頭男子身著一身黑色勁裝，外面披湛藍繡金底暗紋披風，很是英姿颯爽。

但瞧見他那張比女子還細白、嫩滑的臉，實在讓人不舒坦，直在心底嘟囔，這身材該是英武霸氣的長相，卻成了看起來像十五、六歲的娃娃臉。

男子整日走街打馬，不做正事，與三教九流打交道，是城中一霸。又長了張娃娃臉，所以當地百姓背地裡都叫他娃霸。

馬兒跑得快，有些不肯撤的攤子遭殃，貨品倒了，攤主不想多事，只得認栽。

「他真的去滿香樓了！」躲在旁邊看熱鬧的行人，撲撲身上的灰塵，翹首望向馬兒奔跑的方向。

「走走走，看熱鬧去！」

「呵！你膽子真大！」

「哎呀，娃霸走了三天，城裡都沒什麼樂子了，他回來，當然要去看熱鬧。」說話的人乃是城裡幫閒，整日瞎晃，和他口中的娃霸區別在於，人家比他能打，外加有個當官的爹。

「你真是看熱鬧不要命！」勸他的人被他說得心動了，跟上他，往滿香樓去。

喬勐勒馬一躍而下，大步流星跨過滿香樓的門檻。

「羅掌櫃，爺看在跟你家三公子在臨江有些交情的分上，才一直沒動滿香樓，夠給面子了，可你們滿香樓就是這麼對我的？」

他說著，用馬鞭在櫃檯上一抽，鞭風掃過羅掌櫃的鼻尖，嚇得他連連後退。鞭子沒落在他臉上，而是落在櫃面，抽得算盤筆墨之類的東西全落地，發出悶響。

墨汁濺上喬勐的衣襬，他不但不氣，反而樂了。「得，我這衣服也髒了。」將衣服的帳也算在滿香樓頭上。

「喬二爺，您這一來便是興師問罪，小的也不知滿香樓是哪裡得罪了您。」羅掌櫃一邊說、一邊使眼色讓夥計去縣衙叫人。

孰料，喬勐是有備而來，直接命人攔住門，店裡的人一個也不許放出去。

「羅掌櫃真是貴人多忘事！」喬勐懶洋洋的聲調轉為狠戾，直接又是一鞭，將羅掌櫃身後多寶槅裡的寶瓶抽碎了。

店內人俱是一驚，喬勐是平江出了名的惡霸啊。

「是尊夫人的事？」羅掌櫃倒吸一口氣，問得小心翼翼。

唉，他是一千個不願意喬家娘子在這裡出事的，可是誰叫這位夫人也是個嬌蠻性子，直接跟彭縣令的千金搶東西呢。

彭縣令家的大姑娘潑辣，兩人一言不合便打起來，最後以喬家娘子撞破頭暈厥，彭大姑娘落荒而逃告終。

「這怎麼能怪小店呢？」羅掌櫃有些委屈，可只是有些，因為他確實沒盡到店家的責任，及時分開兩人。

羅掌櫃是月前被遣來平江的，剛到這邊便聽聞喬勐的名聲，特地去信臨江，向好友打聽這位喬二爺在喬家的地位。

好友回信說，喬勐在喬家並不受喬太守看重，雖是長房二公子，卻是庶出，而且生性頑劣，故不得嫡母和父親的喜歡。

所以，當日出事時，羅掌櫃沒有去摻和，畢竟比起臨江府太守家不受寵被丟到平江這個小地方的庶孫，他當然選擇幫著當地的縣太爺了。

「哼，別急，誰都逃不掉！」一想到他家娘子破了相，喬勐心裡就難受。

嫡母向來不喜歡他，父親也只會嫌他惹是生非。待他到適婚的年紀時，隨便挑了個對他毫無助力的小吏家女兒塞給他。

他本是不樂意的，想攪黃這樁婚約，孰料初見小娘子，便被她的好顏色吸引得挪不開眼，遂認了婚事。

這才成婚一月有餘，他家娘子便破相了！

喬勐冷笑，娃娃臉上怒意盡顯，在鋪子裡轉了一圈，對他的手下們說：「給我砸！」

羅掌櫃大呼。「使不得啊！」

那些人哪裡理會他，清脆的破碎聲接連而起。

此時，蘇婉頭上戴了一條湛青抹額，捧著繡繃坐在簷下杌子上，繡著錦帕。繡針在她的纖手下，一勾一拉一挑轉間，蝶戲蘭花圖便栩栩如生地躍然於帕上。

「娘子歇歇吧，養養眼。」陪著她坐了一下午的乳母姚氏說道，遞了碗茶給她。

「乳娘，我無事的，頭已經不疼了。」雖是這般說，蘇婉還是放下繡繃，接過姚氏的茶，輕輕吹了吹，抿了一口，味道淡而香。

姚氏見狀，著實欣慰，她家娘子醒來後，看著倒是懂事了不少。

蘇婉打量姚氏的神色，便知她所想，在心中默默嘆口氣。這位乳母大概怎麼也想不到，她家娘子在兩日前換了芯子了。

現在的蘇婉在出差途中出了車禍，醒來後變成古代的蘇婉，接收她的記憶。

蘇婉前世是個三十多歲、沒談過戀愛的單身女子，到了這裡卻是一位新婦。蘇婉沒有不滿，倒覺得挺省事的，就是她的丈夫貌似風評不太好。

結合原主的記憶，在她看來，她的丈夫就像她養過的哈士奇。

精力旺盛，總是想鬧騰，實則聰明，但叛逆不服從，所以人們覺得他愚笨，行事又像熊孩子。

「婉娘子，不好了！」管家喬福站在內院的月亮門外，急聲朝裡面叫道。

「乳娘，妳去看看出了什麼事。」蘇婉聽到動靜，並未直接出去。這家的規矩也亂糟糟的，該立一立了。

「是。」

姚氏應下，喊正收拾房間的銀杏出來，讓她照看蘇婉。

「福管家，出了什麼事，你為何在此喧譁？」這管家是喬勐嫡母放在他身邊的家生子，平常對她和蘇婉的人都是愛搭不理。

「哎喲，二爺回來了，正帶人砸滿香樓呢！」喬福那雙精明的小眼睛裡，滿滿的都是幸災樂禍。

姚氏一驚。「什麼？」

「現在整個平江城都傳遍了，您還是讓婉娘子去管管吧，要是傳到老太爺和老爺耳朵裡，可不得了，下個月的月錢，咱們都別想拿了。」要不是為了月錢，喬福才不會來稟報。

「二爺他……」姚氏剛想問喬勐為何要砸人家鋪子時，突然想到，前兩日她家娘子就是在滿香樓出事的。

二爺是在為娘子出氣？

可……自兩人成婚後，並不怎麼說話，二爺為何要替她家娘子出氣，姚氏想不明白。

不過喬勐是個行事孟浪、摸不透的人。姚氏想著，不再搭理喬福，轉身快步回了院子。

「娘子，不好了！」

「乳娘，妳怎麼同福管家一般行事了？」蘇婉放下剛拿起的繡綳，笑著說道。

「哎喲，我的好姑娘，您別戲弄我，是二爺出事了。」

蘇婉站起來。「出了什麼事？」

「福管家說，二爺正帶人砸滿香樓！」

「滿香樓？」蘇婉感覺這名字有點熟悉。

「就是您前兩日出事的地方。」姚氏回道。

蘇婉一聽，便朝屋內走，道：「銀杏，幫我把那件湖綠色褙子拿出來，我換上就出門。」對著鏡子理妝，剛要摘抹額，想了想，沒有取下，又吩咐身後的姚氏。「快去備車。」

她說完，進了屏風後，在銀杏的幫助下，換了衣裳。換完衣裳，她進內室將存銀錢的匣子拿出來，點了點薄薄的家底，搖頭嘆氣。

這是她和喬勐所有的家產了。

她這位官人倒不藏私，每日日落歸家都會交上五兩、十兩的銀錢，次日出門，再從她這裡領一、二兩的零用。

平江城歸屬臨江府管轄，與臨江城隔了一條平運河，是喬家祖籍之地。

喬勐素來不喜詩書，少時上學堂只是為了不至於成為白丁。他嚮往江湖生活，想成為江湖遊俠，可以舞刀弄槍，自由自在。

生於一般人家，這願望說不定能達成，可他到底生在喬家，喬家是官宦之家，怎可任他肆意妄為，污了喬家名聲。

不過，喬勐這人天生反骨，越不讓他做，他偏要做，臨江做不了，他就來平江。短短三、四年的工夫，他在平江臭名昭著，儼然變成紈袴、惡霸。

喬勐不以為意，還常常自得。

所以，他一成婚，便被他的嫡母，也就是喬家大太太黃氏，以看守祖宅的名義，讓他帶著新婚妻子蘇婉來了平江。實則是為絕後患，把他們分出去。

不過，為了名聲上過得去，黃氏每月給他們月銀，只是什麼時候送，送多少，全看黃氏的心情。

祖宅，他們是沒資格住的，幸好喬勐在平江「奮鬥」多年，手下有些兄弟，平常城裡商販、店家多有孝敬，好歹湊出了一間能住人的三進小院。

蘇家對喬勐與黃氏的齟齬早有所聞，但對方出身太守府，來求娶小吏之女，他們連拒絕的機會都沒有。

蘇母到底心疼閨女，把姚氏一家給了蘇婉，作為陪嫁。

喬福是不可用的人，蘇婉剛進門，喬勐便問她，姚氏的丈夫蘇長木可不可用？得到肯定的答案後，外院的事，喬勐多交給蘇長木父子。

「都要用午膳了，娘子怎麼要出門？」蘇長木見自家婆娘急匆匆來找他，開口便讓他備車，不由問了一句。

姚氏只得解釋，蘇長木一聽也急了，趕緊去馬房拉來家裡唯一一輛破爛的馬車。

「我叫上根兒，不能讓姑爺吃虧！」兩日前，他家娘子被抬回來時，他嚇壞了。他們夫妻倆的命是蘇家救回來的，蘇婉也是他們自小看著長大的，對她的感情自然不一般。

「好好好，娘子快到門口了，你快去吧！」姚氏是婦道人家，最怕這些打打殺殺之事，這會兒既擔心她家娘子，又擔心不省心的姑爺。

交代完蘇長木後，姚氏便回內院尋蘇婉了。

這會兒，蘇婉抱著錢匣子，帶著銀杏往外走，正好撞上在後廚充當廚娘的白果。

「娘子，要用午膳了，妳們這是要去哪兒？」

「姑爺跟人在滿香樓打起來了！」銀杏代蘇婉說道。

銀杏倒是沒什麼感覺，在她看來，喬勐是該把滿香樓的人揍一頓，誰叫他們那天不幫她家娘子，害得蘇婉流了好多血。

「啊？那我去拿燒火棍！」之所以讓白果負責廚房，不是她廚藝好，而是這丫頭有一把力氣。

「哎……」白果跑得太快，蘇婉沒來得及叫住她。但轉念一想，也好，搡人有工具了。

等她們出了正門，蘇婉在白果的攙扶下爬上馬車，回頭對趕來的姚氏說：「乳娘，妳就不要去了，幫我看院子。」

這一走，內院沒人，她可不放心喬福啊。

姚氏聽了蘇婉的話，立即明白她的意思，連連點頭，交代銀杏和白果兩句，便退下了。

白果把燒火棍牢牢抱在懷裡，和銀杏一起爬進車內，貼著蘇婉坐下。

蘇長木帶著兒子蘇大根在前面駕車，風風火火地準備去幫他們家姑爺了。

第二章

這時，喬勐正坐在滿香樓裡，悠哉悠哉喝著茶。

滿香樓外面圍了三三兩兩的百姓，他們看不到裡面，喬勐砸店的時候，命人把門關了。但百姓看熱鬧的熱情是無法想像的，哪怕聽個動靜，都能津津樂道。

屋裡一片狼藉，碎瓷片、胭脂水粉灑了一地，幾個夥計縮成一團，在牆角瑟瑟發抖。

羅掌櫃被兩個人押著癱坐在地，衣裳凌亂。

「我看這平江城裡，也就滿香樓的胭脂水粉勉強配得上我家娘子。」喬勐吹了吹指甲，漫不經心地對羅掌櫃說道。

羅掌櫃發著呆，今天被這惡霸一鬧，店裡損失起碼百兩銀子，他怎麼跟東家交代！

喬勐見羅掌櫃不吭聲，也不在意，伸腳踢他。「羅掌櫃，你倒是給句話啊？」

羅掌櫃當然知道喬勐想要好處，他倒不是不能作主，而是不願意。

一個無權無勢的庶子，憑什麼！

「喬二爺，這事小的作不了主，還請您等我回稟東家。」

「喲，拿你東家來壓我？好啊，我等著。」喬勐不跟他囉嗦，直接遞眼色給押著羅掌櫃的手下。

兩個手下跟隨喬勐不少時日，自然懂得他的意思，知道下一步該怎麼做了。

另一邊，蘇婉坐在破爛的馬車裡，被顛得骨頭都快散架，腦子裡只有一個想法，等她有錢，第一個就把馬車換掉。

「木叔，我們現在到哪裡了？」蘇婉坐慣現代交通工具，實在受不了這馬車，他們家又沒有轎子，以後出一趟門，豈不是要散一次骨架？

「娘子，我們已經進了西坊街，再過一會兒就到滿香樓。」蘇長木回道。

「木叔，你停一下。」蘇婉撩起車簾，發現街上的人雖不算多，可馬車也不怎麼好走。

蘇長木聽了吩咐，立即停車。

車一停，銀杏和白果率先下車，準備在下面扶著蘇婉。

蘇婉推開她們，自己跳下來，把兩個丫鬟嚇了一跳。

「娘子！」

「沒事，我身體好著呢。」蘇婉轉身，對蘇長木說：「木叔，你讓大根駕車過去，我們用走的。」

她再也不想坐這馬車了，循著記憶，往滿香樓走去。

兩個丫鬟對看一眼，趕緊跟上。

蘇長木吩咐兒子兩句，也加快腳步追上去。

走到一半，有人認出了蘇婉。

「婉娘子！婉娘子！」

聽到有人在後面喊她，蘇婉回頭，點了下愣在原地的銀杏。

銀杏回神，趕緊上前。「你是何人？為何叫我家娘子？」

那人面對幾個弱女子，當然一點也不怕，指著剛剛被喬勐和他的人打馬撞翻的攤子，道：「這是喬二爺幹的，妳說要怎麼辦？」

蘇婉甚少出門，但平江城裡認識她的人不少，她從這攤前走過，那小販便認出她來。

小販不知道蘇婉的為人，只是抱著試試看的心思，叫住了她。

「你說是我家二爺撞的，就是我家二爺撞的嗎？」銀杏聽了他的話，立即反駁。

「喂，妳這毛丫頭！這街上的鄰里，都可以幫我作證！」

「是啊，就是娃霸！」幫腔的人不小心把喬勐的外號說出來，趕緊捂住嘴。「是喬二爺約莫半個時辰前帶人騎馬撞的，我家攤子也是，那幾家也是！」接連指了好幾個攤子。

人嘛，有一個敢出頭，其他人見狀，自會蜂擁而起，紛紛說起喬勐的惡行。

蘇婉越聽，眉頭越緊，她的官人整日在外面都幹了些什麼事？他每天交回來的錢，該不會都是這條街的保護費吧？

「大家少安勿躁，我就是來尋我家官人的。待我尋到他，定給各位一個交代。」

熊孩子，就是欠管教！

蘇婉心中怒火起，給了受害攤主們一個口頭交代，轉身就往滿香樓走，眼角餘光瞥見白果懷裡的燒火棍，伸手一抽，握在手上。

「娘子！」白果一驚，趕緊跟上。

「哎喲，這可不成！」蘇長木一拍大腿，趕緊去攔蘇婉。

蘇婉將他往旁邊一推，快步上前。「木叔，你別攔著，我有分寸。」

蘇長木畢竟是蘇家家僕，得聽蘇婉的話，只好讓開，跟在蘇婉身後。

「喲，這就是娃霸家的娘子？長得這麼漂亮啊！」

「你看她是不是去滿香樓？哎呀，她手上拿著棍子做什麼？」

「不會去幫娃霸砸滿香樓吧?!」

「不過娃霸真是有福氣，這娘子真標緻！」

那些竊竊私語，蘇婉權當沒聽見，這會兒她就像是因為孩子在學校打架鬧事，被老師叫來的家長。

很快地，蘇婉到了滿香樓。大門關著，門口圍了些人。

「白果，木叔，叫門！」蘇婉提著燒火棍，對正門一指。

「是！」白果捋起袖子，立即上前擠開看熱鬧的百姓，拍打滿香樓的門，大聲喊道：

「姑爺，娘子來了！」

圍觀百姓被她這一嗓子喊得身軀一震。

白果喊完，趴在門上，聽著裡面的動靜，細細碎碎的挨痛呻吟，隱隱約約在門後響起。

突然，門上一動，門從裡面打開，白果沒站穩，順勢往裡倒。

喬勐見一個人影倒過來，反應非常快地往旁邊一跳。

白果摔進去，與被打成豬頭的羅掌櫃四目相對。

「大白天的叫魂呢？差點嚇到老子了！」喬勐拍拍胸口，蹙眉嫌棄道。

「官人。」蘇婉閉了閉眼，讓銀杏趕緊去扶白果，走到喬勐面前。

喬勐眼一瞇，有些驚訝。「娘子，妳怎麼來了？」

「我不來，你今日要如何收場？」蘇婉提著燒火棍，走進樓裡，瞧見了豬頭羅掌櫃。

這人咎由自取，蘇婉倒不可憐他，而是覺得喬勐的做法傷敵一千，自損八百，更遑論牽連無辜的百姓。

「他讓妳破了相，我就讓他也破！」

喬勐很生氣，伸手要去摸蘇婉額上的抹額，想看看她的傷勢。

蘇婉側身避讓，用手中的燒火棍抵住喬勐的手。「你還沒回我話！」

喬勐抬手格開棍子，滿臉不解。「娘子這是何意？妳在他店裡受了傷，我來討個公道而已，何須收場？難道娘子要白受罪不成？」

蘇婉擁有的是現代社會依靠法治維護自己的觀念，喬勐這般行事，人家將他告上衙門都可以，本是他們有理，現在卻變成做錯事的人了。

「公道自然要討的，但不是這般討。」蘇婉掃了門外瞪著一雙雙八卦眼睛的百姓一下，低聲道了句。

這裡不是個好說話的地方。

「那是哪般？」喬勐很委屈。成婚以來，蘇婉從沒這樣跟他說過話，挺有生氣的，依舊好看得不得了。

蘇婉嘆口氣，在心裡搖搖頭，走到羅掌櫃面前，讓押著他的兩個手下走開。

兩個手下是喬勐出來混的好幫手——蠻子和九斤，向來只聽喬勐的話，聽到蘇婉的吩咐也不敢動，齊齊看向喬勐。

喬勐不知道他娘子要做什麼，對蠻子和九斤擺擺手，兩人這才放開羅掌櫃。

羅掌櫃一被放開，立時爬起來，往門口走去，捂著臉大聲嚷嚷。「豈有此理！你們眼裡還有沒有王法了？光天化日之下竟然公然打人砸店！你們……」

蘇婉不想聽他聒噪，直接把手裡的燒火棍往他手裡一塞。「是，這是我家官人不對，你現在可以打回來。」

在大家錯愕的目光中，蘇婉將喬勐拉到羅掌櫃面前。

「娘子妳……」喬勐想說她是不是瘋了，見她美目一瞪，不知怎的，寒毛立刻豎起來。

但最懵的當數羅掌櫃，拿著燒火棍傻愣愣站在那兒，怎麼做都不是。

他不想打喬勐嗎？他當然想，可他不敢，這是平江城裡數一數二的惡霸啊！

「婉娘子，這不好吧？」羅掌櫃害怕，感覺有陰謀。

蘇婉不動聲色，拿過羅掌櫃哆哆嗦嗦握在手裡的燒火棍，以迅雷不及掩耳之勢，轉身抽在喬勐身上。

喬勐避之不及，頓時嗷嗷叫。

「姑爺！娘子！」

蘇長木與銀杏、白果在一邊急得直跳腳，這打下去，以後他們家娘子的名聲可怎麼好？

喬勐怎會任由蘇婉打他，躲開來，就要往門口跑。

蘇婉喝道：「木叔，攔住他！」

蘇長木沒辦法，只好去堵門，本想把門也關了，可聚集的人越來越多，不少人死死抓著門，不讓他關上。

有好戲看啊，堵在門口的百姓興奮極了。

「嗷，娘子，妳這是做什麼？」

喬勐在鋪子裡跑了幾圈，見蘇婉追他追得氣喘吁吁，都冒汗了，頓時心軟，停了下來。

這下讓蘇婉逮到機會，按住他就是一頓亂棍。

雖然女子力氣不及男子，可打得多了，還是會痛的，而且喬勐不知道自己為什麼要挨這頓打，心中也起了怒火，一把握住燒火棍。

「妳這個潑……」

渾話到了嘴邊，見蘇婉因追趕他而紅撲撲的漂亮小臉，怒氣頓時消了。

「娘子對我有什麼不滿，說就罷了，為何一言不合便要動手？」他從不打女人，也不屑跟打女人的男人來往。

蘇婉收起棍子，撐著腰喘口氣。這傢伙體力真好，跑了這麼久，氣都不喘。

她額頭上的傷可能裂開了，開始抽疼。

蘇婉沒理喬勐，側身對上站在旁邊、張大嘴巴不敢亂動的羅掌櫃。「羅掌櫃，我已經替你打了我家官人一頓，你消消氣吧。」又去喊喬勐。「二爺，還不過來向羅掌櫃道歉。」

「憑什麼？我不！」白白被娘子在眾人面前打了一頓，喬勐已經聽到外面的人在譏笑他，說他懼內了。

「那就由小婦人給羅掌櫃賠個不是。」蘇婉知道，要喬勐向羅掌櫃道歉是不可能的，但她能屈能伸，直接對羅掌櫃福身行禮。

羅掌櫃趕緊避讓。「婉娘子，使不得！」畢竟她還是喬太守府的孫媳婦。

「那羅掌櫃是原諒我們二爺了？」蘇婉直起身，笑著問道。

「啊？這……」羅掌櫃一時不知道怎麼回答才好。

「羅掌櫃不願意？那定是我家二爺挨的打不夠多！」蘇婉說著，立即又揚起燒火棍。

喬勐傻了。

「不不不，婉娘子，別打了，這不是折煞羅某嗎？」羅掌櫃趕緊抓住木棍，苦著臉道。

「那羅掌櫃要如何才能原諒我家二爺呢？」蘇婉再次收了棍，問羅掌櫃。

「為什麼要他原諒？老子打就打了！」喬勐滿臉不高興，他家娘子怎麼老是護著這個讓她破相的人。

「二爺，你現在不說話的好。」蘇婉聲音溫溫柔柔，說出的話卻一點都不溫柔。

喬勐跳腳，又氣又覺得沒面子，指著蘇婉，想要放點狠話。「妳妳妳……」

蘇婉朝他輕輕一瞥，他立時閉了嘴。

他家娘子真好看，尤其是瞪他的時候，以前怎麼沒發現呢？

羅掌櫃見蘇婉鎮住喬勐，鬆了口氣，指著鋪子裡的狼藉道：「婉娘子也看到了，喬二爺不只打了我，還砸鋪子。羅某只是區區管事，二爺高興打就打了，可這鋪子的損失……」

蘇婉了然地點頭，笑了笑，道：「我明白，鋪子裡的損失，自然由我們來承擔。」

羅掌櫃捂著豬頭，露出挨打後第一個真心的笑容。喬家娘子真是明事理，嫁給喬勐這種人，真是糟蹋了。

「多謝婉娘子體諒。」

「那羅掌櫃是原諒我家二爺的冒犯了？」蘇婉又問一句。

「呃……實乃誤會，二爺也是心疼婉娘子。」羅掌櫃說得不情願，可蘇婉答應賠償，他也不敢真在明面上跟喬勐對上。

「是啊，我家二爺就是因為太心疼我，衝動之下，才對羅掌櫃做了此事。」蘇婉說著，用手扶了扶頭上遮傷用的抹額，身子不穩地晃了晃。

「娘子！」銀杏叫了一聲，想去扶蘇婉，可有人比她快了一步。

喬勐眼疾手快地半攬住蘇婉。「娘子，妳怎麼了？」

「二爺，我頭好疼……」

剛剛生猛得能揍人的蘇婉，這會兒竟虛弱地半躺在喬勐懷裡，這反轉，讓圍觀百姓的下巴都要掉了。

不過眾人覺得，蘇婉是真的頭痛。

「唉，應該是那日在滿香樓裡被彭大姑娘推倒的傷還未好。」蘇婉讓喬勐扶著她，面對百姓而坐。「二爺，你幫我看看，是不是傷口又裂了？」

她說著，當著眾人的面解下抹額，傷口果然裂了，滲出點點血跡。

事關女子容貌，眾人倒吸一口冷氣。

喬勐更是怒不可遏，抬起手，現在就想去彭府把人逮出來揍一頓！

「大夫說，現在可能要留疤了。」蘇婉解下身上的繡帕，按了按眼角。「若是醫治及時，也許不會如此，可那天羅掌櫃，唉……

「小婦人和二爺人微言輕，比不上彭大姑娘，不能怪羅掌櫃不出來主持公道，也沒及時請大夫……怪就怪我命不好，不該在彭姑娘前面訂了最後一盒桃香口脂。」

蘇婉說到傷心處，靠在喬勐身上。見他光顧著生氣，沒有說話，伸手在他暗處擰了下。

喬勐一痛，回過神來。他剛剛正想著怎麼對付彭縣令家的人，都出事兩、三天了，連個道歉都沒有，不就是看低他只是太守府的庶孫嗎！

他不笨，結合蘇婉的話語，自然明白她的意思，立即招來白果，讓她扶著蘇婉。

「九斤！去請個大夫來！」

「好！」九斤長得十分壯碩，身子一立，說著就往門口走，扒開人群。「諸位讓一讓，我家婉娘子又被滿香樓的人氣得流血了，我要去找大夫！」

站在後面、看不見裡面情況的，頓時被他的話驚著了。「哎喲，這婉娘子和滿香樓真是孽緣喲，每次來都要見點血。」

「這滿香樓真是的，上次我就說了，在你店裡買東西起爭執，不調解就算了，還任由一方打人，這就不對了啊！」

「你還真敢說，彭家大姑娘就是女子裡的娃霸，不可說，不可說！」

「但滿香樓也沒辦法啊，人家是縣令的千金……」

「那也不能眼睜睜看著彭大姑娘去打婉娘子吧？」

「聽說當時血流了一地，滿香樓愣是沒人去請大夫。如果不是她家丫鬟來了，婉娘子恐命喪滿香樓……」

當日，是銀杏陪蘇婉出門的。

進了滿香樓後，蘇婉說想吃來福樓的綠豆酥餅，便讓銀杏去買，故而只有她一個人在店裡挑胭脂。

蘇婉也聽到外面的議論，暗嘆一聲，原主還真命喪此地了，必須為她討個公道。

羅掌櫃被說得老臉一紅，騎虎難下，心中懊惱不已，早知道當日就不冷眼旁觀了，可他也沒想到，彭縣令家的大姑娘如此凶悍吶。

「婉娘子，實在對不住。」羅掌櫃彎腰作揖。

「羅掌櫃折煞小婦人了。二爺也真是的，怎麼非要去請大夫，快跟羅掌櫃算算賠償的事。」蘇婉有氣無力地說著。

喬勐一撩衣襬，沈聲道：「羅掌櫃算吧！」

羅掌櫃頓感不妙，但喬勐的目光像要吃人，也只好算了起來。

第三章

一會兒後，羅掌櫃的損失還沒算出來，九斤便領了大夫進門。

「二爺，婉娘子，大夫來了！」

老大夫進門後，看看傷口，又把了把脈，面容嚴肅道：「婉娘子後腦的傷，瘀血還未消，今日實不該出門的，應該再多休養幾日。等會兒我再開個方子，回去服用。額前的傷救治時已經耽誤，如今傷口又裂，恐要留疤。」

喬勐一聽，登時急了，他就愛他家娘子這番容貌，留了疤可怎麼辦！

「大夫，可有法子除疤？」

蘇婉也被老大夫的話嚇一跳，哪個女子不愛美，真留了疤如何是好？

這老大夫出自城內最大的醫館，醫術頗佳，捏了捏修得極雅的山羊鬍對蘇婉說：「也不是沒有祛疤的法子。」

蘇婉還未反應，站在一旁的喬勐先樂了起來，但一聽就知道這老頭顯然在賣關子，便急道：「還不快快把法子給爺說出來！」

「喬二爺少安勿躁。」老大夫沒有生氣，不緊不慢地收起藥箱。

蘇婉摁住又要跳腳的喬勐，心裡明白老大夫手裡應該有什麼祖傳秘方，前世的電視劇裡都是這樣演的。

「老先生莫要怪罪，我家二爺是個急性子，實是掛念我，才出言不遜。先生若有秘法，但說無妨。」

老大夫微微一笑。「確實，小老兒不才，有祖輩為宮廷御醫，曾傳下專治疤痕的膏藥，此乃不外傳之秘法。」

蘇婉聽了，心中一樂，這不外傳的說法，不知給多少達官貴人說過了。面上不顯，直接問：「那這膏藥要價幾許？」

老大夫挺直身子，自豪道：「值千金！」

喬勐怒目圓瞪。「這麼貴?!」

門外圍觀的百姓也沸騰起來，嘰嘰喳喳議論著這嚇死人的膏藥錢。

蘇婉倒是沒被嚇著，又掐了喬勐一下。這傢伙怎麼一點出身太守府的氣度都沒有，看來以後要好好教育了。

這次，喬勐沒再因吃痛叫出來，而是順手抓住自家娘子的手捏了捏，這手真軟、真細！

哎喲！他又被掐了一把。

蘇婉沒理會得寸進尺的喬勐，用帕子按了按臉頰，淡淡道：「先生如何保證，花了這千金，便可讓肌膚修復如初？」

「若不能，小老兒一分銀錢都不要，任憑二爺和婉娘子處置。」老大夫昂首挺胸，他正是用這秘方在醫館立下招牌的。

「有老先生這句話，我便放心了。」蘇婉撐著喬勐站起來，向老大夫行了個禮，又對在櫃檯埋頭苦算的羅掌櫃說：「羅掌櫃，您剛剛也聽見了吧？」

被點名的羅掌櫃一臉茫然地抬起頭。「什麼？」

蘇婉的頭有些暈，點了點喬勐。「還是讓二爺與羅掌櫃說吧。」

喬勐腦袋瓜子一轉，瞬間明白他家娘子的意圖，臉上浮現笑意，襯得娃娃臉可愛極了，看得蘇婉手癢癢的，好想捏一把。

「羅掌櫃，這位大夫說了，我家娘子的臉要想恢復如初，需千金！我家娘子是在滿香樓出事的，我也不是愛計較的人，可她受了驚嚇，我為這事趕回來，耽誤了生意，那可是上千兩銀子的買賣。」

喬勐提起他的生意，那叫一個鬥志昂揚和氣憤，好似真有一樁大生意跑了一般，把羅掌櫃唬得一愣一愣的。

「這樣吧，看在你家三公子的面上，滿香樓賠我三千兩銀子就好。」

羅掌櫃一聽，頓時急了。「三千兩？你怎麼不去搶！」

喬勐板起臉，惡狠狠地瞧著羅掌櫃。「我要是想搶，還由得你在這裡上躥下跳？」

「咳咳，二爺，你怎麼能這樣說。」蘇婉咳了一聲，斥責喬勐兩句，轉過頭，溫溫婉婉地問羅掌櫃。「羅掌櫃，店鋪裡的損失可算出來了？」

羅掌櫃道：「算出來了，喬二爺砸壞的胭脂、香粉等等，共六百一十二兩。另外寶瓶一只五十兩，筆墨桌椅二十兩，合計六百八十二兩。」

蘇婉點點頭。「二爺，你看這銀錢算得可對？」

喬勐對算這些也不在行，更不清楚胭脂水粉的價錢，眼睛一轉，在門口圍觀百姓裡瞧見了滿香樓的同行，直接把人拎出來，核算一遍，最後把銀錢壓到五百兩。

「這樣吧，咱們也添一點，算五百五十兩。在三千兩裡扣掉五百五十兩，羅掌櫃只需再給我家二爺兩千四百五十兩即可。」蘇婉拍板定下。

羅掌櫃懵了。

看熱鬧的百姓再次發出驚呼，這逆轉太厲害了！

「羅掌櫃，今日小婦人頂著傷出來，一來是為了我家二爺，二來也是為了您。」

羅掌櫃無言了。「為我？」為了訛我錢來的？

此時，大夫幫蘇婉重新包紮好額頭的傷，白紗布上有點點血跡，顯得她羸弱不堪，楚楚可憐。

這下，百姓們跟喬勐都忘了她剛剛手持棍棒打人的凶狀。

「難道羅掌櫃想讓趙家仗勢欺負太守府孫媳的名聲傳遍臨江府？」蘇婉慢聲細語。

她本就生得好，如盛放芙蕖，加上此般不急不躁的舉止，更顯得氣度不凡，讓人覺得不愧是太守家的孫媳。

羅掌櫃一聽，心中如起了驚濤駭浪。是啊，再怎麼樣，喬勐也是太守府的人，哪怕不受寵，依然是太守的孫子。

他的東家身分雖也不低，但不會想和喬家交惡。

想到這裡，他不由雙腿發軟，眼見就要跪地。

「我與二爺也不是那般不饒人之人，咱們以後還要在平江生活，抬頭不見低頭見的，總要相處，各位鄉親你們說對不對？」蘇婉說著，問了門外的百姓一句。

眾人連連點頭附和。「是啊是啊！」

蘇婉對著眾人莞爾一笑，有幾個不頂事的年輕人，直接捂了胸口嗷嗷叫。

喬勐不滿地站到門邊，擋住他們的目光。這麼好看的娘子，是他的！

「所以，小婦人有個提議，羅掌櫃是否願意聽一聽？」

羅掌櫃現在明白了，這婉娘子哪是來幫他的，分明是來把喬二爺摘出去，然後訛他，失算失算哪！

「婉娘子但說無妨。」

蘇婉道：「大家想必也知我家二爺生性豪放，喜行俠仗義之風。」

眾人目瞪口呆。蘇婉說的是誰？是他們認識的喬二爺，娃霸嗎？

蘇婉低著頭，沒有去看其他人的眼神，只顧傷心地說：「家裡實是拿不出買膏藥的錢，只要羅掌櫃賠了銀子，咱們的恩怨便一筆勾銷。

「若不是二爺被家裡……我必要去衙門敲鼓，請青天大老爺為我作主。」含糊的話，道盡了不願與縣令交惡的辛酸。

「哎喲，羅掌櫃你就賠銀子吧，人家婉娘子也是怪可憐的。」

「是啊，這彭縣令……唉，不說也罷。」

「要我說，這下彭大姑娘更不好嫁了吧。」

「誰敢娶她，動不動就把人弄得頭破血流！」

百姓議論紛紛，不由幫著蘇婉說話。

羅掌櫃愣怔良久，直言他沒有那麼多錢，也不敢提去問東家了，這事要是鬧得東家知曉，不論賠錢與否，他肯定沒好果子吃。

一番討價還價後，談定賠款一千八百兩。羅掌櫃咬牙先拿出一千兩給喬勐，剩下的下個月月初前付清。

兩人當著眾人的面，立了字據。

喬勐直接把剛拿到的一千兩交給老大夫，老大夫收下後，從隨身藥箱裡取出一只小瓷瓶，遞給蘇婉。

「每日晨晚淨面後，各抹一指的量，半月疤痕可消。」

蘇婉欣喜接過，吩咐銀杏收好。「謝謝老先生。」

銀杏小心翼翼接過，這可是一千兩銀子啊！

她覺得她家娘子被騙了，但見蘇婉和喬勐都沒說話，也不敢多嘴。

「耽誤了鄉親們不少時辰，小婦人在此多謝各位的相幫。大家回去吧，也請莫再提我們與滿香樓的恩怨。」蘇婉起身，走至門口，與圍觀百姓言道。

百姓們連連擺手，吵吵鬧鬧一番後，當中有明事理的，帶頭離開。

蘇婉吐口氣，沒再看羅掌櫃，由白果攙扶著，就要出去。跨過門檻時，停了下來，轉頭去叫喬勐。

「二爺，你還不回去？」

喬勐本想振一振夫綱，但瞧見她額上的白布條，閉上嘴，跟在她身後，走了出去。

兩人一出去，方才攔著蘇婉的苦主們又出來了。

「婉娘子，妳說會給我們一個交代的！」

「對啊對啊！」

蘇婉心累，一點都不想回頭看喬勐了。「大家別急，先帶我去你們的攤位，再各自報上損失，今日我必會給各位一個交代。」

有她這句話，攤主們很高興，立時吵了起來，誰都想先帶蘇婉去看自家的攤子。

「這是怎麼回事？」喬勐沒搞清楚，他家娘子為何要賠償這些人？

旁邊的蘇長木趕緊告訴喬勐來龍去脈，喬勐聽完，直接看向蠻子和九斤，以及他的一幫打手兄弟。

他們哪次不是這般的？喬勐很不滿，他每次來這邊，都特地讓小乞丐們「通風報信」，這幫人不願意走，能怪他？還訛上他了！

「不賠！誰給你們膽子向我要錢！」喬勐大跨步上前，把被拉扯的蘇婉拉至身後，手上的馬鞭朝前一揮，嚇得那些攤主連忙躲開，不敢拉蘇婉了。

「婉娘子，是妳說的，會給我們交代！」最先攔下蘇婉的攤主嚷嚷道，他可是沒忘蘇婉在滿香樓教訓娃霸的場面。

蘇婉被強行一拽，頭又疼了起來，往身後看，那根燒火棍果然在白果懷裡，上去一拿，直接朝喬勐的屁股上打。

「你可真行！行街打馬，撞壞別人的東西還理直氣壯！」這熊孩子，就是欠收拾！

蘇婉生出管教孩子的念頭，打得又狠又準，在滿香樓時的力道，與這會兒自然不可比。始料不及地被連打三下，喬勐怒火中燒地回頭，想看看誰敢摸老虎屁股，可一回頭，心涼半截，怎麼又是他家娘子?!

他飛快握住在他屁股上作亂的燒火棍。「臭婆娘，妳又打我！」他爺兒們的臉，今天都要丟光了！

「二爺這是叫誰臭婆娘呢？」蘇婉試著去拽被喬勐箝在手裡的燒火棍，完全抽不動，索性放棄，目光冷冷地看著喬勐。

「就叫妳，怎麼了！」喬勐話一出口，怒火直接被蘇婉眼裡的冷箭射滅。但男子漢大丈夫的顏面，他還是要的，遂梗著紅脖子，粗聲叫道。

「好，我是臭婆娘。」蘇婉平靜地點點頭，打他幾下，氣也消了。這會兒人多，她不跟他鬧，鬆開握在手上的燒火棍，喊了身後的銀杏。

「娘子。」銀杏連忙上前。

「錢匣子給我。」蘇婉伸手，銀杏立刻把護在懷裡的錢匣子遞上去。

蘇婉打開錢匣子，數了數，從裡面拿出二十兩碎銀，在喬勐面前晃了一下。「二爺可看清楚了，這是咱們家的銀子。」

「妳這是要做什麼？」這會兒喬勐的屁股還疼著，也搞不清楚她到底要幹麼。

因貨品被撞倒而要求賠償的苦主，不是人人都見過蘇婉在滿香樓揍喬勐的場面，這會兒眼珠都快被震出來了，傻愣愣看著，心裡直呼婉娘子威武，還有些人直接同情起喬勐，不知娃霸平常在家裡過的是什麼日子。

「木叔。」蘇婉給喬勐看過銀子後，喊來蘇長木，把二十兩銀子給他。「你和銀杏留下，看看他們算出來的損失，若沒什麼問題，就把銀子賠給人家。」

「不行，憑什麼給他們！」喬勐攔住蘇婉，這些銀子都是他平常一點一點攢下來的，怎麼能就給這些人呢？

心好痛，他曾以為賺錢很容易，後來才發現……不說了，說多了都是淚！

蘇婉推開他，朝苦主們行了個禮。「還請諸位莫怪，我替我家二爺向大家賠個不是，以後絕不會再有此事發生。」

「哎，婉娘子使不得！」有人避開。

「沒事沒事，有婉娘子這句話，我們便放心了。」

「是啊，我們知道婉娘子是個通情達理的人。」

眼看賠償有望，眾人對著蘇婉一通誇讚。

不拿棍棒打人的蘇婉，就是個讓人挑不出錯的淑女，朝眾人點點頭，帶了白果離開。

臨走時，完全沒看喬勐一眼。

見蘇婉走遠，九斤搔搔腦袋，遲疑地問：「二爺，婉娘子……今天是不是怪怪的？」

是挺不一樣的。喬勐看著蘇婉離開的方向想著，今天的娘子確實讓他有點陌生，但這樣的她，感覺比她的臉更加吸引他了。

好像還挺有味兒的，嘶，就是下手也挺重。

「爺，要不我們把錢搶回來？」蠻子搓搓手，小眼睛盯著蘇長木手上的二十兩。

還不待喬勐說話，九斤直接一巴掌拍在蠻子頭上。「你傻啊，要是讓婉娘子知道了，二爺晚上回家豈不得又挨一頓打！」

喬勐。「……」

九斤雖然覺得蘇婉跟以前有些不一樣，可說不定在他們面前是那樣，和喬勐私下就是這樣，不然喬勐成婚後怎麼變得摳摳索索，一文錢都要帶回家。

他不禁同情起喬勐來，但不敢表現在明面上。摸摸身上，好不容易摸出十來個銅錢，又在蠻子身上瞎摸一通，湊了二十文，給了喬勐。

「二爺，城裡的小娘子們都愛吃來福樓的糕點，您等會兒也給婉娘子帶些回去，或許婉娘子就不生氣了。」九斤出著主意。

喬勐這會兒屁股疼，心更疼，聽了九斤的話更來氣。他被自家娘兒們打了，還得買東西回去哄她，有沒有天理，他這夫綱還要不要振了！

她以為她是誰啊，敢打他喬勐，第一回作戲也罷了，第二回是實打實地打啊，還打屁股，她把他當什麼了？

小孩嗎？小孩才被打屁股！

「哼！二十文夠不夠啊，來福樓的糕點那麼貴。」喬勐慢吞吞地拿過九斤手上的銅錢，在手裡掂了掂。

「誒！你們誰身上有錢，二爺要用！」九斤又去其他兄弟身上一頓搜刮，湊出十來文。

喬勐無言，有比他還窮的惡霸嗎？也太丟臉了。

「去，到蝨子那裡把帳結了。」喬勐又數了一遍，覺得錢還是有點少，他家娘子今天又流了血，需要好好補補，突然想起那幫乞兒今日的帳還沒結。

「好，這就去！」九斤最愛去收錢了，壯碩的身子一溜煙消失在巷口。

「木叔啊，你可要算清楚，別被這幫人騙了！對，就是說你呢，你今天擺攤了嗎？當爺瞎啊，想渾水摸魚！」

本來想摸魚的人，被喬勐一喝，嚇得全跑了。

喬勐喳喳呼呼，實在捨不得那二十兩，但又有種強烈的感覺，要是今天不讓蘇長木把這錢花下去，他回去可能沒好日子過了。

這麼好看的娘子又不能打、不能休的，愁人。

第四章

回去時，蘇婉怕頭上的傷再被顛得裂開，沒敢坐馬車，由白果攙著，晃悠悠回了喬宅。

「婉娘子，您這是怎麼了？」姚氏見蘇婉回來後，額頭上綁了白布，上面還有點點血跡，捂著胸口，擔心得不得了。

「沒事。」今日精神一直緊繃，加上一路走回來，蘇婉身體很乏了。「乳娘，妳熱點飯菜給我，我先歇一會兒。」說著進了內室，走到床邊躺下。

瞧著今日的情形，喬勐不是個蠢人，怎麼就把日子過成這般，名聲還這樣差！

如今她對喬勐就像一個大姊姊，抑或老母親的心態，總想把孩子引上正路。

不過這名聲差有好處，也有壞處。蘇婉想著，夫妻倆總歸要有一個是好的吧。

今日在滿香樓這一鬧，實屬無奈，她也知道罪魁禍首是彭縣令家的大姑娘，可她家官人只是個白身，民與官，怎麼鬥呢？只能藉著太守府的大旗招搖招搖了。

羅掌櫃是她整給彭家看的，雖然喬勐被分出來，但也不是軟柿子。

蘇婉腦子裡的思緒亂七八糟，想著想著，迷迷糊糊睡著了。

「娘子，娘子。」

蘇婉睜眼，是姚氏在床邊喊她。

姚氏見蘇婉醒了，道：「飯菜熱好了，您吃上一點再睡吧。」

蘇婉點點頭，撐起身，姚氏連忙去扶她。「二爺也回來了，待在西廂房呢。」

「哦。」回來就回來吧，這是他的家，還不能讓他回來嗎？

姚氏見蘇婉淡漠的樣子，欲言又止，她已經從當家的和兩個丫鬟口中知道今日的事。她家姑娘原來也是要強的，但沒要強到打人啊，還是打自己丈夫，以後的名聲還得了。

蘇婉由姚氏扶著，往外間走，一路上姚氏偷看她好幾回，便猜到姚氏曉得滿香樓的事。

「乳娘，妳知道嗎？我也算是死過一遭的人了。」

「呸呸呸，婉娘子瞎說什麼呢！」姚氏趕緊捂住蘇婉的嘴。

蘇婉停下腳步，拿下她的手，認真看著她。「乳娘，我覺得二爺不能再這樣下去，以後的日子還那麼長，他總不能一直這般遊手好閒，所以得治。」

姚氏何嘗不懂，但喬勐畢竟是男子，擔心地說：「那也不能動手呀，萬一……」要是喬勐生氣，反過來打蘇婉，蘇婉怎麼受得了。

蘇婉笑笑，安撫姚氏。「乳娘放心吧，二爺不是個會打女人的人。」這是她結合原主記憶和今日試探得出的結論。

「唉，但願吧。」姚氏的心還是提著的。

兩人進了屋，蘇婉走到桌邊坐下。

「二爺用膳了嗎？」

「白果已經去叫了。」姚氏幫她盛了一碗湯。

一會兒，外邊有腳步聲響起，是喬勐從西廂房過來，手背在身後，肅著臉跨過門檻。

小夫妻倆手裡沒什麼積蓄，家什簡簡單單，毫無點綴。

蘇婉頭沒抬，也沒招呼他。

喬勐感覺心似有一隻貓爪在撓似的，沒法子，只好將藏在身後的來福樓桂花糕拿出來，打開紙包，遞到蘇婉跟前。

他也不說話，遞完就拿起筷子吃飯。

蘇婉聞著桂花香氣，抬眼便瞧見排得齊齊整整的十來塊嫩香桂花糕，詫異地望向喬勐。

他……這是在討好她？

在原主的記憶裡，來福樓的糕點一向金貴，一小塊便要十文錢。

飯桌上只有喬勐扒飯的聲音，蘇婉心裡有些不是滋味，他待她，或者說他的娘子，到底是好的。

「還疼嗎？」蘇婉打破沈默。

喬勐搖搖頭。「就妳那不痛不癢的三下，哪裡會疼。要是這樣就叫疼，爺還要不要在兄弟們面前混了。」

他說著，藉著齜牙的工夫，偷偷動了下屁股。

看來是無事了，蘇婉放下心來。

「可知我為什麼要打你嗎？」

蘇婉想講點道理，可喬勐畢竟已到弱冠之齡，最是聽不得別人說教。在蘇婉用和小朋友講道理的語氣下，聽了沒兩句，便放下碗筷。

「我還有事，先出去了，今晚會晚點回來。」

他匆匆往門外走，走到門檻邊還絆了下腳，逃也似的跑了。

蘇婉無言，棍棒與溫情的混合教育失敗的第一天。

人跑了，蘇婉也沒辦法，吃完飯，身體的疲累才緩過來。

家裡其他雜事輪不上她做，在屋子裡走了走，消完食後，她又無聊起來。

「乳娘，幫我把繡繃拿過來。」蘇婉靠在窗邊榻上，看著院子裡的石榴花出神，突然想起早上繡了一半的帕子。

「我的好姑娘，您的傷沒好，怎能勞神，還是再養幾日的好。」繡繃被姚氏收起來，她心疼蘇婉傷了頭，自然不會讓她再動手。

「只是照著花樣子繡，哪裡就勞神了？躺著不動，我哪裡受得了？好乳娘……」蘇婉對姚氏撒嬌。

姚氏瞥她一眼，堅定地道：「不行！」
蘇婉癟嘴，知道姚氏是為她好，只好側身躺下，閉目養神。
這個時節正是初夏，將熱不熱的。姚氏拿了把扇子，坐在蘇婉身邊，輕輕對著她的身子搧風。
蘇婉沒睡著，想著如何改善家裡的生活。對於這裡的環境，她沒有特別大的陌生感，也許是因為家裡從事刺繡行業，她打小就喜歡古物，尤其是漢服、古屏風、繡件之類的。
後來父母早逝，只留下她一個人，好在她繼承了父母刺繡的手藝，可以養活自己。
蘇婉擅長蘇繡，湘繡和蜀繡也有鑽研，後來更憑藉蘇家的絕活「雙面三異繡」、「雙面異色繡」，短短幾年工夫便得到業內認可，成為一名優秀的刺繡師。
她習慣了和刺繡為伴的獨居生活，一日不摸繡針和繡線，是受不了的。
不知道徒弟們知道她死了之後，會是什麼樣子？她們會傷心嗎？好在她早就立好遺囑，死後將所有財產捐獻出去，筆記和心得傳給關門弟子。
穿越後，雖然現成的丈夫喬勐有不少毛病，但還在她能忍受的範圍內。
不過……早知道還是要去談一場戀愛的，這下虧大了！
蘇婉腦子裡亂糟糟的，一會兒現代、一會兒古代，一會兒徒弟們、一會兒喬勐和蘇家人，想著想著，便睡了過去。
「唉。」守在蘇婉身邊的姚氏輕輕嘆口氣，知道蘇婉其實沒能真的睡著。

自從她家姑娘傷了頭後，好像一夜長大了一般，雖然從前也不是天真爛漫，但到底有幾分嬌蠻。

可這幾天睡覺時，蘇婉的眉頭都舒展不開，滿懷著心事。

姚氏心疼著，不由記恨上喬勐的嫡母黃氏了。

蘇婉一覺睡到日落西山，院子裡點起燈火。

「乳娘，什麼時辰了？」

姚氏在外間布膳，本就要進來叫蘇婉起身，聽到她的聲音，撩開門簾。「已是酉時過一刻，娘子餓了吧？」

「我睡了這麼久？」蘇婉揉揉有些脹痛的頭，連忙起身，又問道：「二爺回來了嗎？」

「應該還未，前院沒有動靜。」姚氏幫她披件外衣，扶她下床。

「嗯，不管他了，我們先吃吧。」

晚膳是四菜一湯，葷菜只有一道肉末燉豆腐，其餘均是菜蔬，油水淡淡，不知道是顧著蘇婉的傷，還是因為今日喬勐敗了家。

「乳娘，妳們也坐下來吃。」蘇婉如同前兩日一般招呼她們。

姚氏和銀杏、白果依舊不敢動。

蘇婉見她們不肯，沒有多勸。時代到底不一樣，尊卑觀念已深刻印入她們骨子裡，一時難以改變。

反正她也習慣一個人吃飯，就是吃著吃著，看著一桌寡淡的飯菜，有點提不起勁，停下筷子，對姚氏說：「乳娘，要是銀錢不夠了，就來我這裡領。」

姚氏愣了下，見蘇婉那碗飯才將將吃了幾口，素菜也只用了一點，不由老臉一紅。

今日她聽蘇長木說，蘇婉拿了二十兩替喬勐「還債」，頓時心疼得不得了。

她家姑娘錢匣子裡的錢，她最清楚不過，這二十兩一去，還剩多少？

再來，蘇婉前腳剛走，喬福便使人來內院搗亂，被她攆出去後，就派人送信去臨江。至於信上寫什麼，她不用看都清楚。

下個月的月銀，怕是拿不到了。

「娘子……」姚氏將心中的顧慮告訴蘇婉。

蘇婉聽了，眉頭微鎖。「無妨，那邊本來就靠不住，我們不能光等著他們給銀子度日。」

喬勐在喬家的名聲，怕是會更壞了。

「現在二爺沒個穩定進項，我便想著，能省一點是一點。」姚氏也是一心為蘇婉著想。

蘇婉明白她的心，但這日子還沒到勒緊褲腰帶過的時候。「木叔沒告訴妳嗎？滿香樓的羅掌櫃，還有幾百兩銀子沒送過來呢。」

姚氏略驚。「啊，還有這回事？不是說給了一千兩，娘子用來買膏藥了？」

蘇婉笑了，又解釋兩句，姚氏這才鬆了口氣。

「那就好，這筆錢能撐不少時日。咱們人少，平日裡多注意些，應該無事。」

蘇婉笑了笑。「其他地方可以省，但伙食不能。咱們家人少，活兒都是你們幾個幹，身子虧著了可不好。」

「也是。」姚氏認同她的話，卻又道：「不過，您這段時日不宜進補。」

想多吃肉的蘇婉頓時無言。

一會兒後，蘇婉吃完晚膳，在簷下散散步，方回屋洗漱。

直到星光點點，月華高升時，喬勐還未歸家。

蘇婉沐浴過後，坐在妝臺前，用小拇指蘸了點千金藥膏，小心塗抹在傷口處。

做完這些，她朝外間探了探頭，瞧見姚氏帶著銀杏和白果，又打起絡子，想辦法替家裡添進項。

她只好自己小心地拆解髮髻和釵環，等她整理好自己後，便對外面的三人道：「時辰不早，妳們也去歇了吧。」

「娘子不等二爺了嗎？」銀杏詫異地問了一句。

蘇婉臉色一僵，她和喬勐已是夫妻，是夫妻就要同床共枕，可……她還沒做好準備。

她想了下，道：「銀杏，妳把二爺的東西收拾收拾，送到西廂房去。」

「啊？」銀杏傻眼。

「啊什麼啊，快去！」蘇婉催促。

銀杏去看姚氏，姚氏只好過來問：「這又是鬧哪般？」

蘇婉拍拍姚氏的手背。「乳娘放心，我有分寸的。」

她有什麼分寸？總不能告訴姚氏，她不想和喬勐同房吧？姚氏能講一大堆道理，用口水淹死她。

「這……二爺會不會……」姚氏還是擔心，萬一她家姑娘惹火喬勐，便傷了夫妻之間的和氣。

「沒事，等他回來，妳跟他說……」蘇婉穿著裡衣，自顧自地爬上床榻，轉身讓姚氏貼近她，在她耳邊道了句話。「就說是我說的。」

她說完，便鑽進繡著大紅鴛鴦的錦被裡。

喬勐和蠻子、九斤在內院門口分別，住在喬家的兩人去外院歇息。

喬勐進了內院，整個院子靜悄悄，黑燈瞎火的。

晚上喬勐和幾個兄弟去商議了件大事，才這麼晚回家。以往他偶爾也有晚歸的時候，姚氏會給他留盞燈。

今日沒有。

喬劭有點生氣，可轉念一想，也許是她家娘子有傷的緣故，不好吵她，便熄了燈。他只好藉著廊簷下燈籠微弱的光摸回臥房，剛準備推門進去，門就打開了。

姚氏從裡面出來。「二爺回來了？」

「不是我會是誰。」喬劭沒好氣。

「二爺，娘子歇下了。」姚氏在黑暗裡為難地看著喬劭，有些害怕。若他非進去不可，她們幾個怎麼攔得住。

「嗯，她有傷，早睡是對的。妳讓廚房備水，我洗漱一下。」喬劭說著，就要進屋。

姚氏趕緊把門一關，從裡面閂上。

喬劭一怔，隨即反應過來，拍門罵道：「刁奴！妳這是做什麼？」

姚氏在門內道：「二爺，娘子已經把你的東西搬到西廂房了。」

「什麼?!」

「娘子還說，今日您說她是臭婆娘，所以她這個臭婆娘，就不去臭您了。西廂房的被褥已經用熏香熏過，香著呢！」

姚氏學著蘇婉的口氣，結結巴巴，好不容易把這段話說完。

門外的喬劭火冒三丈，這小娘子是什麼意思？他是她的丈夫，是她的天，她憑什麼敢這麼對他！

「蘇婉，妳反了天啊！今兒爺不收拾妳，妳是不是不知道爺的厲害！」喬劭一邊叫嚷著、一邊踹門。

門內三人瑟瑟發抖。

蘇婉迷迷糊糊間，被喬勐吵醒了，火氣上來，直接下床撩開內簾，拿起桌几上的茶壺，猛地往門上一摔——

啪！茶壺碎了一地。

「叫什麼叫？你有本事了啊，還要收拾我？行啊，你要怎麼收拾，打一頓嗎？這麼有本事，怎麼不去考武舉人，去從軍，去保家衛國，對我一個弱女子喊打喊殺，算什麼本事！」

「妳……妳強詞奪理，有哪個娘子晚上不讓丈夫進屋睡覺的？」喬勐的氣焰小了三分。

「你不是說我是臭婆娘嗎？」

「我說說而已。」喬勐說得小小聲。

娘子怎麼還生氣啊？他不是去買了桂花糕賠不是嘛……

第五章

日子平靜地過了幾日，蘇婉頭上的傷漸好，姚氏這才放她出門。

自從那晚她和喬勐一番對罵後，喬勐便灰溜溜地搬去西廂房住，她和他有幾日未見了。

不過，喬勐依然每日交家用和領零花，只是交由九斤來辦。

這日午後，姚氏依舊沒讓蘇婉碰針線，見後院的花開了不少，蘇婉頓時起了興致。

「銀杏，白果，咱們去採花。」

銀杏見外間日頭大，怕曬著蘇婉，便道：「娘子戴著兜帽吧。」

蘇婉搖搖頭，早上姚氏幫她梳了個元寶髻，壓著了可不好看。

「不用，現在才剛要入夏，還沒那麼熱。」蘇婉擺手，取下身上的披帛，遞給銀杏。

就她這幾日見的，這裡婦人用的披帛多是單色薄紗羅製成，鮮有圖案，可能跟這個時代無法在羅紗上印花，還有繡技有關。

趕明兒姚氏不攔她碰針線了，倒是可以在上面繡圖案，做些改良。如果可以，看看城中的繡坊收不收。

一時間，蘇婉想得有點遠，回屋換了套窄薄羅衫，將上衫束在裙內，方便簡潔。

蘇婉收拾好自己，又讓銀杏和白果拿著花籃，帶她們去了後院花圃。

院子西牆根處有兩棵前屋主留下的玉蘭花，一粉一白，長勢極好，這會兒枝椏已出了牆，花瓣或白或透紅，高雅地在枝頭盛開，香滿院子。

白玉蘭可以食用，輕身明目。

蘇婉重吃，一點憐香惜玉的心都沒有，命白果取了梯子和籃子去採。她跟銀杏摘鳳仙花，等會兒用來染指甲。

除了玉蘭跟鳳仙花，美人蕉長在花圃中央，高高瘦瘦，黃色花朵妍麗清新，如高傲女子。花園還有一些牽牛花、金絲桃、木槿。

瞧見滿目美景，蘇婉的心情不由舒暢許多。

「娘子。」

蘇婉聽見有人喚她，從花叢裡起身，見是姚氏，笑著問：「乳娘，有什麼事嗎？」

「當家的說，滿香樓的羅掌櫃送銀子來。」姚氏臉上沒有高興的神色。

「這是好事啊，乳娘為何不高興？」蘇婉不解，拎起裙襬離開花圃，把籃子遞給銀杏，走到姚氏面前。

「羅掌櫃送來銀子就走了，失魂落魄的，說什麼小看我們二爺和娘子，說你們狠之類的。」人是蘇長木接待，這些話也是他同她說的。

「嗯？他這話從何而來，是不是發生了什麼事？木叔在哪裡，讓他來見我。」蘇婉心中疑惑，說著就往外走。

「他覺得事情不太對勁，和根兒出去打聽了。」

蘇婉停下，轉身招來白果。「妳去外院看看二爺的人在不在，帶他們過來。」

「是。」白果摘了兩籃子的白玉蘭，見差不多了，連忙爬下梯子去傳話。

蘇婉回內院主屋等著，沒等多久，蘇長木帶著蘇大根回來了，在院口喚了聲姚氏，蘇婉讓她把人帶進來。

姚氏將人領到待客的花廳，蘇婉便問：「木叔，可打聽到了什麼？」

蘇長木和蘇大根向蘇婉行禮後，方道：「娘子，我和根兒到了滿香樓時，羅掌櫃正好帶著人在整理行李，聽說今日就要離開平江。」

蘇婉凝眉。「這是為何？」

「老奴也不知，向滿香樓的夥計打聽，原來是他們東家遣人來說，讓羅掌櫃去打理西北的鋪子。還言明，走之前，要他還了二爺的銀子。」

西北乃苦寒之地，而且聽著滿香樓東家這話，羅掌櫃被降職，顯然跟喬勐有關。

「有沒有問清楚，怎麼又跟二爺扯上關係了？」蘇婉看看窗外，白果還沒回來。

「娘子，小的認識滿香樓的夥計，那人正好同滿香樓東家遣來的人沾點親，便使了五文錢向他打聽。」說話的是蘇大根，從進了屋，他都沒抬頭，這會兒方抬起眼。

畢竟是她的奶兄，蘇婉知曉他的性子，心思可比他老子跟娘活絡多了。

「知道了，那五文錢，回頭找你娘領。」蘇婉取笑他一聲。

蘇大根聽了，咧著牙道：「那人說不知怎的，二爺砸滿香樓的事傳遍了喬家，然後整個臨江都知道了，到處說二爺仗勢欺人。」

聽到這裡，蘇婉第一個疑心的就是喬福，難怪這幾天他不出來作怪。

「大太太為此向趙大太太賠不是，趙大太太招來打理生意的三公子細問，三公子便派人來問我們二爺。

「後來二爺和趙三公子到底又說了什麼，那人也不知道，不過他來平江時，傳的話又變了，說是羅掌櫃對喬家，還有二爺和娘子多有不敬，二爺為顧喬府面子，這才怒砸滿香樓，趙三公子還特地上喬家登門道歉呢。」

蘇大根一口氣說完，蘇婉心裡有了數，喬勐說過他與趙家三公子趙立文有交情，至於為什麼趙立文不惜毀了滿香樓名聲，也要幫喬勐，他就不知道了。

不過，從以前種種事件來看，喬勐不是個注重名聲的人，這次怎麼特地讓趙立文幫他出聲說話呢？

想來想去，蘇婉想不通，索性不再去想。

不過，她覺得她那位便宜婆婆大概氣壞了，多虧了喬福，這事現在變得對他們有利。

想到這裡，蘇婉又有個疑惑的地方，她家二爺不過是庶子，怎能讓喬大太太如此費心地打壓？又不是沒有其他庶子，也沒見他們活得跟喬勐一般。

「行了，我知道了。乳娘多拿點錢給大根哥，讓他平日在城裡多轉轉，有什麼新鮮事，回來跟我說說。」

她一個內宅婦人，對外面的事是兩眼一抹黑，還是需要人多去打聽打聽。

「娘子別慣著他。」

「謝謝娘子，小的一定好好幹！」蘇大根高興地一口應下差事。

姚氏和蘇長木來不及制止，橫了蘇大根一眼。

「嗯，乳娘送送木叔和大根吧。」蘇婉笑笑，沒太在意他們一家三口的眉眼官司。

「娘子，娘子，不好了！」

白果忽然從外面衝進來，滿臉驚慌。

「好好說，出了什麼事？」蘇婉原本站起來了，又坐下。

「娘子，二爺他……」白果跑得上氣不接下氣，彎下身，一邊喘氣、一邊說話，說得斷斷續續。「二爺被衙門的人抓走了！」

「啊？」廳裡幾人俱驚。

「婉娘子！婉娘子！」外面又傳來幾聲急切的粗獷叫喚。

蘇婉聽這聲音，應該是九斤，立即吩咐姚氏。「乳娘把人帶進來。」

姚氏心慌慌的，欸了一聲，趕緊出去。

銀杏順著白果的背，白果歇了下，終於緩過來。

「娘子，外頭的人說，今早彭縣令家的大姑娘騎馬出門，不知怎的，馬突然不受控，摔了彭大姑娘。」

蘇婉心裡一驚。「人沒事吧？」

「說是摔斷胳膊，也有人說流了好多血……」

「彭大姑娘摔了，跟我們二爺有什麼關係？」銀杏不解。

「來拿人的衙役說是二爺害的。娘子，您說會是二爺做的嗎？」白果的小臉上全是汗，這會兒還慌慌張張的。

「娘子，九斤來了！」

蘇婉剛要說話，姚氏便將九斤帶進來。

九斤的黑臉上也布滿焦急之色，一進門就朝蘇婉跪下。

「這到底怎麼回事？」蘇婉很生氣，也有些擔心，幾乎認定事情是喬勐做的了。這喬勐真的就是隻哈士奇，稍不注意就要闖禍拆家！

「婉娘子，二爺被衙門的人帶走了……」

蘇婉厲聲打斷他。「我已經知道了。你告訴我，彭大姑娘的事是不是他做的？」

「不是二爺做的。」

蘇婉心裡一鬆，但還是狐疑地看著九斤。「真的不是？你要說實話，我才好去救他。」

九斤一個粗莽大漢，這會兒都快哭了，他這條命可是喬勐給的，不能不救喬勐。

「真的不是二爺！二爺是想替婉娘子出口惡氣，但我們想的法子不是這個，也還沒來得及做……」

九斤在蘇婉的怒視下，越說聲音越小，蘇婉這樣子好嚇人，心裡再次為喬勐默哀。

「整日不顧家，就知道搞這些小把戲！」

喬勐還真要去收拾彭縣令的女兒，他知不知道，如今他們待在人家地盤上，不交好就算了，還添亂！

蘇婉越想越生氣，自然忽略了想替婉娘子出口惡氣那句話。

「既然彭縣令光天化日之下抓人，應該會過堂審，咱們去縣衙。」蘇婉說著便起身，也沒心思換衣裳了，直接帶著憂心忡忡的眾人一起出門。

蘇長木去牽馬車，蘇婉在西門口等著，正好遇上外出歸來的喬福。

「喲，婉娘子要去哪裡啊？」喬福也知道喬勐被彭縣令抓起來的事，趕著回來準備跑路，見著蘇婉等人，明知故問了一句。

「福管家這是上哪兒去了？」姚氏站出一步，擋在蘇婉身前。

「姚嬤嬤，我去哪兒，用得著跟妳交代？」喬福冷哼一聲，小眼睛賊溜溜瞄著姚氏身後的蘇婉。

「福管家去哪裡，我是沒資格知道。可是婉娘子去哪裡，要向你交代嗎？」姚氏回嘴。

「妳……我跟婉娘子說話，有妳什麼事。」喬福氣急敗壞地嚷嚷，手指指得老長。

「大根，九斤，把他綁了！」蘇婉懶得聽他們打口水仗，直接發號施令。

她一聲令下，九斤和蘇大根捋起袖子就往喬福撲。

九斤做慣了這種事，喬福那小身板，怎麼逃得過他的魔爪，掙扎幾下就被擒住，九斤還很有經驗地在他嘴裡塞了條臭汗巾。

「婉娘子，接下來怎麼辦？」九斤激動地看著蘇婉，他早想收拾這傢伙了。

「丟進柴房，等我……和二爺回來再說。」蘇婉扭過頭，不想看悶聲求饒的喬福。

「是！」九斤像拎小雞仔一樣，把喬福拎進去。

這下蘇婉才解了點心頭的鬱躁。

片刻後，蘇長木牽著馬車出來，九斤也回來了，蘇婉帶著姚氏和銀杏、白果坐馬車，九斤與蘇大根騎馬，飛快趕往縣衙。

眾人到縣衙時，門口已經站了不少百姓，見蘇婉來了，特地讓出一條道，有人臉上帶著同情打量他們，有人幸災樂禍，有人探究。

蘇婉挺起腰桿，目不斜視地往前走，直到公堂口，被衙役攔住，不許再進去。

「二爺！」九斤喊站在公堂內的喬勐。

喬勐回身，目光直接撞上立在門口的蘇婉，瞳孔一縮，有種屈辱感，只對視一瞬，便不自在地轉了身。

這會兒，彭縣令已經傳了人證，對方說，今日卯時曾見喬勐在彭宅附近出現。

「喬勐，人證物證俱在，你還不從實招來！」彭縣令一拍驚堂木，怒聲喝道。

喬勐懶懶散散地站著。「我出現在你家附近，就是去你家了？那地方有多少戶人家呢，你們怎麼就認定我進了縣太爺家？那以後要是我家丟了東西，直接到門口逮一個路過的，說他偷的行不？」

「強詞奪理！滿口胡言！」彭縣令怒不可遏。

「大人，您冷靜點，萬一有個好歹，那我和公堂上所有人都成凶手了。」

「好一個伶牙俐齒，以為本官治不了你嗎？來人啊，上刑，我倒要看看，今日能不能撬開你的嘴！」

「娘子！」彭縣令竟然要對喬勐用刑，姚氏緊張地掐上蘇婉的胳膊。

蘇婉眉頭深皺，彭縣令想做什麼，屈打成招嗎？

「呵，縣令大人這是要將我屈打成招啊！」喬勐冷笑一聲，大聲說道，說完轉身面對身後的百姓。

「各位鄉親父老，你們瞧見了，彭縣令家閨女行街打馬，自個兒摔了，現在居然誣陷我對彭大姑娘的馬做了手腳。我喬勐是做這種事的人嗎？要是想對付她，也會光明正大！就因為沒有確鑿證據，現在竟然想對我用刑了！」

「那匹馬有沒有被動過手腳，你們心裡沒底？」喬勐又轉過身問彭縣令。

堂外頓時議論紛紛。

彭縣令連敲三聲驚堂木，才止住喧譁。

「來人啊，把喬勐押下去，明日再審！」

哼，等明日把證據做全了，看他的嘴還能不能這麼厲害！彭縣令眼裡有抹陰翳之色，一閃而過。

「二爺！」九斤急忙又叫了聲。

喬勐被衙役扣著，朝他搖搖頭，對蘇婉揚了揚下巴，就被押下去了。

蘇婉還有些不解，可跟隨喬勐多年的九斤卻明白了，喬勐是要他照顧好蘇婉。

九斤跟在蘇婉身後，一起離開公堂。

「婉娘子，這下怎麼辦？」

「蠻子呢？怎沒瞧見？」蘇婉突然想到，這兩人一直跟在喬勐身邊，現在只有九斤在。

「蠻子去打探彭大姑娘為何摔下馬的事了。」

蘇婉點點頭，又吩咐姚氏。「乳娘，妳拿點銀子給九斤，讓他去打聽二爺被關在哪裡，看看我們可不可以去見一見。」

姚氏聞言，立即從懷裡掏出蘇婉臨走前要她帶上的銀子，遞給九斤。

九斤收好銀子。「我這就去打聽。」說完便奔遠了。

蘇婉也不回去，在附近找了間茶樓坐下，等著九斤的消息。

「你們回家幫二爺收拾衣物。」蘇婉對銀杏和蘇大根道。讓銀杏獨自回去，她不放心。

照彭縣令的態度，因事出突然，今日肯定沒做好準備，明日定會坐實喬勐的罪名，哪怕他知道這事不一定是喬勐幹的。

「婉娘子，要不要派人送信去臨江？」姚氏見蘇婉愁眉不展，小心地問著。喬勐畢竟是喬家人，他們總不能眼睜睜瞧著他被坐實故意傷人的罪名吧。

「算了，送信過去，也是落在大太太手裡，大太太高興還來不及，怎會派人來救二爺。」就算事後喬太守知道了，她也會以不知道為由搪塞過去。

不過是個庶孫，還是個臭名昭著的庶孫，喬家人又怎麼會在意。

為今之計，是要見到喬勐，聽一聽他的想法。

等銀杏他們帶著衣物回來後，九斤和蠻子也一起過來了。

「婉娘子，二爺被關在縣牢裡，我已經買通牢頭，咱們可以去見二爺一刻鐘。」

蘇婉點頭，趕緊讓姚氏去買些熱燙吃食，一併帶去縣牢。

第六章

趕去縣牢的路上，蘇婉臨時買了頂帷帽戴上，遮住面容，在九斤的指引下，和姚氏一起進了牢房。

牢房髒兮兮、亂糟糟的，喬勐正叼著根草，和隔壁牢房裡的犯人吹牛，聽到動靜轉身一看，趕緊站起來，走到被鐵鍊鎖著的牢門前。

「妳怎麼來了？」

蘇婉沒有應他，等牢頭將鎖鍊打開，接過姚氏手裡的食盒和細軟，踏進牢房內。

她一進去，牢頭再次鎖門，九斤和姚氏只能在門口望著。

「我想你肯定吃不慣牢裡的吃食，便帶了些吃的來。」蘇婉將食盒遞給他，又將細軟放在一處看起來算乾淨的草垛裡。

喬勐當然吃不慣牢飯，滴水未進。

他默默打開食盒，裡面雖不都是他愛吃的，卻也是平常吃慣的飯菜，心口突然有點怪怪的，很不舒服。

「二爺，你心裡有什麼想法嗎？或者有什麼事需要我去幫你做？」蘇婉幫他把食盒裡的飯菜拿出來，低聲問道。

喬勐直接蹲下來吃，聽到她的話，停住咀嚼。「事情我會交代給九斤和蠻子，妳一個婦道人家，不要摻和進來。」

蘇婉知道喬勐這話是為她好，可她不愛聽，遂也蹲下身子，拿了筷子敲他的手。「婦人怎麼了？沒有我們婦人，哪來你們男人！」

喬勐被她這句話說得菜都沒嚥下去，一雙大眼直瞪她。

蘇婉沒理會他，自顧自地道：「今日我瞧著，彭縣令應該不會善了，明日定是要坐實你的罪名。喬家遠在臨江，咱們指望不上，二爺是否還有能說得上話的朋友？」

喬勐再次被他家娘子說的話驚住了，從沒想過他家娘子如此有見地。雖然上次整羅掌櫃的事已經讓他刮目相看，但此事不同以往，他們面對的是官府。

他被帶走時，還擔心蘇婉會不會同那些嬌滴滴的小娘子般，被嚇得慌慌張張，只會哭呢！看來他多慮了，有些不是滋味，要是她哭一哭，他興許還能美人入懷。

「二爺，二爺，你有沒有聽我說話？」蘇婉見喬勐不出聲，一抬頭就見他在發呆，又叫了兩聲。

「喔喔，在聽在聽，娘子說的我都知道。」

「那二爺是否有能說得上話的朋友？」

喬勐搖頭。「沒有。」

蘇婉抿了抿唇。「不能延後審的話，當務之急就是動作要比他們快，先找出彭大姑娘摔下馬的真正原因，然後公諸於眾。彭縣令為一方父母官，總不能真的為所欲為吧。」

「他是喬家對頭一系的人，肯定會在最短的時日內整死我，來敲打喬家。」喬勐冷笑一聲。他雖然是個紈袴，但知道的事也不少。

蘇婉聽了，鵝蛋臉快皺成麻花，想了想，騰地站起來。「既然是政敵，祖父應該不會放任你不管。我馬上讓九斤去臨江送信，必須送到祖父手上。」

「妳別慌，沒必要驚動他老人家。再說九斤去了，不一定能見到祖父。」喬勐見蘇婉終於急起來，心裡怪高興的。

「那你說怎麼辦？現在給彭縣令下套子抓把柄，也來不及了啊。」蘇婉蹲下身，湊近喬勐耳邊，悄聲說道。

喬勐一噎，咳嗽起來。

「咳咳咳……不愧是我喬勐的娘子，咱們倆想到一塊兒去了。」喬勐咳得滿臉通紅，又掩不住得意的神色。

「吃個飯怎麼還像小孩子一般。」蘇婉在喬勐背上重重捶幾下，捶得他咳得更厲害了。咳了一會兒，喬勐不吃了，湊到蘇婉耳邊，道：「我知道一個彭縣令背後靠山的秘密，妳這樣……再這樣……」

兩個人嘀嘀咕咕好一會兒後，牢頭便過來催促他們離開。

喬勐好些日子沒看到自家娘子，感覺還沒說上兩句話，又要分開，挺不捨的。

「你照顧好自己，我們會救你出去的。」蘇婉起身，瞧見喬勐臉上的神色，好想摸摸他的腦袋。那張娃娃臉上是彆彆扭扭的不捨，真的好萌啊！

不過，她到底沒伸出手，摸下去，還是挺尷尬的。

「照顧好婉娘子。」喬勐跟著蘇婉走到門口，又叮囑九斤。「我不在，你們就聽婉娘子的話。」

九斤連連點頭。「知道了。婉娘子讓我綁了喬福，我二話不說，就綁了呢！」

喬勐。「……」

出了牢房，日頭往西落下，餘暉將天空暈染得如詩如畫。

蘇婉帶眾人回了喬宅。

一回到家，她便去喬勐的書房，果然在書案上翻到好幾封早早寫好的、給喬太守喬仁平的請安信。

喬勐懶散，怕自己忘了，索性一次寫完一年的請安信。

蘇婉把信遞給鑾子。「鑾子，你親自去臨江，把這封信交給喬家人，送不到祖父手上也不要緊，什麼話也別說，送完後不要離開臨江，就在喬府附近轉轉。三日內，若我沒有使人去接你，定是出事了，你就闖進喬府，請祖父替二爺作主。」她做的也是兩手準備。

鑾子神色一凜，鄭重點頭。「婉娘子放心，鑾子一定不負所託。」說完，轉身大跨步出去了。

「乳娘，妳快去取銀錢，讓大根拿給蠻子。」蘇婉見蠻子那麼快就走了，沒來得及給他盤纏，只好叫蘇大根趕緊去追人。

姚氏一聽，趕緊照辦，只是心疼今日這銀子如流水般花出去，可又不得不花。

「大根，你把銀子交給蠻子，跟在蠻子後面，看看是不是有人盯著他。等他出城，你就回來。」蘇婉又吩咐蘇大根一句。

「是！」蘇大根領命，趕緊去了。

「乳娘，妳用今日羅掌櫃拿來的銀子去備一份禮，等大根回來，我們就去見彭縣令。」蘇婉瞧見姚氏的愁容，心裡想笑，又有點心疼。剛到手的銀子，又要花出去，她也是肉疼至極，可銀子哪抵得上人呢。

她說完，讓眾人先離開書房，該做什麼便做什麼去。

「九斤，這兩天你讓下面的人安分些，不要惹事。」蘇婉站在書案前，叫住九斤，又囑咐了句。

九斤點頭，知道兄弟們現在肯定心慌慌的，他正是要去安撫他們。

等眾人都退出去，蘇婉全身脫力地癱坐在椅子上，歇了一會兒，強打起精神，扶著書案站起來，按照喬勐說的，打開書櫃後的暗格，從裡面拿出喬勐說的那件事的證據。

蘇婉從頭到尾看了一遍，心驚於這些高官見不得光的骯髒事。

看完後，她又把證據放進去。不到萬不得已，她也不想動用這些東西。

等待最是熬人，蘇婉在書房裡踱步，想著等會兒見到彭縣令該如何說。

「婉娘子，蝨子來了，說他打聽到彭大姑娘摔下馬的事。」書房門外傳來九斤的聲音。

蘇婉怔了怔。「蝨子？是誰？」

「是城中的小乞兒，二爺平常對他們多有關照。」

「讓他進來吧。」

九斤打開門，帶著蝨子進屋，蘇婉便瞧見了一個臉上乾乾淨淨、身上穿著滿是補丁衣裳的小少年。

「婉娘子好。」蝨子眼睛很亮，看著挺有靈氣。

「你就是蝨子？」蘇婉走到他面前。「你說有關於彭大姑娘的事想告訴我？」

「是的。婉娘子，我叫蝨子，是因為以前我身上老有蝨子，後來二爺來了這裡，我身上就再也沒有蝨子了。」小小的人兒，說話口齒挺伶俐。

蘇婉笑而不語。

蝨子見蘇婉並沒有嫌惡的神情，心裡鬆了口氣，又道：「今日彭大姑娘出事時，我正帶著夥伴們在巡街。」

聽到巡街兩個字，蘇婉差點笑出來。

「我們親眼看見彭大姑娘的馬失控，把她摔下來！」

「哦？你們知道那馬為什麼失控嗎？」蘇婉半彎下身，對上蝨子的眼睛。

「一開始我們也不知道，只覺得她前些日子欺負了婉娘子，定是遭了報應。」小小的臉蛋氣鼓鼓的，義憤填膺。

蘇婉笑了，忍不住伸手戳了戳。

蝨子捂住臉，後退一步。

「哈哈，你繼續說。」蘇婉猜，當時蝨子肯定也以為是喬勐做的。

「後來，我們聽說二爺被抓了，就來找蠻子和九斤哥，他們說……」蝨子不好意思地抓抓頭。

蘇婉懂，點點頭。「然後呢？」

蝨子便口若懸河般說出他知道不是喬勐做的之後，就覺得肯定有人想栽贓陷害二爺，和小夥伴們在出事的地方打探。這些人機靈，大家又對他們沒什麼防心，還真被他們問出一點消息。

有人在那地方見過喬福，但不敢確信，只說聊天時順嘴說了一句。

喬福？不會真是他做的吧？還真有這個可能！

「蝨子，你做得不錯。」蘇婉誇讚道，順手摸摸蝨子的腦袋，又吩咐人。「九斤，你帶他去找姚嬤嬤，讓她買點糖給他吃。」

九斤聽懂蘇婉的話，正要帶著蝨子去找姚氏，孰料蝨子連連搖頭。「婉娘子，我並不是來要打賞的。我最佩服的人就是二爺，長大後也要像二爺一樣！」

蘇婉無言了。這孩子，能有點出息不？

「好樣的！」九斤咧嘴，一個高興，一巴掌拍在蝨子肩頭，差點把他拍得趴下。

這孩子還一個勁兒地跟著傻樂。

「那給他包點點心。」

蘇婉想想，對正要離開的九斤道：「你帶人去搜搜喬福的屋子。」

九斤臉上的笑容一收，鄭重地點點頭。

這喬家看來水挺深，幸虧喬勐夠無賴，被分出來，不然以蘇婉的宅鬥技能，豈不一下被玩死了？

約莫過了半個時辰，蘇大根和九斤一起回來，到書房見蘇婉。

「婉娘子，蠻子哥一出門，果然就被人盯上。」一進門，蘇大根率先說道。

「你可知是什麼人？」蘇婉正在書案上用喬勐的紙墨寫字，平靜心緒。

原主識字，寫得一手算不上好看的簪花小楷。

「應該是彭家的護院，以前見過他們。小的很小心，沒有讓他們發現。」蘇大根跟著蘇婉來臨江後，把臨江算得上人物的人家都打聽了一遍，只是他爹不喜這鑽營性子，所以他沒敢跟人說。

「好，你做得好。」蘇婉笑了笑，魚兒上鉤了。

她讓蠻子帶信去臨江，是她和喬勐計劃好的，意在讓彭縣令知道他們派人送信回喬家。至於信上內容，到時候就要讓彭縣令猜了。

「婉娘子過獎了，這是小的應該做的。」蘇大根撓頭傻笑。

「你去看看乳娘準備好了沒有，準備好，我們等會兒就去彭家。」

「是。」蘇大根應聲而退。

蘇婉將蘇大根打發出去，只留下九斤。

「查出什麼來了？」

「婉娘子，喬福果然包藏禍心，我在他房裡搜到不少二爺分家時帶出來的小擺件，都是老夫人和老太爺以前賞給二爺的。」

喬勐房裡一個丫鬟都沒有，更何況管理帳務和什物的人。原主嫁給他後，也是後宅的人，管不到前院，才讓喬福有了可乘之機。

「還有沒有其他的？」蘇婉吐了口氣，弄出喬勐後，定要好好收拾這個喬福了。

「有，這人不知是個傻的，還是另有想法，居然留著跟臨江那邊通的信，藏在暗格裡，不過沒逃得過我的眼睛。」

九斤得意一笑，從懷裡掏出一疊書信，遞給蘇婉。

蘇婉向前走兩步，接過信，大致翻了翻，信上內容無非就是讓他監視喬勐的一舉一動，若有任何風吹草動，立即報上去。

有一封信便是關於這次滿香樓事件的，上次因為這事，讓喬大太太吃了悶虧，信中斥責喬福，命他找到機會，定要讓喬勐身敗名裂。

蘇婉看完，心中越發疑惑，喬大太太與喬勐到底有多大的仇怨，竟然非要將他往絕路上逼，隨時都在找機會害他。

有了這封信，蘇婉愈加肯定，彭大姑娘摔馬的事，應該就是喬福幹的。

「你有什麼辦法能撬開喬福的嘴？」蘇婉把信收起，抬眼問等在旁邊的九斤。

許是因為有一口好牙，九斤總是喜歡咧嘴笑，再配上他的臉和身段，笑得讓人心跳。

「婉娘子，這點本事，我還是有的，您放心吧！」九斤拍著胸脯道。

蘇婉點頭，讓他趕緊去辦，突然想到一事。「你識字？」

「是，就是識得不多，為著這個，以前沒少挨二爺的打。」九斤挺不好意思。

難怪他知道這是喬福和臨江那邊通的信。

「好，你去吧。」蘇婉收拾自己寫的字紙，揉掉丟進紙簍裡，也出了書房。

月上樹梢，映得空蕩蕩的街道如霜鋪地。

夜深露重，蘇婉裹得嚴嚴實實，上了馬車，身後是捧著一只黑色邊金漆方盒的姚氏。

上了馬車後，蘇婉接過盒子，對姚氏說：「乳娘回去吧，白果跟著我就好。」

姚氏一臉愁容。「我心裡老覺得不安，還是讓我跟著去吧。」

蘇婉撩起簾子，安撫了姚氏幾句。「沒事的，有木叔、大根還有九斤呢，不會有事的。您啊，最重要的，就是和銀杏幫我看好家。」

姚氏聽罷，又吩咐跟去的幾人一頓，這才放他們離開。

九斤拉著什麼都招了、還被捆成一團的喬福跟在車後。

車裡，蘇婉深吸一口氣，攥緊手心，說不害怕、不緊張，那是假的。

「婉娘子。」白果過來挽住她的胳膊，對她笑了笑。

蘇婉側身拍拍她的腦袋，也微笑起來。

第七章

穿過兩條街，終於到了彭府，蘇婉讓蘇長木先去敲門，說是喬勐的內眷前來拜訪。

門房收了蘇長木的銀子，猶豫一下，才去通報。

等了好一會兒，門房來說，他家老爺不見客。

蘇婉拉了拉身上的披風，心裡早已有準備，他們這樣不請自來，必然要吃閉門羹。

九斤急了，想直接硬闖，被蘇婉攔住。

蘇婉下了馬車，走到門口，對門房道：「小哥，煩勞再去通報一次，就說喬家娘子帶著害大姑娘摔馬的罪魁禍首，來登門謝罪了。」

她說著，讓了讓身子，要九斤把喬福帶到門房面前。

門房張了張嘴，還是擺擺手。「你們回去吧，我們家老爺說了，不見客。」因為他剛剛的通報，彭縣令還臭罵他一頓，要不是收了銀子，他早就趕人了。

蘇婉壓著脾氣，面上似一點都不惱，又遞了五兩銀子過去。「小哥莫急，你再幫我通報一次，我敢保證，這回彭大人一定會見我們的。」

她戴著帷帽，門房看不清她的面容，直接推了她一把。「走吧走吧，都說不見了！」

「你這人說就說，幹麼動手動腳！」白果趕緊護住蘇婉，大聲斥責門房。

「我就推了怎麼樣！大半夜的，誰會去別人家啊，懂不懂規矩！」因為彭縣令的關係，平時門房被人捧慣了，這會兒氣性也大了起來。

蘇婉穩住要上前來揍門房的九斤等人。「你們退下。」

「如果今夜彭大人不肯見小婦人，小婦人便一頭撞死在府前。」蘇婉撩起帷帽，露出姣好面容，眼神堅定。

門房被她的話鎮住了。

「小哥再帶一句話給彭大人，蔣三爺的愛妾柳氏，彭大人還記得嗎？」

門房聽不懂這些話，但他怕蘇婉真撞死在彭府門口，忙不迭關門，去向彭縣令通報。

彭縣令正在書房看文書，聽聞門房又來報喬家人求見，直接砸了手邊的茶杯。

「讓他們滾！」

「老爺，喬家娘子說您要是不見她，就一頭撞死在咱們府前！」來傳話的管家在門外疾聲道。

「她這是做什麼？威脅本官嗎！」彭縣令十分惱火。

但對於這種胡攪蠻纏的婦人，他也不敢小覷，因為時常見識他夫人鬧起來的威力。

彭縣令沈吟，想著要不要見蘇婉，門外的管家又道：「喬家娘子還說了一句話。」

「她說什麼？」

「她說，蔣三爺的愛妾柳氏，您還記得嗎？」

彭縣令身子一震，吃驚地望向門邊。「什麼？你再說一遍！」

管家又重複了一遍。

彭縣令在房間裡來回踱步一會兒，出聲吩咐管家。「讓她進來。」

原來柳氏曾是平江豪紳家的長媳，生得花容月貌。

有一次，蔣三爺到平江遊玩，夜宿其家，醉酒後無意中見到了柳氏，心起歹意，強要了她。事後怕被她家的人脅迫，遂派人迷暈她丈夫、公婆，放火燒死，同時帶走柳氏，製造出她也遇害的假象。

因蔣家在朝中勢力龐大，這樁慘案成了一樁懸案。

柳氏痛恨蔣三爺，在他身邊忍辱多年，苟且偷生，後尋了機會向彭縣令申冤，哪知彭縣令瞬間就出賣她，斷絕了她為夫家申冤的希望，還賠上性命。

但彭縣令和蔣三爺都不知，柳氏曾在死前寫了封血書，託人遞出來，輾轉流到江湖地痞手上，那人與喬勐喝酒時說出來，喬勐便留心記住了，才有了今夜之事。

蘇婉在門口等了約一炷香工夫，門房開門，放他們進去。

彭縣令命人把蘇婉帶到外院的議事廳，其他人被擋在門外。

蘇婉帶著禮物進去，先對彭縣令行了禮。「民婦蘇氏拜見縣令大人，深夜冒昧前來，還請大人見諒。備上小小薄禮，不成敬意。」順道打量一下，彭縣令蓄著短鬚，看起來大約四十多歲。

「蘇氏，妳可知方才在外的一番言語，是在威脅本官！」彭縣令沒讓人接過禮物，肅著臉，怒聲斥責蘇婉。

「民婦被逼無奈，才出此下策，望大人莫怪。」蘇婉站在堂下，不卑不亢地回答。

彭縣令不說話，自顧自地捧茶喝起來，不叫人給蘇婉上茶，也不叫她入座。

蘇婉不氣，直接叫九斤。「九斤，還不快把害得彭大姑娘摔馬的真凶提上來！」

「是！」九斤應了聲，可門外的管家不放他進門。

蘇婉知道九斤被攔住，看向彭縣令。「大人難道不想見見嗎？當年那柳氏，是不是也如同民婦這般走投無路，深夜來求見大人呢？」

彭縣令聞言，審視著蘇婉，似要從她吐露的點點滴滴裡，猜出她對當年的事知情多少。

蘇婉低垂眉眼，恭順地站著，氣質沈靜而優雅。

一會兒後，彭縣令讓人把九斤跟喬福放進來。

「被綁的是何人？」

「他乃是大太太放在我和二爺身邊的一枚棋子。」蘇婉直接點明。

彭縣令一愣，可他身為一方父母官，才智是有的。而且兩邊派系不一樣，自然要多加了解對手，喬勐的事，他也多有耳聞。

「你們不會是隨便找個替死鬼來替喬劭脫罪吧？」

「大人多想了，這事確實是他一人所為，跟二爺沒有關係。我家二爺做事素來光明磊落，要找彭大姑娘麻煩，也會直接來，不會耍這些小手段。」

蘇婉說得義正辭嚴，言詞懇切，要不是彭縣令知道喬劭的為人，還真被她矇了，以為喬劭是什麼英雄好漢。

不過，喬劭做事，確實喜歡直來直往。

「這個人，任憑您處置。」

蘇婉說完，九斤踹了喬福一腳，把他踹到彭縣令面前。

彭縣令看都沒看喬福一眼。「這只是你們的一面之詞，沒有確鑿證據，豈能相信？」

「信與不信，自然在大人，大人若有心去查，事過總有痕，還怕找不到證據嗎？」蘇婉捧著盒子捧得實在有些累，將盒子交到九斤手上。

她這話聽在彭縣令耳裡，便是一語雙關，她是不是也在說蔣三爺和柳氏的事？雖然當時知情的人幾乎都被滅口了，但是正如她所說，事過總有痕跡，說不定有有心人留了證據。

喬劭廝混於市井，善於結交各路人，知道這事也在情理之中。

他不能賭！喬劭與蘇婉都留不得！

彭縣令眸中精光一閃，起了殺念。周圍空氣瞬間冷了三分，寒氣逼人。

九斤頓有所覺，立即護在蘇婉面前，怒視彭縣令。

蘇婉當然害怕，心一陣亂跳，死死掐著手心，才努力讓自己冷靜下來。

「大人莫不是想滅民婦的口？」蘇婉嘴角勾起一抹冷笑，揚聲道：「大人的人難道沒告訴您，我家今日派了人去臨江。」

彭縣令瞇起眼，危險地盯著九斤身後的蘇婉。

「蘇氏，妳莫要再多說，若本官喊一聲，妳和妳的人今晚都要命喪於此。」

「大人難道不好奇我們送去臨江的信上寫什麼嗎？」

蘇婉和彭縣令各說各話，想掩蓋心中的洶湧澎湃。這是一場對弈，誰先著了對方的道，誰就在這場談判裡落了下風。

彭縣令的神色忽明忽暗，內心無比掙扎，喬家死了一個庶孫或許不要緊，若抓住對手的大把柄，那是絕對不會放過的。

「大人不必驚慌，不過是平常的請安信罷了。」蘇婉一笑，站得有些累了，找張椅子坐下，九斤連忙護在她身邊。

彭縣令聞言，臉上怒意漸退，只要事情有得商量就好辦，涉事的蔣三爺，是喬勐十條命也抵不上的人。而他又是蔣家一手提拔上來的，自然要幫著蔣家。

蘇婉見彭英遠臉色緩和，話鋒一轉。「但要是我和二爺出了事，那就不知會有什麼信遞到祖父手上。我們死不足惜，就怕彭大人到時候成了池魚。」

彭英遠握住椅把，定定看向蘇婉。「若放你們走，本官不是照樣成為砧板上的魚？」

「大人放心，只要我家二爺平安，那信便永遠到不了喬家人手裡。」

「哼，我如何能信妳？這個世上，只有死人不會出爾反爾。」

蘇婉暗暗握拳，指甲嵌入手掌，輕吐一口氣，指指已經暈死過去的喬福。「這人便是憑證，喬家有要二爺命的人，二爺會平白無故讓他們撿便宜？若不是這刁奴，也不會有今日之事，他是受臨江那邊的指使而為，二爺怨喬家人還來不及，怎麼會摻和喬家和蔣家的事？」

彭縣令目光銳利。「只要喬二爺幫著絆倒蔣三爺，還怕喬家不給他位置？」

「那二爺也活不長了。」蘇婉意味深長地說。

彭英遠不知道蘇婉說的是真是假，但同樣不能賭，一時左右為難。

「大人，您有什麼可猶豫的呢？如今我和二爺不是還在您的地盤上，若是出爾反爾，您隨時可以治我們的罪。要說擔心，還是我們夫妻怕大人反悔不是嗎？」假意答應放人，騙回送信人，再加害他們夫妻。

彭縣令還真動過這些念頭，這會兒被戳破也不惱，捏了捏短鬚。「既然咱們彼此不信任，婉娘子有何高見，不妨說來聽聽。」

「其實大人心裡對柳氏深感愧疚吧，不然也不會屢屢接濟她的乳兄，將他藏得好好的，至今蔣家的人都沒找到。」蘇婉再次扔下一枚炸藥，炸得彭縣令的臉烏漆抹黑。

「妳！」彭縣令騰地站起來。

「我家二爺其實也是喬家的棄子，若他帶著這些東西和喬家隱秘，向蔣家投誠，您說怎麼樣？」

事到如今，她和喬勐早成了一體，如果不破釜沈舟，明日喬勐很可能就會暴斃在牢裡。

「喬家會放任你們這麼做？」

「那大人願意見到我們這樣做嗎？只要明日我家二爺平安歸來，小婦人便當今夜從未來過。什麼蔣家喬家，其實與大人，與我們二爺，又有何關係？」

蘇婉站起來，朝前面走了幾步，找了張靠近彭縣令的椅子坐下，低聲說著。

彭縣令心中如巨浪滔天，浪花捲來捲去，可總拍不到岸。

「我跟二爺只想過平平常常的日子。」蘇婉乘勝追擊。這話是真心的，來到這裡短短數日，她便心力交瘁。

此刻，她最想做的事，便是將喬勐從牢裡拖出來暴打一頓！

「大人還是想滅我們夫妻的口？」

彭縣令微微抬眼，瞥她一下，想著他們肯定還有後手。

「妳把話說到這分兒上，本官還能說什麼？就算本官不信喬勐，還是要信妳的。」彭縣令冷嘲熱諷地道了一句。

「夜已深，妳回去吧，明日本官自然會給妳一個交代。」現在重要的是穩住他們夫妻。

蘇婉聽見這話，心才慢慢放下，但沒見到人，一切都是虛的。

「今夜小婦人叨擾了。」她說著，讓九斤放下手上的禮物，也向彭縣令表誠心，今晚這一切，她也是出於無奈。

彭縣令沒有拒絕，也沒有點頭。

蘇婉見罷，直接退了出去，沒有要回喬福。

「婉娘子！」

在門外等著的人一見到蘇婉，便圍了上來。

蘇婉擺擺手，止住眾人的詢問。「回去再說。」跟在彭家管家身後，往門口走。

其他人噤聲，跟著她回去。

夜不長，蘇婉到家後，輾轉反側間瞇一會兒，天便亮了。

她沒有去縣衙，拿了繡繃，坐在窗下榻上，一針一線縫起來，十分投入與專注。

九斤帶著他的兄弟，以及蘇長木父子，早早去了縣衙門口等著。他們到的時候，還遇上蝨子和其他小乞兒。

近午時，蘇婉繡完前些日子未繡完的蝶戲蘭花帕子，收針沒一會兒，喬勐回來了。

「婉娘子，二爺回來了！」姚氏如腳下生風進了屋，激動地喊著蘇婉。

「回來便回來吧，乳娘這麼激動做什麼？」蘇婉將帕子從繡繃裡取出來，拿在手上，仔細看著針腳。這雙手也是有底子的，磨合一下，她的手藝便回來了。

「啊？」姚氏傻住，她家姑娘怎麼一點也不高興的樣子？

起初，蘇婉的心情也無比複雜，既擔心喬勐，又惱著他，不知如何是好。不過當她拿起繡繃，拿起熟悉的針線後，那些感覺全被她忘得一乾二淨，全心投入最愛的刺繡。

「乳娘，妳瞧我這帕子繡得如何？」蘇婉沒在意姚氏的驚訝，把繡帕遞給她。

姚氏愣愣地接過繡帕，原本還恍恍惚惚，見到繡樣，不由眼前一亮，蘭花綽約優美，蝴蝶色彩絢麗，栩栩如生，看著彷彿下一刻就要飛出帕子。無論從細密的針腳，還是平順的光色來看，都堪為佳品。

姚氏不是特別懂這些，但不知為何，就覺得這是她見過最好看的繡品。

「婉娘子從何得來這繡帕？」女子都愛美，姚氏拿了那帕子愛不釋手，連喬勐要回來的事都忘了。

蘇婉嗔了姚氏一句。「這是我繡的。」

姚氏更懵了，她家娘子的繡工，何時這麼好了？

「這……」姚氏又從繡筐裡找出一條繡了一半的帕子比較，一個精緻、一個普通，怎麼看都不像是出自同一個人之手。

蘇婉伸手將頰邊的一縷髮絲勾到耳後。「乳娘，說出來妳可能不信，自從那日我摔了頭後醒來，就特別喜歡女紅，看見布料、帕子、衣裳啊，總想在上面繡幾針。」

姚氏訝然。「還有這種事？」這頭摔得也太詭異了些，但她家娘子自從摔了後，確實像換了個人，要不是她旁敲側擊問了少時只有她們倆知道的事，蘇婉對答如流，這才解了懷疑。

「我還老作夢，夢裡老有個女子在刺繡，我就在一邊看呀看呀，那女子發現了我，非要教我繡法，乳娘妳說，她是不是仙女啊？」蘇婉故作天真地問姚氏。

姚氏是古人，自然信鬼神，連忙雙手合十，對著天拜了拜。

「我的好小姐，一定是祖宗顯靈了！蘇家祖上曾經有位姑奶奶就是以一手巧奪天工的繡技得到宮裡娘娘的喜愛，將她招進宮。」

蘇婉不知蘇家原來還有這樁往事，很是好奇。「後來呢？」

姚氏嘆了口氣。「唉……那位姑奶奶早逝，也沒留下傳人。」宮裡哪是那麼好待的。

蘇婉看過很多宮鬥劇，自然明白姚氏那聲嘆息。沒想到她瞎編的話，真能找到源頭。

「難怪那女子對我這麼好。」

「我們娘子是個有福氣的人，以後一定會順順利利，平平安安。」姚氏慈愛地看著蘇婉，幫她順了順頭髮。

蘇婉笑笑，拉著她的手，嬌聲喊了一句乳娘。

「但娘子不要再跟其他人提起這件事，我也不會告訴當家的和大根。」姚氏想了想，叮囑道。

蘇婉的心軟軟的，姚氏對她真的很好。

「二爺回來了，怎麼現在還沒進內院？」姚氏突然想起找蘇婉的正事。

「回來就回來，這是他家，不回來能去哪兒？這會兒，他應該在外院跟九斤他們談事情吧。」蘇婉收起笑容，不鹹不淡地說了句。

「娘子不高興？」姚氏聽出蘇婉話裡的不豫，小心地問道。

「沒有啊。不過，乳娘算過咱們家現在還剩多少銀子嗎？」

姚氏一愣，答道：「大概幾十兩吧。」從滿香樓討來的銀子，用掉一大半了。

第八章

「娘子，娘子，我回來了！」屋外傳來喬勐的聲音和腳步聲。

蘇婉從榻上起身，撩開內簾，正好對上往屋裡走的喬勐。

「娘子……」喬勐伸出手。

啪！他的手被一隻嫩白的柔荑重重一拍。

「乳娘，拿算盤來，讓二爺跪著反省反省！」

姚氏將算盤拿過來時，喬勐正縮在內室角落裡，蘇婉手裡拿了雞毛撣子，堵在他身前。

兩人對峙。

「二爺可知錯了？」

喬勐摸著被抽了好幾下的手臂，默念數遍好男不跟女鬥，才咬牙道：「知錯了。」

「那二爺可知錯在哪兒了？」

喬勐心裡好委屈，覺得自己一點錯也沒有，人又不是他弄傷的，還被冤枉得進了牢，現在回來，娘子不心疼也就算了，還說他有錯？

「不知。」

啪啪！他身上又挨了兩下。

「蘇氏妳……」妳別太過分！後面的話還沒說得出口，喬劭又挨了一下，連忙改口道：「好娘子，妳說我錯哪裡，就是哪裡！」

他喬劭能屈能伸，識時務者為俊傑。

「跪著。」蘇婉不打了，接過姚氏的算盤，扔在地上。

「男兒膝下有黃金，只跪天跪地跪父母，我不跪！」喬劭拒絕跪算盤。

蘇婉施施然走到榻邊坐下，讓姚氏將算盤拿起，問道：「二爺可會用算盤？」

「當然，我算術向來學得好。」喬劭揚起頭，驕傲地說。

蘇婉聽罷，從榻上的桌几上，拿出她記帳的小本子，對姚氏道：「乳娘，妳把算盤拿給二爺，讓他幫我算筆帳。」然後抬眼問喬劭。「二爺可願意？」

喬劭不知道她又要搞什麼花樣，只要不讓他跪算盤就行，接過算盤，將算珠重新歸位，道：「行吧。」不過紆尊降貴的態度還是要表明的。

蘇婉見他這樣，不氣反樂，這人真真跟個小孩似的。

「來，二爺聽好了。」蘇婉打開小本子，開始報帳。「……打點牢頭十兩，買吃食二兩，給彭縣令的禮物三百二十兩……」

這一筆筆雞毛蒜皮算下來，儼然成了一筆可觀的數目。

喬劭將算盤打得噼哩啪啦，心也跟著噼哩啪啦，越打心越疼，這些都是銀子啊，白花花的銀子，正從他手下一點點流走。

「娘子……」喬勐停下手，抬頭去看蘇婉，她睜著一雙漂亮杏眼，正淡然地回望著他。

「二爺可知錯了？」

喬勐低下高傲的頭顱。「知錯了。」

「男兒膝下有黃金，這算盤上金的沒有，銀的還是有的，二爺還不跪嗎？」蘇婉嘴角緊繃，努力憋笑。

喬勐看看手上的算盤，眼前一花，上面彷彿堆滿了銀子，心裡更難受了，將算盤往地上一扔，一個衝動，膝蓋便跪了下去。

「現在二爺知道錯在哪裡了嗎？」蘇婉將小本子放下，又問喬勐。

喬勐點頭。「因為我，家裡花了銀子。」

蘇婉瞧著他這難受的樣子，不由捂住嘴。

「錯！」

「啊？」

「你錯有二，一是行事過於張揚，若將報復彭大姑娘的事做得隱蔽些，又怎會被喬福知曉，鑽了空子，找到機會陷害你？」蘇婉分析道。

喬勐想著，他和兄弟們議事的時候，確實是在外院大大咧咧商量。

「二是你事事不與我商量，如果事前跟我說，還能替你描補。」

蘇婉說完第二個錯，喬勐一愣，連膝蓋上的疼都忘了。他從小到大，素來遇事只能自己思索，因為無人可商可量。

「你我是夫妻，本是一體。一榮俱榮，一損俱損。」蘇婉看著喬勐若有所思的樣子，便下榻，走至他跟前。

「二爺可懂了？」

喬勐不吭聲，心裡有些矛盾，小娘子只要管好內宅就好，外面的事理應由男子去辦。蘇婉被欺負了，他不討回公道，還是個男人嗎？

可他想到最後，又覺得他家娘子的話還是有道理的，因為她又好看、又聰明。

「當然懂。」他家娘子把話說成這樣，他再說不懂，還有面子嗎？

蘇婉露出笑容，收起雞毛撣子，坐回榻上，接著將昨夜去見彭縣令的細節說給喬勐聽。

說完後，兩個人都陷入了沈思。

「我們還是要做準備，彭縣令肯定會有所動作的。」蘇婉嘆口氣，這事真真是兩難，突然想起鑾子還在臨江，又問喬勐。「你可有派人去接鑾子？」

喬勐回她。「娘子放心，這後續的事，妳無須擔心。」

「你打算怎麼做？」蘇婉想他一回來便去了外院，肯定跟他的兄弟們談了話。那些事情是他告訴她的，他肯定知道說出來會有什麼後果，或許早有應對之策。

「這事，娘子還是不知道為好。」喬勐原本想說，但轉念一想，便不打算告訴她。

蘇婉剛想讓喬勐起來，見他又這般獨斷，索性不叫，讓他跪著好了。

「娘子，二爺還沒用膳，要不先讓他起來吃一點？」姚氏在旁邊靜候了好一會兒，看著喬二爺這可憐樣，開口同蘇婉道。

算了，改變他的想法也要講究循序漸進，不可急於一時。

「二爺餓嗎？」蘇婉瞥向跪得歪歪斜斜的喬勐。

一聽這話，喬勐連連點頭。「餓！」他來後院就是想弄口吃的。要不是他身無分文，那幫兄弟也是兜比臉乾淨，他就出去吃了。

當然，他不會承認，他想他家娘子了。

「昨日採下的白玉蘭沒來得及吃，我去廚房替你做些粥。」蘇婉起身，打算親自下廚。

「那娘子快去！」喬勐很高興，他家娘子親自下廚，他就不用吃那個叫白果的小丫頭做的飯菜了，說著便要站起來。

蘇婉一個冷颼颼的目光掃去。「誰讓你起來了？繼續跪著，反省反省。」又吩咐姚氏。

「乳娘，妳就在這裡看著。」

喬勐的心裡默默流淚了。

蘇婉帶著銀杏去廚房，看看昨日採的白玉蘭，還算新鮮，便沒有重新摘，在廚房裡找尋其他食材和調料。

白果見她在廚房轉來轉去，問道：「娘子想要做什麼？交給奴婢來就好。」

「妳去藥鋪，買些山楂乾和蜜漿回來。」蘇婉想了想，吩咐銀杏。

銀杏記下，便拿錢出去了。

蘇婉又命白果生火，她來淘米煮粥，清洗白玉蘭花。

一會兒後，銀杏帶著東西回來，蘇婉先將山楂乾去核清洗泡水，等米鍋開了，把山楂乾和蜜漿倒進粥鍋，熬煮一會兒，最後放入玉蘭花。

接著，她用玉蘭花和麵粉做酥炸玉蘭花和玉蘭花餅，白果還燉了肉菜，便準備齊全了。

蘇婉提著做好的吃食回到主屋時，故意提高了聲音，和銀杏、白果說話。

躺在榻上的喬勐立時跳起來，跑回牆角重新跪算盤，突然覺得有些荒謬，他為什麼要怕他家娘子，還這麼聽話地跪？他一手就能打趴十七、八個她！

好香！等等，他家娘子做了什麼好吃的？他伸長脖子對著空氣嗅了嗅，口水在口中蔓延，肚子咕嚕叫。

他家娘子真是又好看、又能幹，跪就跪吧。

「喲，二爺還跪著呢，快起來。」蘇婉撩起簾子，對著牆角的喬勐笑道。

姚氏嗔怪地看蘇婉一眼，不讓她打趣喬勐。「娘子少說兩句。」又對喬勐說：「二爺餓壞了，來吃飯吧。」

喬勐忙不迭站起身，腳步輕快往外屋走去，一點都不像跪久了的人。

蘇婉瞧著，搖搖頭，不過什麼都沒說。

「娘子做了什麼？好香！」喬勐坐到飯桌邊，等著兩個丫鬟布膳。

白果盛了一碗熬得稠稠的玉蘭花粥遞到喬勐面前，喬勐聞著粥香，端起就往嘴邊湊，連湯匙都沒拿。

「吃慢點，誰跟你搶了？」蘇婉見他這般，沒好氣道。

入口清香，又酸又甜，兩種味道正相宜，他這個不愛吃甜的人，感覺正適口。

接著，是酥炸玉蘭花和玉蘭花餅。

喬勐先挾了塊模樣看著不錯的酥炸玉蘭，又脆又香，原以為是甜味，沒想到是鹹味的。

「這上面撒的是什麼？」

「娘子將胡椒搗成粉，撒上去的。」銀杏回道。

喬勐點點頭，一邊喝粥、一邊連吃好幾塊玉蘭花，又去挾餅子，餅子也好好吃，接著目光轉向肉菜，挾了一大塊，入口後……

這是白果的手藝，喬勐含著菜，想吐出來，可撞上蘇婉的目光，硬生生嚥下去，但他的筷子再也沒伸過去。

「娘子，妳的手藝不比那些酒樓的廚子差！」喬勐毫不吝嗇地誇讚道。

蘇婉心中一動，笑著問他。「那你想不想學？」

「我？君子遠庖廚！」喬勐才不要學。

前世身為吃貨大國的一員，蘇婉精通廚藝，會做一些美食，但她更喜歡的是刺繡，並不想親自做吃食生意。聽了喬勐的拒絕，她不作聲，心裡想起一個人來。

「嗯，你吃吧。」蘇婉說著，叫姚氏和銀杏進內室，留下白果伺候喬勐。

進了內室，蘇婉將之前繡的帕子拿出來，問姚氏。「乳娘，我若將這繡帕賣到城中的繡坊，可值幾錢？」

姚氏對這些不甚了解，銀杏拿過帕子來看，驚道：「娘子，這是您繡的？真好看！」

小丫頭沒什麼見識，但也覺得這帕子好像比外面賣的好看。城裡有許多婦人喜在頭上綁一條布帕作裝飾，但沒見過比這條花樣好看的。

這會兒，姚氏打心底心疼她家姑娘，蘇家雖不是大富之家，但蘇婉也沒吃過什麼苦。如今做了別家的娘子，反倒日日都要為生計發愁。

「乳娘，妳在想什麼呢？」蘇婉讓銀杏去幫她取披帛來，轉頭就見姚氏拿著帕子發呆。

姚氏回神，捏捏帕子，慈愛地看著蘇婉，笑道：「沒什麼，明日我去繡坊問問。」

蘇婉沒太在意，見銀杏取了條粉色披帛過來，接過攤開看了看，選中間段的節紗，在繡筐裡揀了繡繃，將披帛繃好。

「咦，娘子這是要做什麼？」銀杏上前幫忙，好奇地問。

姚氏也湊過頭來看。

蘇婉只是笑笑，拿了非常細的描眉炭筆，在羅紗上簡單描幾筆，三隻蝴蝶便出來了。前世她不知繡過多少隻蝴蝶，蝴蝶花樣，自然是信手拈來。

描好樣子，蘇婉想了想，比著披帛顏色，從線笸裡挑了絳紫、靛藍、寶藍、蒼色等幾種繡線出來，讓銀杏和姚氏幫忙理一下，她來穿針引線。

「娘子，二爺吃完出去了。」白果走進內室，稟報蘇婉。

蘇婉手上捏著針線點點頭，表示知道了。喬勐沒敢來說，是怕她又罰他跪吧。

待白果要退回去收拾飯桌時，蘇婉叫住她。「妳去買兩隻活雞回來，再買些做菜用的香辛調料。」剛要說出調料名稱，怕她記不得，又道：「這樣吧，我寫給妳，妳拿去給店家瞧瞧，如果配不齊，再去藥鋪問問。」

「是。」白果應下。

銀杏在一旁聽著，立即去取紙墨來，蘇婉憑著印象，寫下這個時代能找到的調料。

「還有雞蛋跟麵粉，如果有番薯漿粉之類的，也買一些。等會兒讓大根跟妳一起去。」

寫好後，蘇婉把單子交給白果，又對她吩咐了兩句。

姚氏算算需要的銀子，多取了些給白果。

白果拿了銀子，小心翼翼放進貼身荷包裡。她得先將家裡的活兒幹完，再出去採買。

蘇婉嘆口氣，她家的丫鬟們都是身兼數職。

等白果出去後，蘇婉繼續繡蝴蝶，熟練地找了個習慣先下手的地方，動作不算快，但手法嫻熟地在羅紗上繡起來。

她成名多年，自有一套走針手法，姚氏和銀杏在一邊分著線、一邊看著，頓覺眼花撩亂，感嘆著蘇婉的巧手。

「乳娘，妳有沒有想過，以後大根哥要做什麼？」蘇婉繡著，同姚氏說起話來。

這話一出，姚氏便愁了起來。「我跟他爹也在想著這件事，他的年紀也大了，以後也要成親，不好整日只跟在他爹後面幹些雜事，我想著讓他出去找點活計。」

「是啊，怪我和二爺還沒把這個家立起來。」

姚氏一家本就是她的陪房，該由她來養著，可現在她和喬勐這情況……她是有信心能過上好日子，但不一定是她想像中的好日子。

「娘子千萬別說這話，您和二爺還年輕，經著這一遭，二爺定能浪子回頭，好好跟娘子過日子。」姚氏輕聲寬慰蘇婉，她也期盼這般。

蘇婉心裡對蘇大根未來有些想法，不過這會兒還不適合說出來，對姚氏笑了下，隨即又低下頭，繼續繡起來。

姚氏和銀杏將線分好，又拿出絡子，陪著蘇婉一起做活。

主僕三人說說笑笑，時間很好打發。沒等姚氏和銀杏打完一半絡子，蘇婉便繡好三隻蝴蝶了。
「怎麼樣？」蘇婉甩了兩下手，將繡綳遞給姚氏和銀杏看。
兩人連忙放下絡子，湊頭去看。
「娘子這配色可真好看。」姚氏第一眼便覺三隻蝴蝶色彩極活潑亮麗，層次分明。時人用色偏素麗，鮮見這種，且針腳齊整，線條極為流暢，毫無錯針與毛邊。
銀杏說不出感覺，一個勁兒點頭，手指輕輕撫摸蝴蝶，怕稍稍用力，它們就飛走了。
蘇婉放下心，這只是她前世的日常練習而已，隨後取下繡綳，抖開披帛，示意銀杏站起來，披到她身上。
「轉過去，我看看。」
銀杏依言披好，欣喜地背過身。剛才的簡單花樣，立時成了三隻美麗的蝴蝶，浮現在粉紗中。
蘇婉道：「走兩步看看。」
她說罷，隨著銀杏的走動，三隻蝴蝶在身後翩翩起舞。
「嗯，還行。」蘇婉點頭。「我再加點花樣，回頭就送妳了。」
「謝謝娘子！」銀杏轉過身，取下披帛，拿在手上看了又看，遞給蘇婉。
「乳娘，回頭讓木叔找人幫我打一副繡架吧。」蘇婉接過披帛，又在上面加了些花朵，讓蝴蝶看起來在花叢中嬉戲。不同於那條蘭花帕子的繡法，這處的花看起來更活潑些。

姚氏應聲。

繡完披帛，蘇婉又打起花形軟帽的主意。原主的記憶裡，臨江和平江有不少婦人愛戴這個，據說是上京宮裡流行的裝扮。年輕娘子戴得少，姚氏這個年紀的，倒是喜愛得很。

蘇婉讓姚氏取來嫁妝裡的水藍絲綢料子，裁了做軟帽，簡單在上面繡了些小花、水紋，然後教姚氏在開口處縫入繫帶，再隨著繡花，掐出一個個拱形花苞。

今日姚氏梳的是婦人常見的平髻，正好戴這花冠帽。

「真好看，姚嬤嬤就像年輕了十歲呢！」銀杏嘴甜得很，幫姚氏繫好繫帶，領著她去銅鏡前照看。

姚氏當然喜愛至極，左看右看，笑得合不攏嘴，蘇婉也跟著打趣了幾句。

第九章

笑鬧間，外間雖還亮堂，但日頭已西下，不太適合做針線了。

正好，這時白果他們帶著採買的食材回來，隨之進屋的還有喬勐。

「今日二爺怎麼這樣早就回來了？」蘇婉聽到聲響走出來，一出門便瞧見換了衣物、身上乾乾淨淨的喬勐。

喬勐自然不能說，今日沒找到什麼「劫富濟貧」的好對象，所以才早早回來。

好在蝨子這孩子上道，交了些錢，不然他今日必是空手而歸。

喬勐想著，從懷裡掏出放錢的荷包，直接扔給蘇婉。

蘇婉抬手接過，捏了捏，不多，不過好在是個收入，可見喬勐還算是個顧家的男人。

「我瞧著大根和白果買了不少東西，娘子晚上準備做什麼吃的？」喬勐隨意坐下，拿起桌上的茶壺晃了晃，發現沒有茶水，悻悻地放下，隨後又睜著大眼，一個勁兒瞧著蘇婉。

做了一個下午的女紅，蘇婉有些累，哪裡還想做晚膳，隨口道：「二爺有什麼想吃的？等會兒我問問白果家裡有沒有食材，讓她做給你吃。」

喬勐傻了。

「那個，娘子，我突然想起來，我還有事沒說，得去找九斤他們。」喬勐起身，嚐過他家娘子的手藝後，他絕對不想再吃白果那小丫頭做的豬食了。

他得好好想想，那幫兄弟誰家娘子或老娘手藝比白果好上一些的，他要去蹭一蹭！

「哦，那二爺先去，要幫你留飯嗎？」蘇婉並不知道他的想法，只單純地問一句。

「不用！」喬勐連忙站起來，就要往外走。

「對了，二爺。」蘇婉突然想起一件事，叫住喬勐。

喬勐回頭。「嗯？」

「你可有門路做些鐵鍋來？」這裡雖有鐵鍋，但未能家家戶戶都有，富貴人家才有。

「娘子要鐵鍋做什麼？」

「想做點吃的，但是沒有鐵鍋，做得不好吃。」

喬勐眼睛一亮，這沒有門路，也要打通門路啊！遂拍胸脯道：「包在我身上！娘子要多大的，什麼樣子的？」

蘇婉想了下。「這不好說清楚，要不等晚上我畫下來，給二爺看看？」

「好。」喬勐點頭。早知道他家娘子要用鐵鍋才能燒飯，他就備上了，從喬府順一個來也行。

蘇婉聞言，擺擺手裡的帕子，讓喬勐出去了。

除了喬勐，沒人吃過蘇婉做的飯。這頓晚膳，大家吃得還算滿意。

用過晚膳後，蘇婉去散步，回來洗漱好後，便讓其他人去休息。

她只著裡衣，又坐到窗邊榻上，照著前世的記憶，畫了幾只鍋子，還畫了爐子，不知道這裡有沒有，可不可以做出來？

弄完這些，她的手又癢了，又去畫了幾個花樣子，夏日來了，可以繡團扇。不知不覺，她一個人畫了好幾張簡單的趣味花樣子。

蘇婉舉起畫紙瞧，笑了笑，很滿意。

「娘子，妳一個人在樂什麼？」

喬勐一身酒氣地撩開珠簾走進來，瞧見一美人披著如墨長髮，團坐在榻上，因向上舉著紙張，秀出了天鵝頸，粉腮在燈火下微暈，笑靨盈盈。潔白的裡衣袖子滑落至手肘，細白如雪的手臂裸露在外，眼到之處，酒意裹著熱血衝上頭。

其實喬勐進門，蘇婉就聽到動靜了，猜想他應該是回來拿圖樣，便沒有太在意。

腳步聲越來越近，虛虛浮浮的，她納悶地轉過頭，只見喬勐跌跌撞撞地向她撲來，沒等她反應，娃娃臉上睫毛長長、撲閃撲閃、眸色又深又亮的大眼睛便湊到她眼前。

喬勐臉色微紅，鼻息間都是酒氣，這會兒跟隻小狗似的，在蘇婉身上聞來聞去。

「娘子，妳好香啊……」

蘇婉眉頭深蹙，受不了那酒味，伸出一根手指抵住他的額頭，阻止狗鼻子湊過來。

「你喝酒了？」

想要親親抱抱自家娘子的喬勐不滿地捏住那根搗亂的手指，噘起嘴巴，委屈道：「娘子，我好想妳啊，我們好久沒親……」

熱字沒說出來呢，就被臉一紅的蘇婉用另一隻手堵住了嘴巴。

「唔唔……」

嘴被捂住，喬勐只能發出唔唔聲，一來氣不太通順，二來因為他家娘子的羞色，他的腦子更加熱了。

他看著蘇婉的眼睛，輕輕咬了下她的手指。

蘇婉如同觸電，咻地收回了手，惱羞成怒道：「你是屬狗的嗎?!」

喬勐搖搖頭，脫口而出。「那也是娘子妳的狗，汪汪！」說著，還學了兩聲狗叫。

蘇婉不由樂了起來。

喬勐見她笑，也跟著笑。

喝了酒的喬勐看起來有點傻，但好像也有點乖。

「娘子，今晚我想抱著妳睡。」喬勐見蘇婉不那麼排斥他了，手腳並用爬到榻上，蹲在她跟前，拉了拉她的袖子。

「不行。」蘇婉轉過頭，不看他跟朵蘑菇一樣的可愛模樣。

「為何？」喬勐有點急。

「你太臭了。」蘇婉隨口說道。

「我、我這就去洗！」喬勐立刻從榻上爬下去，出了內室。

這麼晚了，沒燒熱水，也沒聽他叫人，蘇婉有心想跟去看看，又想到他剛剛的舉動，心情頓時複雜起來，便沒有起身。

原主是他的妻子，如今她成了原主，也是要盡夫妻間的義務，可她心裡還是彆扭。

算了算了，不想了，順其自然吧。蘇婉拍拍腦袋，收拾桌几上的圖樣。收好後，她從榻上下來，解了幔帳，躺上床去。

蘇婉盯著帳頂看了一會兒，才閉上眼。

過了好一會兒，喬勐動靜略大地進了內室，見榻上沒人，轉頭看向床鋪，幔帳已放下，他笑了一聲，大跨步走過去。

「娘子！」

蘇婉不想理他，就當睡著了。

「娘子？」喬勐見蘇婉呼吸均勻，有些失望地又叫了一聲。

見她可能真睡著了，想推醒她，但手落不下去，只好收手，輕輕爬進裡面的空位躺下，腦子突然變得清楚起來。

喬勐想著，早上他還在牢裡，這會兒便躺在他家娘子身旁。想想進牢房也不是太壞的事，要是今天沒有跪算盤，那就更好了。

想到跪算盤，就想到沒了的銀子，他又一陣肉疼。他娘子好脾氣，但他想殺人啊。轉念又想到彭縣令這個威脅，臉色頓時冷下來，心中有了個大膽又瘋狂的念頭。

喬勐心口怦怦跳，側身去看蘇婉，伸手碰碰她的臉，又挪了下身子，貼著她，這才閉上眼睡去。

翌日清晨，蘇婉醒來時，喬勐已經不在身旁。

「娘子醒了？」姚氏聽到動靜，進來見蘇婉坐在床上發呆，問了一聲。

蘇婉木然地點點頭，沒注意到姚氏頭上還戴著昨日的那頂花形軟帽。

「等會兒我帶銀杏去城裡的繡坊轉一轉，把白果留下來陪妳，有什麼事，讓她找根兒幫您辦。」姚氏重新勾起幔帳，對蘇婉說了幾句，又彎身去理床鋪。

「還沒跟二爺和好？」姚氏轉身小聲地問蘇婉，這床鋪乾乾淨淨的。

蘇婉愣了下，這才明白姚氏話裡的意思，可這事哪裡說得清，只好含糊道：「他昨晚喝酒了。」

姚氏是蘇婉的乳母，自然事事想為她好，在她看來，早日生下子嗣才是正道。這男人啊，做了爹，總是會收心的。

「乳娘，我餓了⋯⋯」蘇婉見姚氏又想講些成了親的婦人該如何如何的話，便搖著她的手臂撒嬌。

姚氏一聽，趕緊叫了外面的銀杏等人擺早膳。

蘇婉抓緊工夫梳妝打扮。

等蘇婉坐上飯桌時，喬勐手裡提了兩個油紙包走進來。

「這家肉包特別好吃。」他說著，自顧自坐下，打開油紙包，露出香噴噴的包子，遞給蘇婉。

蘇婉看了一眼，拿起一個嚐嚐，肉餡還挺多，竟然可以一口咬到餡。雖然對她來說滋味一般，但在這個缺乏調味料的時代，已經算不錯的了。

「好吃吧？」喬勐一個勁兒瞧著蘇婉，像等著主人誇獎的狗狗，就差搖頭擺尾了。

「嗯，好吃。二爺也吃。」不知道為什麼，看見他這個樣子，蘇婉心裡就想笑，就想給他獎勵，拿起一個包子遞給他，又分給銀杏和姚氏。

喬勐接過包子，對銀杏道：「也給爺舀一碗粥。」

銀杏放下包子，趕緊照辦。

「還有，等會兒把我的東西從西廂房搬回主屋來。」喬勐咬著包子，吩咐銀杏，說的時候還偷偷瞄蘇婉一下，見蘇婉沒有反對，才又喝了一大口粥。

蘇婉想反對，又找不到理由，只好沈默。

「我這就去幫二爺搬。」姚氏趕緊應聲，喬勐搬回來這事，最高興的莫過於她，說著便出去了。

「今日二爺有什麼事嗎？」蘇婉吃完包子，問喬勐。

「爺兒們哪天沒事？」

蘇婉心裡想翻白眼，幸好忍住了。「蠻子回來了嗎？」

「還沒，我讓人去叫他辦其他事了。」

「這樣啊，我想著中午請蠻子、九斤、蝨子他們過來吃飯的。」蘇婉可惜了一聲。九斤和蠻子雖住在外院，卻經常不在家，不跟他們一起吃飯。

喬勐從碗裡抬頭。「吃飯？娘子下廚嗎？」

「嗯，我打算試做新吃食，想找人幫忙。」

「我可以！」他才不想讓其他人吃他娘子做的吃食！

「你不是要去幫我弄鐵鍋？」

喬勐傻了，乾脆耍起無賴。

一會兒後，喬勐被蘇婉打出了門。

不過，他抱頭亂竄間，也沒忘了鐵鍋圖樣，所以蘇婉只意思意思敲了他幾下，又交代他帶些硝石回來。

喬勐出去了，內院安靜下來。

待蘇婉用過早飯，姚氏把家裡收拾妥當，帶了銀杏去城裡的繡坊。

她倆走後，蘇婉讓白果去外院看看蘇大根和九斤在不在家，若是在，讓他們來見她。

白果應聲而去。

白果帶人來時，蘇婉正在廚房裡，提著刀和昨日買回來的雞兩廂對峙。

「娘子，您要做什麼？」白果嚇了一跳，連忙問蘇婉。

蘇婉轉過身，鎮定地笑了笑。「你們來了啊？」順手把刀塞給白果，對她道：「白果啊，妳來把雞殺了吧。」這兩隻雞還不如喬勐聽話。

就算她不叫，白果也不敢讓她殺啊。

白果點頭，手臂一揮，再一個彎身虎撲，兩隻雞的翅膀就被她拎起，咕咕叫著掙扎。

蘇婉攤攤手，看看自己白嫩的掌心，搖搖頭，對九斤和蘇大根指指外面，先出了廚房。

九斤和蘇大根跟著出去。

蘇婉走到院子裡，問兩人。「九斤、大根哥，我想要一些竹子，你們知道哪裡有嗎？」

蘇大根不太清楚，九斤倒是知道，說城外山上有無主的竹林。

蘇婉聽了，便吩咐道：「大根哥，你去買些雄黃酒和白酒回來，選一般的即可，不需要太好的。」

「九斤，你幫我砍些竹子，順便叫蝨子和他的朋友一起來家裡。」

九斤和蘇大根對視一眼，雖然不知道蘇婉要做什麼，但還是答應下來。

「對了，家裡的柴快用完，這事原來是誰負責的？」在蘇婉印象中，每次柴火快沒了時，第二天自然有人送來。

「這是付錢請人砍的，等下我叫人再去砍些來。」九斤回道。

蘇婉點點頭，要他多找些木棍。

聽到木棍兩個字，九斤和蘇大根不由身子一顫，蘇婉打喬勐的情景歷歷在目，現在又要多找些木棍，蘇婉這是要做什麼？

可他們不敢說，也不敢問。

遣走兩人，蘇婉進了廚房幫白果拔雞毛，白果當然不讓她動手，她只好去取了繡繃、針線和凳子，坐在廚房門口，準備繡個關公耍大刀樣式的荷包。

昨天，她瞧見喬勐用的荷包破破爛爛的了。

日頭尚未高掛，微風拂過，吹得石榴花花枝輕顫，還能聞到玉蘭香氣，院子幽幽靜靜，偶爾幾隻小鳥雀來嘰嘰喳喳。

蘇婉和白果，一裡一外，互不打擾，卻又互伴，兩人話不多，多是相視一笑。

蘇婉喜歡這樣的日子，要是不為生計發愁，便更好了。

日頭漸漸大起來，白果把雞處理好了，蘇婉也繡出關公的半張臉輪廓，聽到蘇大根進門的聲音。

「娘子，我把酒買回來了。」
蘇婉收起針線，接過酒罈，揭開封口聞了聞，酒香尚可。
「好。大根你會燒火嗎？」
蘇大根點頭，蘇婉便讓蘇大根生火。
白果本要來幫忙的，蘇婉沒讓她動手，要她割下兩隻雞的胸脯肉，分別切成一條條跟一片片。
隨後，蘇婉清洗了花椒、八角、桂皮，放進陶釜裡，加上水，又切了些薑片和糖扔進去，加上釜蓋，讓它煮開。
弄完這些，她又去搗胡椒粉。這玩意兒要細細研磨，等她磨了一小碗出來時，白果已經切好雞胸肉，陶釜也煮開了。
蘇婉讓白果繼續將雞鎖骨剔出來，然後把其他的雞肉切成塊。又在陶釜裡各倒了一些雄黃酒和白酒，白酒多，雄黃酒少，再繼續燒煮。
「娘子這是在做什麼？味道有些怪怪的？」白果很納悶，陶釜咕嚕咕嚕冒著氣，聞起來有些沖鼻。
蘇婉揭蓋攪拌了下，湊近去聞，滿意地點點頭，就是這個味道！
「這是做料酒，等會兒做菜用的。」
她說罷，外面傳來吵嚷聲，應該是九斤他們回來了。

一出了廚房，果然是他們，兩個人扛著竹子，兩個人扛著乾柴，蝨子和他的小夥伴手裡還拎了幾只簍子。

「婉娘子，我們回來了！」

九斤見蘇婉站在簷下，朝她打招呼，蝨子也高興地直奔蘇婉而來。

「婉娘子，您看我們捉的魚！」他獻寶似的將魚簍拿到蘇婉面前。

「哇，這麼多啊，蝨子真厲害！」蘇婉瞧著這些魚，也挺高興的，摸著蝨子的腦袋，對他一通誇。

「婉娘子，我也抓了！」

「婉娘子我也有，您看！」

其他小夥伴雖然沒見過蘇婉，可從蝨子口中聽過她，這會兒見她平易近人地誇蝨子，也紛紛邀寵起來。

哎喲，這麼多小蘿蔔頭，蘇婉每一個都摸了摸腦袋，誇獎一遍。

「婉娘子，二爺可喜歡我們捉魚給他了，見到今天有這麼多魚，肯定很高興！」蝨子咧嘴笑著說，提起喬勐，眼睛都亮了。

蘇婉失笑，收到禮物後，才發現並不是給自己的。

不過小孩子嘛，她是不會計較的。

「蝨子，你們幫婉娘子一個忙怎麼樣？」

「好啊，婉娘子儘管吩咐。」蝨子小胸脯一挺，顯得很有擔當，其他人也紛紛附和。

蘇婉笑著帶著蝨子，來到九斤他們跟前。

「九斤，我想要一些細竹籤。」蘇婉說著，把頭上的簪子拿下來給九斤看。「比這個細一些，差不多長，一頭削尖……」

九斤撓撓頭，回頭跟他的兄弟們嘀咕一會兒，同蘇婉說：「婉娘子，交給我們吧。」

蘇婉笑起來。「辛苦大家了，中午我給大家做好吃的！」

第十章

今天家裡這麼多人，蘇婉想著菜不太夠，打算叫白果和蘇大根再出去買些菜回來。

這時，喬勐帶了人用小板車推鐵鍋進來，車上還有不少食材。

蘇婉趕忙走過去。「二爺這麼快就弄到了？」

喬勐揚起下巴。「二爺我出馬，還有弄不來的東西？」

蘇婉笑笑不說話，仔細打量這只大大的鐵鍋。

「哇，二爺真厲害！」蝨子跑過來，仰著頭站在喬勐下方。「我們今天打了好多好多魚呢，你來看！」又把他的魚簍拿過來獻寶。

喬勐才不樂意看他的魚，他在乎的是他家娘子。

「二爺，你來。」蘇婉看完鍋，發現不好放廚房，在院子裡尋了尋，找了塊不礙事的空地，想要喬勐找些磚頭或石頭，搭個臨時灶臺。

喬勐一聽蘇婉喚他，連忙推開蝨子他們，樂顛顛地跑過去，得知蘇婉是想讓他幫著搭灶臺，二話不說，擼起了袖子，露出一看就很有力量的手臂。

然後，他在她面前走來走去，就是沒動手去搭灶臺。

蘇婉見狀，忍住想抽出木棍在眾目睽睽之下揍他的衝動，改拽住他的腰帶，在他後腰處掐了一把。

「二爺，我是要你搭灶臺，不是讓你賣肉。」

喬勐吃痛，嗷了一聲，在院子裡幹活的眾人齊齊看向他。「二爺怎麼了？」

「沒事，你們家二爺想吃肉，咬著腮幫子了。」蘇婉笑著解釋了句。

大家了然地點點頭，不約而同轉過頭偷笑。

「娘子，我現在就去！」喬勐覺得他的顏面早已蕩然無存，轉了身，又厚著臉皮湊近蘇婉，小聲道：「那娘子晚上給我親香親香，我的腮幫子就不疼了。」

「好啊，我現在就給你親香親香！」蘇婉說著，看了下周圍的人，見大家都沒在看他倆，蝨子和幾個小夥伴也在做竹籤，便伸手揪起喬勐的耳朵，把他拽到石榴樹後。

教育熊孩子，還是要給他留點面子。

喬勐不知道是不是被打習慣了，不掙扎也不生氣，抓住蘇婉的手，嬉皮笑臉的。

「哎喲，娘子，疼！」他嘴裡喊著疼，卻緊緊按住蘇婉的手，還乘機捏了捏。

這人真是……無賴！討厭！

蘇婉掙脫不開，一腳踩在他的腳背上。

這下喬勐真的吃痛了，但這痛又沒有棍棒打的疼，只是悶哼一聲。

蘇婉瞪他。「二爺，你中午還要不要吃飯了？」

喬勐連忙道：「吃啊！」

「那還不快去搭灶臺！」搭個灶臺都這麼多事。

蘇婉走出石榴樹後，發現其他人全望向他們這個方向，一個勁兒地笑，見她出來，便收回目光，低下頭幹活。

蘇婉只當沒看見，摸摸髮髻，往廚房走去。「白果，二爺又帶回幾隻雞，都殺了吧。」

白果立即提了刀，從廚房裡走出來抓雞了。

蘇婉跟白果錯身而過，進去看看陶釜，料酒已經煮開了，就讓蘇大根暫時不要添柴火。

「大根哥，你會殺魚嗎？」蘇婉一邊將陶釜裡的料酒裝進罈子裡、一邊問蘇大根。

蘇大根說會，蘇婉便讓他去取蝨子帶來的魚，殺掉一簍，其他放在木桶裡養。

蘇大根應聲去辦。

蘇婉將料酒裝起來冷一下，朝外間看了一眼，喬勐已經帶人開始搭灶臺了。

蘇婉笑笑，分別用料酒、胡椒粉、鹽醃製白果剛才處理好的雞柳和雞胸肉，還放了一點點醢醬，代替味精。

弄好這些，她清洗喬勐帶回來的豬肉，挑了嫩肉切成小丁，也醃了一下。這個時代的豬沒有醃，會帶些腥味。

她看看菜，算了算，魚可以做成雜魚鍋，雞肉有炸雞柳、裡脊、雞腿、雞鎖骨等等，豬肉做炸肉串、回鍋肉、紅燒肉之類的。

素菜更不用提，拍黃瓜、燜茄子，最後再煮一道青菜蘿蔔湯，便差不多了。

打定主意，蘇婉叫白果繼續照樣收拾雞肉，把殺魚的活兒交給喬勐，將蘇大根叫進廚房，要蘇大根看著她是如何做的。

一會兒後，蘇婉醃好所有需要醃製的食材，也和好做雜魚餅子需要的麵。

此時，油鍋熱了，發出嗞嗞聲，蘇婉將裹了番薯粉漿的雞柳倒進鍋裡炸。

剛剛見她放這麼多油進去，蘇大根心疼得很，可肉一下鍋，肉香便飄進他鼻間。真香！

蘇婉用長筷子不停攪拌著，不讓雞柳黏在一起，很快便炸好了。

這時，不少腦袋探進了廚房門口，包括搭好灶臺、殺好魚的喬勐。

喬勐忍不住了，大搖大擺地走進廚房，好奇地看向陶釜。「娘子做了什麼？這麼香！」

蘇婉朝門口看了一眼，道：「蝨子，去拿些你們削好的竹籤來。」

躲在外面吞口水的蝨子一溜煙去了。

蘇婉將炸好的雞柳裝進一個大碗裡，又撒上一些胡椒粉，挾了一筷子給喬勐。「二爺，你吃吃看。」

她把筷子遞給喬勐，喬勐卻直接彎腰低頭，嘴對上去，叼起雞柳。

嗯，剛進嘴有點脆，再嚼兩下，裡面的雞肉嫩而香。

「好吃！」喬勐眼睛一亮。

「大根哥，你也來嚐嚐看。」蘇婉叫著蘇大根，也挾了一筷子。

喬勐臉色一變，奪了她手裡的筷子和碗。「娘子妳忙，我弄給大根吃。」笑咪咪地看著蘇大根。

蘇婉沒在意，繼續炸雞柳。

蘇大根連連擺手，還是被喬勐塞了一筷子，原本哭喪的神情，立時驚訝起來。

「好吃！」

「好吃你就多吃點。」蘇婉隨口接了句前世的廣告詞。

喬勐不滿了。「那我呢？」

「婉娘子！」這會兒蝨子像陣風颳了進來，將一小籃竹籤遞給蘇婉。

蘇婉接過，抽出一根，指指喬勐手裡的雞柳。「來，自己插來吃。」

被忽略的喬勐瞪了蝨子一眼，嚇得孩子們都不敢伸手。

蘇婉揪喬勐一下。「你是不是沒事了？沒事就來幫忙！」說著將第二碗雞柳撈起來，又吩咐蝨子。「來，端出去給外面的人吃，用竹籤插就可以了，吃完了竹籤別亂扔。」

蝨子看看喬勐，見他點頭，這才端了雞柳出去。

「二爺，你把這竹籤穿進肉片裡。」蘇婉做了一遍給喬勐看，讓他負責串裡脊。

藉著學習的工夫，喬勐飛快地偷親蘇婉，親完就退，蘇婉連躲的機會都沒有，只能又揪他一下。

偷香成功的喬勐樂滋滋的，隨便她怎麼揪，也不生氣。

於是，喬勐負責串裡脊、豬肉串，蘇婉繼續炸雞鎖骨和雞腿。然後又用外面的鐵鍋，炒了幾道菜，燉了肉，還有香鮮美味的雜魚以及烙在鍋邊的餅子。加上白果蒸好的飯，便準備齊全了。

上菜了，蘇婉讓喬勐分給大家吃。

大夥兒是一邊幹活一邊吃，每個人都吃得油光滿面，活兒幹得心甘情願。

「真好吃！婉娘子這些菜，我是第一次見，原來還能這樣做，比來福樓的菜還好吃！」

「對，那個叫雞……雞柳什麼的，真香！」

「我覺得回鍋肉和紅燒肉燒得好。」

「我都喜歡，婉娘子不如去開館子吧！」九斤滿嘴都是吃的，提議道。

「不行！」喬勐將餅子蘸了蘸雜魚鍋湯汁，一口吃進去，立即反對九斤的提議。「開館子多辛苦，娘子哪能吃這些苦。還有，以後別總想著要來蹭飯，娘子管家勞累，還要幫你們做飯，想得美！」

大家只好埋頭苦吃，一聲不吭。

蘇婉嘆口氣，還真有人會把天聊死，不過她心裡有點暖。

這會兒她也吃飽了，放下筷子，把蝨子、蘇大根一起叫到喬勐身邊。

「二爺，你覺得這個炸雞柳、裡脊、肉串怎麼樣？」

「挺好吃的，就是自家做有點費事。」喬勐還在到處掃尾吃著。

「你說，要是在西坊街擺個賣這種吃食的攤子怎麼樣？」蘇婉本來想擺在城中學堂或私塾門口，但想想不太好，便沒說。

喬勐抬頭看向蘇婉。「娘子真想做這生意？」

蘇婉笑說：「不是我，是你們。」指了指蘇大根、蝨子還有喬勐。

「啊？我們？」蘇大根和蝨子同時睜大眼睛。

「對啊。蝨子，難道你想帶著小夥伴們一直乞討，不想過上正常的日子？你們還小，二爺只能幫你們一時，那以後要怎麼辦？」蘇婉嚴肅地問著蝨子。

蝨子沈默下來。

「還有大根哥，你要一直靠著乳娘和木叔嗎？」

蘇大根也陷入沈思。

最後，蘇婉把目光轉向喬勐，喬勐一個激靈，忙不迭地說：「娘子別說了，我做。不過講好啊，我不做菜的，君子……」

蘇婉問他。「你是君子嗎？」

喬二爺心虛。「不是。」說得超小聲。

「先吃完飯，把這裡收拾一下，我們再來商議怎麼做。」蘇婉不逼他們，讓他們好好考慮，而且利益分配也要事先談好。

只要大家都能出去賺錢，她便能安心做她的老本行了。

日頭當空時，出去半日的姚氏和銀杏，還有接送她們的蘇長木回來了。

他們一回來，見內院沒人，循著聲來到廚房所在的小院子。

「乳娘回來啦！」蘇婉正站在石榴樹下，連哄帶教地同喬勐說話，眼角餘光瞧見了姚氏他們。

「娘子，這是在做什麼？」姚氏看小小的院子裡擠了不少人，連忙問。

「這不急著說，乳娘你們一定餓了吧，先吃飯。」蘇婉拉住姚氏的手，又朝廚房裡喊：「白果，把給乳娘他們留的飯端出來。」

白果應一聲，麻溜地去做了。

姚氏等人吃完蘇婉做的飯菜後，也連連稱讚。他們和白果都是最熟悉她的人，也是見證了她變化的人。

「娘子還有這麼一手好廚藝？以前怎麼沒聽您說過？這做菜的法子還挺新奇。」蘇長木坐在桌邊，抹了抹嘴，悄聲問姚氏。

姚氏也不知曉，上次蘇婉做飯，她沒吃著。這事往淺了想，或許就是蘇婉有這天賦，以前沒機會露手罷了；往深了想，那位入蘇婉夢裡的蘇家姑奶奶，可能也將宮廷御膳同繡技一起教了呢。

但這事，姚氏是絕不會同蘇長木說的。

「你一直在外院，內宅裡的事，我怎麼可能事事都跟你說？」

蘇長木一聽，想想也是，便沒有再多問。

至於銀杏和白果，這兩個都是蘇婉的貼身丫鬟，自然不好隱瞞，好在兩人都是家生子，對蘇婉極為忠誠。蘇婉也是用蘇家姑奶奶入夢顯靈的說法解釋，兩個丫頭單純，蘇婉怎麼說，她們怎麼信。

不過，姚氏還是告誡了一番，不許她們洩漏出去。

有姚氏他們幫著收拾廚房，蘇婉便不管了，這會兒小院子裡除了喬勐和蘇家人，只剩下九斤跟蝨子。

蝨子和九斤把削竹籤的活兒接過來，其他人該幹麼都幹麼去了。

蘇婉同姚氏說了兩句話，想起一事，便將叼了根竹籤亂晃，這裡看看、那裡看看的喬勐叫過來。

「二爺，你跟我來。」蘇婉向喬勐招手。

一聽他家娘子召喚，喬勐立即走過去，都忘了剛剛被修理時的情景。

「娘子要做什麼？」
「來，這個給你，去打桶水來。」
蘇婉拿了個木桶給喬勐，喬勐乖巧接過，立時去打水。
蘇婉則帶了小盆和圓木桶進了廚房隔壁的柴房，還拿了些喬勐買回來的硝石。
一會兒後，打好水的喬勐回來找蘇婉，蘇婉在柴房應了聲。「我在這裡呢！」
喬勐循聲進門。「娘子在這裡做什麼？」
蘇婉讓他進門，又把門關上，神秘兮兮地拉著喬勐。「二爺，你來看。」
喬勐不知道要看什麼，但見蘇婉這個樣子，很是有趣，便隨她去。
蘇婉先指揮喬勐在小盆裡倒進半盆水，再把小盆放到圓木桶裡，然後將硝石置入圓木桶，接著又讓喬勐往圓木桶裡加水。
「好了？」喬勐放下木桶，問著蹲在桶邊的蘇婉。
「嗯嗯，應該是這樣。」蘇婉只知道硝石製冰的原理，不知道能不能做出來。
喬勐彎腰去看盆裡，什麼反應都沒有，又瞧瞧他家娘子那認真得如同等會兒盆裡就能生出金子來的模樣，很想笑，但是摸摸耳朵，不敢了。
「你也來看。」蘇婉嫌自己蹲著看實驗沒有樂趣，便讓喬勐陪著。
「我站著就好。」今日喬勐沒喝酒，自然不會像昨晚那樣蹲成蘑菇的。
「你來不來？我數數了啊，一、二……」蘇婉抬頭看著喬勐。

喬勐自然不知道，這是一場家庭戰爭爆發前的倒數計時，有些疑惑。

「這有什麼好看的，不就是一盆水？」還真能生金子？

「三！」蘇婉手邊突然多出一根木棍，唰地出現在喬勐腿邊。

「那個，娘子有話好好說！好好說！」喬勐立時蹲下，眼睛眨都不眨地盯著盆裡的水。

蘇婉滿意地笑了笑，收起木棍，可棍子上有倒刺，扎得她手心疼。

「怎麼了？」喬勐看了一會兒，眼睛痠，忍不住偷偷瞄蘇婉。

蘇婉正低頭捏倒刺，頭也沒抬。「棍子上有刺。」

喬勐一聽，趕緊去抓她的手看，手心確實有幾處發紅的地方，木刺刺在裡面，但太短不好捏出來。

「這種棍子就是當柴用的，沒打磨過，上面刺多。」喬勐一邊幫她擠刺、一邊道：「回頭我幫妳弄個好的，省得妳傷了手。」

他說得很認真，不像是在開玩笑。

噗哧！蘇婉沒忍住笑出聲。「哪有人幫著做打自己的棍子的。」

「嘿嘿，人家說打是情罵是愛，我皮糙肉厚，只要娘子高興，多打打也行。」喬勐嬉皮笑臉地說著，聽著就像在街上遇見貌美小娘子便去調戲人家的惡霸。

「貧嘴！」蘇婉嗔了他一句。

這聽起來就像小娘子打他一巴掌，他不介意，還說著經典臺詞。「這麼辣，我喜歡！」

然後把另一邊的臉也貢獻上去。

蘇婉想著想著，逗樂了自己，又笑出來。

喬勐最愛看他家娘子笑了，她這一笑，比國色天香的牡丹花都美。

蘇婉一愣，分不清他是對她好，還是對原主好，看著喬勐低頭挑刺的認真樣子，突然很羨慕原主了……

第十一章

一會兒，蘇婉忽然覺得膝蓋發涼，轉頭一瞧，小盆裡的水正在結冰。

「二爺，你看！」

喬勐應聲去看，吃了一驚。「冰?!」

「對啊，就是冰！」

「妳怎麼做出來的？」喬勐好奇地問。

蘇婉便將做法告訴了喬勐。

「原來是這樣啊。」喬勐說著，收回目光，繼續幫蘇婉挑刺，好似她做出冰是件很平常的事。

「你好像一點都不驚訝？」蘇婉感覺這個常常被穿越小說主角拿出來造成轟動的技能，好像是個假的。

「有什麼好驚奇的，上京和臨江就有會製冰的人，只是這個技藝一直掌握在那些達官顯貴手裡，普通人家不知道而已。」喬勐見過夏天的臨江人家拿出冰來，而且不是冰窖裡的。

蘇婉面無表情，懷疑這裡不止她一個穿越者。

「好吧。」她還以為自己能成為第一個在夏天製出冰來的人。

喬劭撫了撫蘇婉的手心，倒刺都清完了，抬頭見她沮喪的樣子，不由一樂。

他剛剛想得沒錯啊，他家娘子確實是在看金子。達官顯貴不需要，但那些有錢卻沒門路的富商需要，他們喬家也不怎麼用得起冰呢。

喬劭帶起蘇婉，安慰她，然後把自己的想法告訴她。

蘇婉凝眉。「我做這個，不是為了要做夏天供冰的生意。而且你也說了，那些會製冰的人，都是養在貴人們手裡，我們貿然賣冰，必然會得罪他們，不如另闢蹊徑。」

喬劭聽了，再次細看他家娘子，他家娘子說的問題，是他剛剛沒來得及想到的。

果然利益當頭，人會暈。

「還是娘子想得周到。那妳另闢蹊徑，是要做什麼？」他沒鬆開蘇婉的手。

蘇婉想著自己的打算，沒注意到喬劭的動作。「我原本不是想著做吃食生意嗎？夏天沒冰，那些肉容易壞。」

「嗯，也是。」喬劭點頭，又想到一個重要的問題。「娘子，妳是怎麼會製冰的？」

蘇婉早已想好說詞。「小時候我病了，方子裡有硝石，因為貪玩，就把藥倒出來，無意中發現，就記下了。當時只是覺得好玩而已。」

喬劭狐疑地看著她，覺得這個說詞好勉強，不過他家娘子說什麼就是什麼吧，她美，說什麼都對。

「娘子有跟別人說過這個法子嗎？」

「沒有。」蘇婉搖頭。

喬勐一聽，立時高興起來。這麼重要的事，他家娘子就只告訴他一個人。

「娘子，這個法子切莫再告訴別人。以後妳需要冰了，就告訴我一聲，我來處理。」喬勐高興之餘，又告誡蘇婉一聲。

蘇婉當然懂這個道理，不然她怎麼只告訴了喬勐呢。

兩人商量完，便帶著冰出了柴房。

路上，蘇婉想了想，問喬勐。「咱們家裡要不要也建個冰窖啊？」如果他們做吃食生意，確實需要冰窖的。

「嗯，我來弄。」喬勐聽蘇婉這一說，點頭應承下來。

「咦，哪裡來的冰啊？」

蘇婉他們一進廚房，姚氏眼尖，瞧見喬勐手上冒著冷氣的冰盆。

「你們不需要知道。」喬勐冷聲道了一句。

姚氏立時不敢再言，蘇婉見喬勐嚇著自己乳娘，偷偷瞪他一眼。沒有明面上瞪，也有她不好和姚氏他們解釋的原因，藉著喬勐的威勢，震懾人心也是好的。

「乳娘，妳還未同我說今天去繡坊的結果呢。」蘇婉岔開話，又指揮喬勐出去買些瓜果回來。

喬勐也想和九斤、蝨子、蘇大根說話，便將他們叫去，男人就要由男人來管。

蘇婉自是不知他這個想法，不過也省了她操心。

「娘子，今天我們去繡坊，將手帕給了那裡的管事，那是個識貨的人，一眼就覺得娘子繡技不凡……」

等喬勐一走開，姚氏便喜笑顏開地將今早去繡坊的見聞說給蘇婉聽。有人誇蘇婉，比誇她還讓她高興。

「乳娘，這些話妳就別說了，那繡坊能用多少錢買下帕子？」

「八十文！」

一條手帕才八十文，果然是不能靠繡這些小東西掙錢的，蘇婉想著。

「那管事說，若是娘子不滿意價錢，可以當面和娘子細談。」姚氏又說了一句。

蘇婉了然點頭，那人應是想試試她的繡技到底怎麼樣。

「我知道了。還有別的嗎？」

「娘子繡給我的披帛，今日有好多人問呢。」銀杏趕緊接話。「姚嬤嬤的花冠帽也有人問，要不是我們說是娘子繡的，那管事也不會想見您。」

她們去問價時，對方挺傲慢的，即便管事看了帕子，態度也只是好上了那麼一點。

要不是店裡女客多，連連來詢問披帛和花帽，她們大概會被一直冷落下去。

「娘子，昨晚喬福在牢裡歿了……」

等銀杏說完，蘇長木跟著又說了一句。

蘇婉先是一愣，隨後了然，她知道把喬福交出去的後果，只是沒想到結局來得這麼快。

她心裡有些不舒服，沈默一會兒，對蘇長木說：「你派人去臨江報喪吧，」轉念一想，覺得有些不妥，又道：「等等，還是等二爺回來，看派誰去臨江合適，畢竟人是在我們手上歿了的。」要是說不清楚，她那個便宜婆婆追究起來，又是一頓鬧騰。

由此可見，他們一定要小心再小心彭縣令這個人了，吃食生意還是先等等吧，萬一有什麼意外，他們撤出平江為妙。

蘇婉想了一下，對姚氏道：「那家繡坊叫什麼名字？過幾日，我和你們去見見管事。」

姚氏回答。「是城裡最大的繡坊，聽說裡面的繡娘個個手藝精湛，叫毓秀坊。」

蘇婉在心裡默念一遍，表示知道了。

蘇婉又說了一會兒話，見喬勐還沒帶人回來，便回內院繼續繡荷包去了。

關公臉繡到鬍子時，喬勐回來了。

蘇婉丟下針線，去看他買的瓜果，有蜜桃、乳梨、花瓜，還有些青杏子和梅子。

「呀，買這麼多？」蘇婉看著幾人手裡提的水果，高興道。

「嘿嘿，婉娘子，賣果子的見是二爺來買，這些都是半賣半送的呢，沒花幾個錢。」蟲子個子小，說這話時挺著腰桿，一副與有榮焉的樣子。

蘇婉一聽，頓時氣不打一處來。這熊孩子才好幾天，又回歸惡霸本色，禍害起百姓了！

她氣呼呼地想著，目光四轉，在周圍搜尋起來。

喬勐一看她這舉動，心裡直叫糟了，拍了亂說話的蝨子腦袋一下，急忙把手裡的東西扔給九斤，跑到蘇婉跟前，按住她擺動的手。

「不是這樣的，娘子別聽蝨子胡說！」

蝨子捂著腦袋，委屈巴巴地站在那裡，不知道自己哪裡說錯話了，二爺能吃白食，能讓那些平日裡看不起他的人害怕，就是很厲害啊，他又沒胡說。

「胡說？一個小孩子能胡說什麼？你看你成天幹的事，好好一個孩子，都被你帶歪了！咱們雖然不富裕，但也缺不了這幾個錢，那些果農瓜農不容易。」蘇婉的手被按住，動不了，只好出聲勸說。

她不希望自己的丈夫真變成欺壓弱者的惡人。有小毛病沒關係，可以改，但屢教不改，那是不行的。

「婉娘子，您誤會了！」九斤趕緊跳出來，替喬勐作證。「二爺要給他們錢，是他們不肯收。」

「那還不是因為你們以前作威作福，人家怕了你們。」

「真不是，其實說起來，人家是念著婉娘子的好，才這樣做的。」蘇大根也加入解釋的行列。

「這話怎麼說？」難道真是她誤會喬勐了？蘇婉看向蘇大根，等著他繼續說。

「前些日子，二爺撞了人家攤子，婉娘子不是賠了錢嗎？那攤主是個怕……不是，是個聽媳婦話的，因為婉娘子賠錢，那天回家沒被罵。要是婉娘子沒有賠錢，他那天也賣不完果子，沒能賺那麼多銀子呢……」

蘇婉傻了。

喬勐的臉色也有些尷尬。

蝨子撓頭，他還小，不懂裡面的彎彎繞繞。

「那……這次他這麼做，就不怕他媳婦說他？」蘇婉覺得有些不對，追問道。

「他媳婦現在可崇拜二爺了，聽說二爺為了替婉娘子討回公道，不惜得罪縣太爺，說二爺這樣的，才是個真男人！」

蘇婉抬眼去看這會兒滿臉得意的喬勐，一時無言以對。

「娘子，妳看，我真沒有欺負人。妳的話，我一直都是放在心上的。」喬勐笑嘻嘻，又摸了摸他家娘子的小手。

蘇婉挑眉。「哦？那我有說過哪些話啊？」

喬勐答不出來了。

蘇婉見自己誤會了喬勐，便親自動手，將水果切塊，或搗成泥，和碎冰塊攪在一起，做成簡單的水果冰沙。這個季節吃了，透心涼，忒舒服了。

「二爺，木叔說，喬福昨晚歿了，你知道嗎？」蘇婉盤腿坐在主屋內室靠窗榻上，托著腮看著對面的喬勐吃水果冰沙。

屋裡只有他們兩個人，其餘人待在外面。

「知道。」喬勐一邊挖著水果冰沙吃、一邊搖著扇子，替蘇婉搧風。

他娘子嫌冰太涼不吃，他也不能只顧自己涼快不是？

「我想著，是不是需要找個人回臨江報喪？還有，我心裡總覺得不安，咱們是不是先不做吃食生意，離開平江去別的地方？」蘇婉帶著幾分愁緒說道。

「彭縣令的事，我已有主張。」喬勐見蘇婉有些不高興，覺得他又有事瞞著她了，解釋道：「有些事，娘子還是不知道為好。」

喬勐說得鄭重其事，蘇婉心中一突，不再強問。經歷羅掌櫃和喬福的事，她覺得自己再也不能用現代的觀念去看待這裡的問題了。

「好，你自己小心。」她輕聲道了句。

喬勐伸長手臂，捏了捏她的手背，蘇婉沒有躲。

「喬福的事，明兒我會親自回臨江去說，妳不用操心。」

「你要回去？」蘇婉詫異，一想也是，這種事，還是他親自回去說比較好。「那你預計回去幾天？」

「三、四天吧。上次本來要和趙三議事的，後來被耽誤，所以這次回去要多待幾天。」

「趙三？是趙家的三公子？」

「嗯，下次他來，我帶妳見見，不過要改稱呼了，要叫趙三爺。」喬勐笑道。

蘇婉覺得，他和趙三公子趙立文的關係應該挺好，或許羅掌櫃的事，就是趙三公子替他出的頭。

「這是為何？」

「他下個月要成親了。」

喬勐和蘇婉說起趙立文要娶的小娘子，雖不是名門閨秀，但也是小有威望的世家之女。

聽到這裡，蘇婉心中一動，細細打量著喬勐臉上的表情，沒見一分一毫的羨慕和憤恨之情，不由問他。「二爺娶我，可曾覺得委屈了？」

喬勐一頓，抬起頭來看向蘇婉，沒有回答，反而問她。「娘子可曾覺得嫁我委屈？」

蘇婉微愣，想了下，鄭重地回他。「嗯……你要是聽話，念著我，念著這個家，我就不覺得委屈。」

喬勐笑了，笑得跟個傻子一樣，將冰碗一丟，說：「我幫娘子做家法棍子去！」

晚上，一大家子人圍在廚房院子的鐵鍋邊，吃著蘇婉攤的雞蛋餅和一鍋雞肉燴麵片。

他們一邊吃、一邊分配起各自需要學的吃食。

下午喬勐帶他們出門買瓜果時，便將城裡城外大致走了一遍，對於在哪裡擺攤，心裡有了數。

蘇大根在西坊街賣炸串，還有水果冰沙。這種小吃要價不低，所以選在繁華的地界。而蝨子則和他的小夥伴們在城門口賣雞蛋餅，得閒還可以去碼頭之類的地方，賣蛋炒飯與蓋飯。他們年紀雖小，但勝在人多，可以多做些生意。

計議已定，眾人便各自努力去了。

轉眼間，喬勐離開平江三天了，這三天裡，為了讓蘇大根和蝨子他們練習、買廚具，錢如流水般花了出去。

起初只有姚氏心疼，到了最後，蘇婉看著匣子裡的家當越來越少，著實沒有安全感。

這日晨間，蘇婉坐在妝臺前對鏡描眉，姚氏站在她身後，一雙巧手在她頭上侍弄，一個紺綰雙蟠髻就出現了。

「乳娘，妳的手可真巧。」蘇婉拿起兩支花形釵環，分別插在兩邊，左右擺了擺頭，越看越覺得好看。

「這算得上什麼，也就是娘子不嫌棄。」

姚氏的梳頭手藝只能算是一般，不過好在她會得多，蘇婉見識得少，自然覺得她手巧。

「反正啊，我說好就好。」蘇婉對著鏡子莞爾一笑，轉過頭拉住姚氏的手，靠著她撒了個嬌。

「多大的人了，還這樣愛嬌。」姚氏假意地點了點蘇婉的頭，然後又道：「在二爺面前也這樣多好？」

蘇婉一聽到她提喬勐，就知道她還生氣喬勐走的那日，兩人仍沒「和好」的事。古代就這點不好，房事一點隱私都沒有。

「我自有分寸，妳就別操心了，有空還不如去幫大根哥相看相看。」

姚氏搖頭嘆息。

蘇婉說著，起了身，換下寢衣，上身是紫色寶相花紋短褙子，下身是煙青色的旋裙。她換完後，滿意地對著鏡子照了照，又拿起首飾盒裡的玉鐲，套進手腕裡，轉頭對姚氏笑道：「乳娘，今日我們用過早飯，就去你們上次說的那家毓秀坊吧。」

「好，我這就讓他爹備車。」

一想到要坐馬車，蘇婉瞬間生出不想出門的念頭，唉。

第十二章

蘇婉有些日子沒出門了，挑起車簾，貪看街道兩邊的熱鬧人聲及煙火氣。

「娘子，您看那邊新開了家果子行，那是在做關撲買賣吧？我們要不要去看看？」銀杏和姚氏坐在蘇婉對面，也挑著簾子看外面。

蘇婉不知道什麼是關撲，不由好奇地湊過去看，一看不得了，這不就是現代的博奕嗎？那家果子行門口，擺了一方桌，上面有幾枚銅錢，門口貼了一張告示，大概是說客人交十文錢，可有一次關撲機會，需投擲出店家規定的幾枚背面或正面的銅錢，就可以免費得到店家的幾種水果。

這會兒，那家店門口圍了不少人。

蘇婉感嘆，大和人的經商頭腦也是不一般啊！

「妳若想玩，我讓木叔停車，妳就去吧，回頭我們來帶妳。」蘇婉不是很感興趣，不過想著小丫頭悶在家裡也沒處去，便想讓她去放放風。

她這一說，銀杏連忙說她不去。

過了一會兒，終於到了毓秀坊門口，銀杏和姚氏先下車，輪到蘇婉時，跟來保護蘇婉的九斤蹲在地上，讓她踩他的背下來，把蘇婉嚇了一跳，連忙拒絕。

九斤見蘇婉始終不肯踩他，只好起身，抓了抓頭，心裡對她是越發敬重。

蘇婉撐著姚氏的手，跳下馬車，抬頭看掛著毓秀坊三個金字的匾額，勾唇笑了笑。「走吧。」

九斤跟在蘇婉身後，蘇長木看管馬車。

這家繡坊確實很大，一樓擺放各類繡品、樣品，還有些繡製成衣，二樓大概是供客人試戴或休息的地方。後頭有個三進院子，繡娘們便住在裡面。

九斤留在門口，蘇婉帶著姚氏她們進去，店裡客人不少，四、五個夥計忙得團團轉。

「他就是那個管事。」姚氏指了指正從樓上送客下來的胡管事，在蘇婉耳邊說道。

蘇婉點點頭，不動聲色地先在店裡逛起來。

各種繡件分門別類擺著，繡帕、擺件、團扇、摺扇套、屏風等等，不過這類繡坊，大多數還是靠接大戶人家指定的生意經營。

蘇婉看看繡品，心裡莫名激動，這就是古人的繡品啊。前世她收藏了一套拍賣得來的仕女圖繡品，現在見到真正的古品，自然心動不已。

她想著，拿起一把團扇，看著上面的繡技對她來說普通的仕女圖，不由伸出手，想摸一摸針腳。

「哎，這位娘子，如果不買，還是不要隨便摸的好，咱們店裡的繡品都精緻得很，摸髒就不好賣了。」

正忙著給城裡大糧商家裡的管事嬤嬤介紹新出的夏天帕子的夥計，眼角餘光一掃，便見他身邊這位雖然很漂亮，卻穿著普通的婦人正要伸手摸他家繡品，不由皺眉嚷了幾句。

蘇婉拿著團扇，抬頭看看他，又看看他負責接待的管事嬤嬤也正在用手細細摩挲著帕子上的繡花，愣了一下。

「這不是樣品嗎？不能摸嗎？」

「樣品也分能摸與不能摸的。」夥計頂了一句。

他每天接待的客人多了去，自然心高氣傲，不是大家，自然不在他們用心的範圍裡。

「你這夥計怎麼說話的？她摸得，我家娘子摸不得啊？」銀杏指著那位管事嬤嬤說道。

「妳們買不買？買了就給妳摸，不買就放下。這大熱天的，別沾了汗弄壞了扇子，妳們也賠不起。」夥計這話刺耳，卻是笑著說的。

蘇婉點點頭，握著扇柄，轉了兩圈，同樣笑著說：「哦，那這把扇子多少錢？」

「這是我們這裡繡工最好的繡娘繡的，扇柄、扇圈也是名家所製，但是個小件，只需一兩銀子。」

「你搶錢呢，就這麼一把竹製團扇，要一兩?!」銀杏瞪大眼睛，氣得叫起來。

「嫌貴啊，那就別買，也不看看這是什麼地方。」夥計不耐煩地擺擺手。

那位管事嬤嬤也笑著接了句。「這可是毓秀坊的蓮香師傅繡的，值這個價。」

蘇婉搖頭失笑，對那位嬤嬤點個頭，便把團扇放回去，又拿起旁邊的玉雕團扇看起來。

這次她不摸了，準備只用眼睛看，剛拿上手，又有一個夥計走到她身邊道：「這個要十兩銀子。」

蘇婉心想，她看起來很像買不起的人嗎？

好吧，她確實買不起。可就算買得起，她也看不上這繡工，蘇婉傲嬌地想著。

「乳娘，咱們再去別家看看吧。」她隨手繡的繡帕，顯然比這家的師傅繡得好多了，管事竟然只開到八十文一條。

姚氏也不喜夥計的態度，但想著，那是這群人不知道她家娘子的繡工，有些猶豫。

「要不等見過管事再……」

蘇婉正要搖頭，有個胖嘟嘟的，看衣著應該也是富貴人家的管事嬤嬤，這會兒正氣呼呼地從樓上下來，手裡拿了一條紅蓋頭。

「胡管事，你們偌大的毓秀坊，就找不出一個繡娘能繡好一件喜帕？」

那管事嬤嬤說著，把紅蓋頭往櫃檯上一扔，跟在她身後的夥計正在不停地解釋。

「這……怎麼了？」胡管事拿起紅蓋頭，仔細看著，有些不解地問道。

這不挺好的嘛，金絲鴛鴦戲水，牡丹花邊。

「怎麼回事？當初我們家姑娘都說了，不要這種常見的，她要蓋頭繡上百年好合，每一個字上開牡丹花，這要求過分嗎？我們還特地加了銀子請蓮香師傅來繡，知道蓮香師傅忙，我們一等再等，結果你們就拿這麼個東西來忽悠?!」

胖嬤嬤掐著腰，嘴巴叭叭地說著，噴得胡管事一句話也插不進去。

「你們家繡娘要是繡不出來就早說啊，我們去別家買。我們姑娘後日就要成親了，你說現在怎麼辦?!」

這差事是她在辦的，她家姑娘那性子說一不二，認定的東西便不能改，要是知道毓秀坊根本沒按照她的想法來繡，在家裡豈不要鬧翻天，到時候吃苦的還是她呀！

「胡管事，你這也差得太大了吧？」

「這不是金家二房的周嬤嬤嗎？哎喲，她家六姑娘後日就要成親了，這節骨眼上出這種事，不是……」

「別說了，剩不到兩日，我看啊，只能認栽嘍。」有認識周嬤嬤的人低聲議論著。

胡管事臉色很差，有些不高興，但只好賠著不是。「咱們蓮香師傅實在是太忙了，找她做繡活的人都排到下個月，也許是忙裡記錯了。」

「一句記錯了就想打發我？」

胡管事道：「那這條蓋頭就當毓秀坊恭賀金六姑娘大婚之喜的禮物，您看怎麼樣？」

「不怎麼樣！我不管，讓你們蓮香師傅無論用什麼辦法，後日一早定要將我家姑娘要的蓋頭繡出來！」周嬤嬤指著胡管事，不依不饒地嚷道。

胡管事皺著眉頭想了下，招來一個夥計，吩咐兩句，夥計飛快向後院奔去。

蘇婉沒離開，看著熱鬧。銀杏剛剛還氣呼呼，這會兒見毓秀坊要倒楣，不由樂了起來。

沒一會兒，夥計回來了，還帶來蓮香師傅的話，說實在沒工夫幫金六姑娘趕製了，讓她另請高明。

哎喲，這可把那周嬤嬤氣著了！

蘇婉心中一動，越過人群，走到她身邊。「這位嬤嬤，我可以幫妳家姑娘繡蓋頭。」

店裡客人連帶管事和夥計俱是一愣。

「妳是？」周嬤嬤狐疑地問。

「我只是一個路過的，略擅長女紅，聽聞剛剛的事，實在不忍，這是我閒暇時繡的，妳掌掌眼，看合不合心意？」蘇婉說著，讓姚氏將她帶來的繡品拿出來，遞給周嬤嬤。

周嬤嬤懵懵地接過，結果一看不得了，她是經常和繡娘打交道的人，繡品好壞，一眼就能看出來。

「好好好，真好！這位娘子，妳真能在後日一早趕出來？」周嬤嬤愛不釋手地翻看著手裡的繡品，但心中還是有些猶豫，畢竟時間太趕了。

「妳自然可以做兩手準備。」蘇婉看向毓秀坊出的蓋頭。

是啊，毓秀坊肯定繡不出來了，最後還是要用這條鴛鴦戲水蓋頭，但如果這位娘子真能趕出來呢？

「若是後日我不能趕製出來，自然是分文不收。」蘇婉又加了句，還拿了周嬤嬤看了好幾眼的繡帕送給她。

周嬤嬤反手一抓，把帕子塞進寬袖裡，笑了。

胡管事以及店裡對蘇婉出言不遜的夥計，眼睜睜看著她們說定了買賣，都愣住了。

「胡管事，咱們也是老交情了，我們金府前頭幾個姑娘成親，哪次不是用你們毓秀坊的東西？我家六姑娘眼光挑，你也不是不知道，其他東西我看了，還能勉強用用，就是這蓋頭，我實在是沒辦法了。」

周嬤嬤收了蘇婉的手帕，轉頭對胡管事說個清楚，其餘繡品她還是要的，會付帳，但這紅蓋頭可就要按他說的當賀禮送了。

「應當如此，不過依我看，要不先將這紅蓋頭拿回去讓六姑娘看看，也許她喜歡呢……」胡管事有什麼辦法，只能應下，但還是忍不住又多說一句。

他的話還沒說完，就被周嬤嬤打斷。「要是我家六姑娘不喜歡，豈不是更來不及！」

胡管事又賠笑幾句，有心想看看搶他生意的娘子的繡品，但對方好似故意不給他看。

他目光一轉，看到跟在蘇婉身後的姚氏和銀杏，遲疑地問：「妳們不是那日來……」

他還記得初見那繡品時的驚喜，繡工比蓮香的還要好上許多，但根據他多年識人經驗，這兩人說是她家娘子繡的，但有錢人家的娘子哪裡需要靠賣繡品掙銀子？定是窮到一定分兒上的破落人家，才會讓當家主母出來養家。所以他表現出有興趣，但不是很在意的態度。

結果，現在誰能告訴他，這是怎麼回事？這位娘子還想不想跟他們毓秀坊做生意了？

「哼，你認出我們來了啊？剛剛你們家夥計羞辱我家娘子的時候，也沒見您認出我們來啊！」銀杏快人快語，直接頂了胡管事。

一樓店鋪雖大，但剛才兩個夥計說話的聲音也不小，胡管事肯定聽見了，卻不出來阻止，可見有故意縱容之意。

「銀杏，休得無禮。」蘇婉假意斥了銀杏一聲，然後面帶微笑對胡管事道：「小婦人今日本是想與貴店談合作的，不過現在看來，貴店似乎不太歡迎……」沒有把話說到底。

胡管事道：「這位娘子似乎對小店有什麼誤會？」

兩個夥計錯愕過後，現在心裡依舊不以為然，他們毓秀坊的招牌在這裡，城裡有哪家繡坊的繡娘手藝，比得過他們家蓮香師傅。

金六姑娘要的樣子，在他們看來，就是強人所難！蓮香師傅都沒繡好，這個小婦人還要在兩日內繡出來，打死他們都不信。

「我倒是沒有誤會貴店，怕是貴店對我有所誤會。」蘇婉靜靜地站在人群裡，看了有種說不出的靜雅。

「哎，我記起來了，妳們是不是上次拿來繡了蝴蝶的披帛，還有那個很好看的花冠帽的？」人群裡忽然也有人認出了姚氏和銀杏。

「是啊！我家娘子最近又繡了不少好東西呢，比妳上次見到的還好看。」銀杏立時應聲，驕傲地將蘇婉打開給周嬤嬤看的包袱，拿到那位說話的婦人面前。

蘇婉並沒有阻止。

包袱裡有四、五條手帕，三柄竹製團扇，七、八條披帛，還有三頂軟帽。

料子都一般，但那花樣、那繡工，讓人眼睛一亮。

蘇婉笑著也走近那婦人，道：「我原先是想著，來毓秀坊看看他們家能不能幫我代賣，現下看，恐怕是不成了。這位娘子要是有看上的，只管選了去。」

「這些帕子我都要了！」那婦人還未開口，那位來採買夏天帕子的大糧商家嬤嬤離老遠的就瞧見那花樣精緻的繡帕，財大氣粗地直接全包了。

「哎，妳懂不懂先來後到，人家是給我看的！」又對蘇婉說：「這位娘子，我也要了，還有這披帛、軟帽。」婦人的穿著也不差，看起來不是缺錢的人。

「哎哎哎，見者有份，妳們都包了算怎麼回事？我名字裡有梅，那條梅花繡帕，我要了，還有那把繡著梅花的團扇！」

「哎呀，真好看，我也要！」

「什麼呀，妳站在我後面的，我離得近，這條應該是我先買！」

胡管事與店裡夥計滿臉冷漠。

後來，銀杏好不容易從一群人手裡將包袱搶回來，包袱裡的繡品已經不見了，換成碎銀子和沈沈的銅錢。

「娘子，我不坑妳，我按的是毓秀坊的價錢上多加一百文給的。」糧商家的嬤嬤摸了摸額頭的汗，對蘇婉說道。

她搶到兩條帕子，是買來給她閨女的。她閨女最近相看好了人家，那家有個小姑子，正好一人一條。

她一說，其他拿到繡品的人也紛紛附和。

蘇婉覺得，在毓秀坊的地盤上賣自己的東西有些不好，同周嬤嬤說了幾句話，問了金六姑娘對蓋頭布料的喜好和其他細節，又打聽金家的地址後，對眾人道謝，便帶著姚氏和銀杏離開。

她走得很快，眾人未來得及反應，待要追出去詢問時，蘇婉已經跳上馬車了。

「這是哪家的娘子啊？繡藝可真好，就是不知下次什麼時候再有了。」

胡管事沈著臉，不由有些憂慮。蘇婉的繡工，他是見過的，本來要攬入毓秀坊，結果出了這件事，現在主動權不在他們手上了！

他想著，又瞪了兩個壞事的夥計。不過，現在關鍵是要找出這位婉娘子是何許人，既然她家窮，自然缺銀子，到時候再用銀子利誘出繡技。

所以，這會兒他豎起了耳朵，想打探出這人是誰家娘子。

「嘿嘿，你肯定猜不出來！」

「誰啊？」糧商和金家的兩位管事嬤嬤不由得問。

「娃霸家的！」

「啊?!」

一道晴天霹靂在胡管事心裡劈下。

「娘子，好多錢！」上車後，銀杏抱著包袱，眼睛都笑眯起來了，一文一文數著錢。

蘇婉同樣開心，沒想到她的繡藝這麼快被人接受，還受喜愛，畢竟她的手法與本土手法還是有些區別的。

過了轉角，蘇婉讓蘇長木在一家布莊停下，她和姚氏去買了半疋上好的蓋頭布料。

買好後，馬車繼續往回家的路駛。

「娘子，前面有官府在貼告示，好多人圍著看，我想去瞧一瞧。」蘇長木忽然隔著簾子叫了一聲。

蘇婉連忙說：「好啊，你去吧，把車停到旁邊，別擋了人。」

「官府一天到晚貼些破事，沒什麼看頭。」九斤在外面低聲嚷嚷，好似不情願蘇長木去看告示。

「看一看的好。」蘇長木好脾氣，笑了笑，便將駕車繩給了九斤，下車去了。

第十三章

「娘子，零零碎碎一共有十九兩一百二十文。」銀杏算了三遍，終於算準了。

「我的老天爺！」姚氏捂著嘴巴，也樂了起來。

蘇婉連忙抓了五個銅錢給銀杏。「來，趁木叔還沒回來，拿去買糖吃。」

銀杏連連擺手。「我不要。」說著看向姚氏。

姚氏笑著點點頭。「婉娘子給的，妳就拿著，快去吧。」

銀杏猶豫一會兒，還是接過，然後下車去了。

蘇婉又拿了個碎銀子遞給姚氏。「乳娘，妳也去買兩朵頭花戴戴。」

姚氏接過碎銀，往包袱裡一扔，直接一繫，放了起來。

蘇婉。「……」

過了一會兒，蘇長木先回來了。

「有什麼事嗎？」蘇婉問他。

「說是最近平運河上不太平，有水匪出沒，讓在碼頭和船上做活計的都小心些。」蘇長木回道。

「這樣啊，回頭九斤讓蝨子他們別去碼頭那邊賣吃的了。」蘇婉想了想道。

明日蘇大根和蝨子他們的小吃，便要試賣了。

「二爺回來，是走水路還是陸路啊？」蘇婉突然想到，喬勐還在臨江沒回來，從臨江回來是走水路的多，因為近。

「娘子不用擔心二爺。」九斤說了一句。

蘇婉不由有些疑惑，但轉念一想，喬勐江湖上三教九流的人認識得多，應該不會有事。這話按下不談，買了幾串糖葫蘆、點心的銀杏也回來了，一上車，便給蘇婉和姚氏一人遞了一串糖葫蘆，將包著點心的油紙遞到蘇婉面前。「娘子，這是您最愛吃的。」

蘇婉看著銀杏亮晶晶的眼睛，緩緩接過，覺得她能這麼快融入這裡的生活，實在是她身邊的人對她好極了。

回到喬宅，蘇婉馬不停蹄地開始繡紅蓋頭。

喬勐風塵僕僕趕回來時，一進內室，便瞧見蘇婉趴在繡架上，正全神貫注繡著東西。

「娘子。」他小聲地叫了蘇婉。

蘇婉轉頭看他一眼。「二爺回來啦。」隨後又專注到繡活裡。剩不到兩日光景，就算她手藝再好，還是要趕的。

喬勐走上前看了看，發現她繡的應該是紅蓋頭，剛要問她繡這個做什麼的時候，聽到動靜的姚氏過來把他給請走了。

姚氏便跟他說了今日在毓秀坊發生的事，喬勐聽完，臉色變幻莫測，陰著臉，姚氏不知他在想什麼，只覺得有些嚇人。

「廚房裡有我今日回來時玩關撲贏的水果，等會兒弄些給娘子吃，別讓她太辛苦了。」喬勐愣神半晌，交代姚氏一句，便出門了，他還要去取他家娘子前些日子讓他找人製的鐵鍋。

過沒兩日，蘇大根的炸串，蝨子他們的雞蛋餅炒飯，風靡了平江城。

夏日裡，寅時天便亮了。

當天空漸漸變成魚肚白時，蘇婉收了百年好合裡，合字開牡丹的最後一針。

「呼……」終於繡完了，她長吁一口氣，扭動兩下僵硬的脖子，又捶了捶肩頸。

突然，一雙大手落在她的肩頭上，揉捏起來。

蘇婉沒回頭也知道是喬勐，笑著問：「你怎麼醒得這麼早？」

「娘子辛苦了。」喬勐彎腰，將臉靠在蘇婉的肩頭上，貼著她，悶聲道了一句。

他家娘子跟著他，沒過過一天好日子，如今為了維持生計，還要沒日沒夜趕工做繡活。

「沒事，這是我喜歡做的事。」蘇婉的身體確實很累，但心裡一點也不累，做著喜歡的事，她很快樂。

有很多人一生都不能將喜好當職業，她已經很幸運了。

喬勐沈默不語，半圈著蘇婉，又蹭了蹭她的臉。

蘇婉身子微僵，有些不適，但也沒有推開他，兩個人靜靜地靠了一會兒。

察覺出蘇婉沒有反抗，喬勐心裡漸漸起了漣漪，這是這段日子以來，他親近他家娘子，第一次沒有被拒絕。

蘇婉一夜未眠，身上依舊香香的，好像還有點甜，喬勐忍不住往蘇婉耳根處嗅去。

「哈哈，癢！」蘇婉只覺耳朵癢癢的，心跳還有點快，連忙躲開。

她站起來後，感覺有些尷尬，連忙將繡好的紅蓋頭收好。

喬勐手上一空，心裡更空，再次委屈巴巴，暗自下定決心，以後一定不要讓他家娘子這麼辛苦。

蘇婉收好蓋頭，抬頭看看天色，想著時辰不早了，便對喬勐道：「既然二爺起來了，等會兒送我去金家吧，不用叫木叔了，這時他應該在幫大根哥他們。」

蘇大根不是一個人做炸串生意，喬勐讓蠻子也加入，跟蝨子一樣，喬家負責出食材器具，他們負責做和賣。

蘇婉有心想讓他們獨當一面，並沒有雇他們，而是與他們分利，現在是七三分帳，喬家七，他們三。

本來蘇婉還想將蘇大根放出去，但遭到蘇長木和姚氏的強烈反對，只好先作罷。而蝨子主動與喬勐簽了賣身契，不知道喬勐怎麼想的，竟然答應了。

喬勐立即應聲，飛快換了衣服、洗漱一番，便出去了。「我在門口等妳。」
蘇婉也正梳妝，點了點頭。「好。」
到了門口，蘇婉愣了下，喬勐正牽著匹馬等在那裡。
她沒騎過馬，正要說的時候，一隻有力的臂膀攬在她腰上，就這麼一帶，她身子一旋，便到了馬上。
喬勐偷樂，他家娘子的腰真細。
呼，高處的空氣、視野就是不一樣，就是大腿根磨得發疼，蘇婉想著。
金府偏門處，周嬤嬤帶著丫鬟，已經等候多時了，就在她們覺得蘇婉不會來的時候，聽到了一串馬蹄聲。
「哎喲，喬家娘子，妳總算來了！」
蘇婉一下馬，周嬤嬤就奔出來。
「不好意思，讓周嬤嬤久等了。」蘇婉連忙把抱在懷裡的包袱打開，露出紅蓋頭來。
周嬤嬤也不多說，拿起蓋頭，細細查看。
「好看，真好看！」繡金字美，牡丹繡粉，粉也不是一般的粉，顏色相疊，美而大氣。而且確實是字上開花，花連字，字連花，兩廂得宜。
「周嬤嬤，這位娘子的手藝果然不凡，我這就去拿給六姑娘看。」說話的是陪同周嬤嬤過來的金六姑娘的貼身大丫鬟。

「好好好。」周嬤嬤連連點頭，又賠笑著對蘇婉道：「還請喬家娘子等一等，待我家姑娘看過後，再……」

「自然是如此。」蘇婉笑著應下，卻有些納悶。「周嬤嬤怎知我夫家姓喬？」

周嬤嬤乾笑。「娃，呃，喬二爺的名頭，咱們平江城誰不知道。」剛想說娃霸，結果眼角餘光一瞟，發現離在不遠處牽馬等著的男子冷著一張娃娃臉，不是娃霸還是誰?!

蘇婉呵呵笑了一聲，比周嬤嬤還尷尬。

因為這個「有名」的男人，兩人沈默了下來。

喬勐全然不知。

沒一會兒，丫鬟笑吟吟地快步過來了，一見蘇婉便道：「我家姑娘非常喜歡娘子繡的蓋頭。」說著將手裡兩枚二十五兩的銀錠子塞給她。「這是我家姑娘的小小心意。」

蘇婉連忙推回。「這也太多了，我拿一個就可。」

丫鬟又推回，很有經驗地握住蘇婉的手。「娘子，我家姑娘說了，您這繡工值這個價。她喜歡妳的繡品，也想和妳結個善緣。」

「那……那好吧。」蘇婉聽懂丫鬟的話了，不再推託，收下銀子。

「替我謝謝六姑娘，日後有緣再見。」

丫鬟點頭。「娘子放心，一定有緣。」說完便轉身進門了。

蘇婉繼續和周嬤嬤說話，周嬤嬤問蘇婉接不接夏衣這類的活計，蘇婉現在還沒能力接下這種活兒，便推了。

兩人又話兩句家常，周嬤嬤覺得喬勐看她的目光越來越不善，便放開蘇婉，自去忙了。

等周嬤嬤走後，蘇婉拿出那兩錠銀子，左看右看，忍不住學著前世電視上的人，用牙去咬了一口。

哎喲，疼！看來是真的。

「娘子！」喬勐見金家的人走了，立時卸下高冷的表情，樂顛顛牽馬走到蘇婉跟前。

「怎麼了？」蘇婉準備把銀子收起來。

「能不能借我一個？」喬勐開口道。

蘇婉挑眉，這是喬勐第一次向她開口借錢。「你要做什麼？」

喬勐頓了下。「呃，一個兄弟最近做了點生意，我想看看能不能跟著賺點錢。」

「可靠嗎？」蘇婉狐疑，不過喬勐稱之為兄弟，又剛從臨江回來，該不會是趙立文吧？

如果是趙立文，應該是可靠的，蘇婉曾經向蘇大根和姚氏他們打聽過趙立文，這人應該算是喬勐接觸的人中，比較正常的，聽聞頗具經商頭腦。

「嗯……可靠。」喬勐不知怎的，有些遲疑。

蘇婉歪頭看他，基於他最近的良好表現，想了一會兒，還是把銀子拿給他。

回去路上，兩個人還去蘇大根和鑾子擺攤的地方看了看。做吃食生意也講個新鮮，今天早上他們開始賣起茶葉蛋和現煎現炸的煎餃。

攤子周圍圍了一群人，蘇婉甚至看到幾個來得比較晚的公子哥兒站在外圍看著，過沒一會兒，前面早早排隊的人買到了，他們就派人從那人手裡高價買了。但也有不懼金錢誘惑，只愛美食而拒絕他們的人。

這就是前世的黃牛吧？蘇婉在心底感嘆一聲，便讓喬勐送她回家。

喬勐送蘇婉回去後，又騎馬出門。蘇婉簡單用過早飯，就去補眠了。

蘇婉一覺醒來，已是午時。

「乳娘妳猜，我繡的那條紅蓋頭，金家給了多少銀子？」蘇婉坐在飯桌上，同姚氏閒談。她可沒有寢不言、食不語的講究。

「多少？」姚氏幫她盛了碗湯。

「看！」蘇婉顯擺地將二十五兩銀錠子拿給姚氏看。

「二十五兩？這麼多呀！」

「不不不，是兩個！早上二爺跟我支走一個了。」

姚氏啊了一聲，神色有些猶疑。

蘇婉不明所以，便問：「乳娘，妳怎麼了？」

姚氏為難，想說又不好說，捏著帕子，想了一會兒，還是說了。

「二爺……二爺前兒晚上從我這裡支了十兩銀子，昨兒早上又支五兩，晚上拿十兩。」姚氏吞吞吐吐，說出喬勐這兩天不正常的舉動。

「他還從妳這裡支了銀子？」蘇婉立時摔了筷子，不吃飯了，眉頭緊蹙地看向姚氏。「妳怎麼沒跟我說？」

喬勐早上也沒跟她說，已經從家裡支了二十五兩，現在算下來，他一共支了五十兩，這是要做什麼？

姚氏一臉為難。「是二爺沒讓我說，說娘子趕繡活勞累，不要拿這種小事去煩擾妳。」

「那他有沒有說去做什麼？」蘇婉重新舉箸挾菜，稍想了下，也許還是跟趙立文合作買賣，或者是家裡那幾個人做吃食生意的事。

姚氏說：「問了，但二爺不肯說，前天說第二天就把銀子還回來，結果昨天沒還，還支了更多。」

以前喬勐也從她這裡支過銀子，可最多二、三兩，從沒像這兩天這麼多。

蘇婉看著姚氏無可奈何的樣子，不由掩唇笑了下，她能想像出當時喬勐趾高氣揚地對姚氏說著「這是爺兒們的事，妳不要管」的模樣。

「算了，等二爺回來，我來問問他。」

蘇婉心裡雖然起了小小的疑慮，但還是相信喬勐不會在外胡來，不過姚氏接下來的話，著實打了她的臉。

「娘子……」姚氏期期艾艾，滿面愁容地叫了聲。

蘇婉心裡一驚，看向姚氏。「乳娘，妳知道是不是？還不快告訴我！」

「我就是覺得奇怪，昨天二爺早上又來跟我支銀子的時候，便讓白果偷偷跟著二爺出去。白果起先跟丟了，不過小丫頭聰明，就在城裡找，在那些開關撲買賣的店鋪裡找到了二爺，聽說二爺前日就待在那裡了，砸進去不少錢。」

「什麼?!」蘇婉急切地站起來。關撲就是店家想出來拐客人砸錢的招數，等於賭博。

「起先二爺贏了不少東西，後來那些店家就說二爺運氣著實好，哄了二爺繼續玩。這種東西，碰運氣的，誰能運氣一直好？而且那些人爛了心腸，還專哄二爺做對賭買賣。」

蘇婉聽不下去了，狠狠地摔了筷子。「乳娘，這事妳早應該跟我說了！」

姚氏的眼淚都快掉出來了。「我想著，昨天二爺輸光了銀子，今早沒再跟我拿，必然是想通了，哪承想二爺是從娘子那裡支了銀子。」

蘇婉又急又氣，轉身便往內室走。「賭這種東西，最能讓人上癮！碰了一次就會想碰第二次，贏了想再贏，輸了便想翻盤，二爺這種人怎麼可能會認輸！」

姚氏束手無措，跟在蘇婉身後，幫著她換衣服。「唉，咱們大和禁關撲有些年頭了，今年官家不知怎的，又下令說，每府可在衙門指定的日子裡開上兩、三日。」

「衙門指定的日子？」蘇婉的心沒來由一慌，不由多往深處想了幾分。

「應是元正、冬至、寒食三節。」

「那平江怎麼現在便開了？」蘇婉隱隱又信了心裡的猜測幾分，但不管怎樣，她現在要做的事，是把人拉回來！

蘇婉深吸一口氣，拿上家法棍，帶著姚氏，步步生風走出主屋。

她剛邁過門檻，迎面便遇上銀杏和白果。

「娘子，嬤嬤，妳們這是要去哪裡？」銀杏開口問。

「出門一趟，妳待在家裡看家，白果跟我走！」蘇婉沒有多說，簡潔明瞭指派道。

「娘子，您知道了？」白果見蘇婉這架勢，便猜到了。

蘇婉沒有多說，凝著臉，直接往外走。

自從他們開始做吃食生意後，家裡能用的人少許多，現在蘇長木也不在家，九斤被派去看管蝨子他們，其他喬勐散養的手下，白日更不可能在，所以蘇婉只能徒步過去了。

第十四章

蘇婉心裡存著一口氣，拎著家法棍，穿過長街，在一些認識她的人的指指點點下，不帶喘地來到喬勐今日準備大殺四方，連本帶利贏回來的地方。

這是一家金樓，今日掛出的關撲遊戲為——花五十兩玩一把關撲，博價值一百五十兩的金飾。

金樓門口圍了不少圍觀百姓，人聲吵嚷，叫好、唏噓聲不斷。

蘇婉遠遠地在人群後面看見正坐在金樓門口的喬勐，手上把玩著銀子，看似漫不經心地盯著擲銅錢的瓦罐，可緊繃的下頜和手指還是出賣了他的心思。

此刻喬勐很緊張，今日勝敗在此一局。

今早他從只有二十五兩開始，贏取了五十多兩的東西，為了賭這把大的，他只好把賭贏的東西折換成銀子，為此還損失了些。

蘇婉腦子嗡嗡響，周邊的人在說什麼話，她聽不清。

前世，她見識過太多太多因為賭博傾家蕩產、妻離子散的家庭。

她的喬二爺，她的丈夫，她覺得有一些小毛病、但真心對她好的喬勐，她慢慢敞開心扉、打算去接納的人。此刻日頭很烈，她有些暈，眼前的喬勐變得有些模糊，讓她看不清。

她的嗓子發堵，她努力地運氣提神，舉起家法棍，在人群外大喊一聲。「喬勐！」

這一怒聲破開喧囂，看熱鬧的百姓渾身一顫，一起回頭，瞧見蘇婉，再次如同被訓練過一般，紛紛後退一步，給蘇婉讓出一條通向喬勐的「康莊大道」。

喬勐的動作比圍觀百姓更快，猛地跳起來，腦子裡只有一個念頭——完了！棍棒與算盤在向他招手。

「二爺，還開不開？」金樓掌櫃不安地搓手。

馬上挨打，還是贏了銀子之後再挨打？

喬勐念頭兩轉間，選擇了後者。

「開！」

「我看誰敢開！」蘇婉覺得這就是一場騙局，怎麼可能讓喬勐去賭。

「娘子……嘶！」

蘇婉直接亮出家法棍，揮到喬勐伸出來要拉她的手上。

喬勐吃痛，閃電般將手縮回去。

「二爺，你知道自己在做什麼嗎？」

喬勐悶道：「不就是玩個關撲嘛。」

「對啊對啊，婉娘子，咱們做的是正經的關撲買賣。」金樓掌櫃賠笑附和。

「正經的？官家只在元正、冬至、寒食允許關撲，這會兒不年不節的，你這分明是誘惑他人賭博！」

「哎，婉娘子，妳這話就不對了，我們是上縣衙報備過的，是縣太爺允許的！」金樓掌櫃急忙說道。

「我倒是不知道，縣太爺的話比官家更管用了。二爺，你現在就跟我回去！」這下，蘇婉更加認定，是彭縣令在裡面搗鬼。

「婉娘子有所不知，官家雖然只開了這三節，可也給地方平日玩耍的機會，每年有三次。」懂得時政的百姓解釋給蘇婉聽。

蘇婉看向喬勐，見他依舊躍躍欲試的樣子，整個人從頭到腳都涼了，心更涼。她覺得，不能只讓她一個人涼。

「二爺，我最後再問你一次，你跟不跟我回去？」

一百五十兩金飾就在眼前，只要掀開瓦罐便有可能贏到手，贏了不光可以還清他從蘇婉那裡支走的五十兩銀子，還可以賺上一百兩。

有了這一百兩，家裡便能暫時緩緩，支撐到蘇大根和蝨子他們賺錢。這樣，蘇婉就不需要沒日沒夜趕繡活，把自己搞得那麼累。雖然依舊好看，但因為熬夜，臉色添了幾分憔悴。

喬勐捶了兩下胸口，剛剛他的胸口不知怎的，怪疼，怪難受的。

「我玩完這一把，就跟妳回去。」看著面色憔悴，卻依舊凶巴巴、好看得像仙女的娘子，喬勐眼神微閃，不敢看她，拳頭抵唇咳了下，故作鎮定地回道。

「所以，你是不跟我回去了？」

蘇婉再次跟他確認，心沈沈的，心情無比複雜，憤怒、失望、難過，其中失望大過於其他兩種。

她看著喬勐，腦子裡突然閃現前世男子因為賭博引發家庭紛爭、慘案的社會新聞畫面，自動把自己想像成蓬頭垢面、傷心絕望，和丈夫撕扯鬥毆，然後一起蹲警局的妻子。

畫面裡，她自帶了〈一翦梅〉與〈鐵窗淚〉，還有不知名歌曲的混搭背景音樂。

雪花飄飄北風蕭蕭～～鐵門啊～～鐵窗～～鐵鎖鍊～～手拿菜刀砍電線～～一路火花帶閃電～～

喬勐不知道她的想法，光被她這樣看著，都覺得心裡有點毛毛的。

可當著這麼多人的面，氣勢不能輸！

喬勐隨即又挺直腰桿，目光在飄飄忽忽和努力堅定裡來回拉扯。

「二爺，娘子前一夜幾乎沒怎麼合眼了，您就跟娘子回去吧，這關撲實在碰不得啊！」

姚氏怕蘇婉又做出什麼事來，連忙跟著勸起喬勐。

「妳懂什麼?!」喬勐實在厭煩有人跟他講道理，要是什麼話都聽，那他還是喬勐嗎？

姚氏吶吶不敢言，蘇婉還陷在背景音樂裡沒出來。

周圍百姓竊竊私語的聲音越發大了起來，更有甚者，居然開始起鬨。「喬二爺，你行不行啊？該不會是懼內吧！哈哈哈……」

出聲的人混在人群裡，話一喊完，就不知道躲哪兒去了。百姓跟著瞎胡鬧，原本只是竊竊私語，這會兒聲音大得跟吵架似的。

「閉嘴！」喬勐一腳將他剛剛坐的椅子踹翻，然後伸手指向百姓，惡狠狠道了一句。他的好脾氣只用在面對他家娘子的時候，其他人？沒門兒！

人群安靜下來。

「等我把這一把關撲開完，就跟妳回去。」向圍觀百姓發完火後，喬勐語氣軟下來，轉頭對蘇婉道，但臉色還是冷冷的，說話口氣聽在蘇婉耳朵裡，也是硬邦邦的。

「喬二爺，那我這就開了？」金樓掌櫃立即就要去揭桌子上的瓦罐。

「嗯。」喬勐點頭，覺得自己肯定能贏走一百五十兩的金飾。

「不許開！」關鍵時刻，蘇婉從混亂的背景音樂裡醒來，直接一棍子擋住金樓掌櫃的動作，然後踮起腳尖，一把捏住喬勐的耳朵。

「我給你臉，你不要，非要逼我動手是吧！」

「嘶！妳鬆開！」喬二爺趕緊去扒她的手，可蘇婉心中怒火騰騰，死也不鬆開。

她一邊揪著喬勐的耳朵、一邊揮舞棍子，威脅金樓掌櫃。「別過來，棍子可不長眼！」

喬勐覺得這只是個普通的關撲買賣，可在蘇婉看來，這妥妥的就是一個局，特地為喬勐設的局，無論今日這關撲開出來是贏還是輸，都會刺激喬勐一直玩下去。

賭博這玩意兒的威力，向來不容小覷。

賭著賭著，錢沒了，家散了，到最後是人沒了……

她不能看著喬勐把自己搭進去，今天不能開這個關撲！

「爺兒做什麼事，妳怎麼都要反對，是不是就不能盼著我好？」喬勐的脾氣也上來了。他是為了誰？還不是為了她！雖然也有想證明自己，不想讓她看扁他的心思，但總的來說，還不是為了她。

「你現在不許說話！」蘇婉有些發暈，手上棍子一收，在喬勐肚子上打了一下。

「妳……妳別太過分！」喬勐悶痛，可他怎麼也扒不開他娘子揪在他耳朵上的手。其實能扒是能扒，但會傷了他娘子的手。

「我好好跟你說，你不聽，非要逼我動手！」蘇婉嘴裡念念叨叨。

「婉娘子，妳這是做什麼？我們和喬二爺是做正經的關撲買賣。再說男人家的事，妳一個婦道人家，未免管得太寬了些，還不快放開，這樣讓二爺以後還有何顏面在平江立足？」金樓掌櫃急了，眼見上面交代的事要完成第一步，怎麼突然冒出個母夜叉來！

喬勐也道：「妳快放開，不然我跟妳動真格的了！」

蘇婉冷笑一聲。「我家男人，我管怎麼了？我今日就管定了！」

喬勐忽然覺得，他娘子說我家男人時，可真是好看！

「二爺，今日咱們就說清楚，你是要這虛無縹緲的一百五十兩金飾，還是要我？」蘇婉依舊捏著喬勐的耳朵，美目圓睜，滿臉惱怒之色。

喬勐身子一頓，停止掙扎，很是吃驚。「娘子，那可是一百五十兩！」

「我不如一百五十兩？」

蘇婉死死咬著唇，忍住沒落淚。這個狗男人，竟然在一百五十兩和她之間猶豫了！

她頓時不想要他了。

「哎呀，我的意思是，那只是一百五十兩！娘子怎麼能把自己跟這點銀子比，給我一萬兩，一百萬兩，我也不換啊！」

喬勐不敢置信，他家娘子就這麼小看他?!

「掌櫃，把五十兩還我，我不玩了！」喬勐轉頭對金樓掌櫃喊了一聲。

金樓掌櫃傻了。「二爺，咱們都說好了……」

他的話還沒說完，便一腳踹翻桌子，裝有銅錢的瓦罐應聲落地，錢都不知掉哪兒去了。

「好了，這下玩不成了。」

金樓掌櫃張大嘴巴，想發火，但見喬勐無賴的樣子，又發不出來。

蘇婉看得一愣一愣。

「哈哈哈，我看娃霸就是懼內！」圍觀百姓紛紛交頭接耳起來。

「瞎說，人家分明是疼娘子！」

「反正婉娘子威武！」

百姓們再次對小夫妻評頭論足。

「乳娘，妳和白果在這裡拿銀子，一個子兒都不能少！」蘇婉不習慣被人圍觀，更別說聽那些閒話。

既然喬勐自己動手攪了局，她覺得這個狗男人撿起來縫一縫、補一補，還是能要的。

她說完，依舊揪著喬勐的耳朵，把他拽出金樓門口，一路回了喬宅。

明天，整個平江大概都要傳遍娃霸被他家娘子揍了的光榮事跡。

但是，賭博這事，她真的不能容忍！名聲壞一點也好，看看誰以後敢再來哄喬勐去賭！

一回到內室，蘇婉直接把桌上的算盤往喬勐跟前一丟。「跪吧！」

「我今日把本錢都贏回來了！」喬勐覺得自己沒有敗家，不太想跪。

「要不是我今日去阻止你，你都要把這條小命輸給別人了！」蘇婉沒好氣地說道。

「怎麼可能，我運氣好著呢！不然怎麼會娶到娘子？」喬勐嬉皮笑臉地說著，湊近蘇婉，想去抱她，企圖矇混過關。

雖然吧，今天真是丟臉，可他喬勐向來不是個要臉面的人啊！

「你走開！」蘇婉火氣又噌地起來了，手裡的棍子還沒放下呢，便開始揍起人來。

喬勐被連打了好幾下，被打出氣性來了，可蘇婉細皮嫩肉的，他不能跟她對打吧？打不得，但他躲得啊！

當然，事情總歸有個結果，追逐一會兒後，喬勐被狠狠揍了一頓，跪了算盤。

蘇婉向他分析了這次事情的怪異之處，喬勐這才冷靜下來，回想這兩天發生的事。

他從臨江回來，就被平江城裡另一個不學無術的有錢少爺拉過去玩鬪撲，第一次就贏了不少果子。

然後第二天他見他家娘子那麼辛苦，想著幫她弄點東西補補身子，所以又去了。

之後，就像得了病症，他不去玩，就渾身不舒服……

跪在算盤上的喬勐想著，後背冒出冷汗，一陣後怕。

蘇婉看著顯然已經認知事情嚴重性的喬勐，鬆了一口氣。

她不敢完全放鬆，決定先把喬勐拘在家裡一陣子再說，癮這種東西不太好戒。

稍晚，姚氏和白果帶著五十兩回來了。

兩個人瞧見跪在角落裡發怔的喬勐，不敢一直盯著，把銀子交給蘇婉，便退了出去。

夜，月明星稀。

窗口有動靜，還被罰跪的喬勐耳朵動了動，小心地看了眼床上的蘇婉，見她睡熟了，便緩緩站起來，臉一抽，一瘸一拐走到窗邊。

「二爺，您沒事吧？」來人是九斤，他聽聞了今日的事，心裡著實懊惱，這幾天他忙著吃食生意，沒精力跟在喬勐身邊。

還是婉娘子厲害！九斤覺得以後定要多聽蘇婉的話，想到這裡，再看看喬勐。算了，不能笑他，即使在心裡也不能。
「事情怎麼樣了？」
「一切都在計劃中。」
「告訴他們，今夜就動手，先搞出點動靜，明日務必一擊必中。」
九斤正色道：「是！」說完便關上窗戶，退了下去。
本來還有話要問的喬勐，只好摸著鼻子，繼續回角落蹲著。
他家娘子說了，未來一個月，他都別想沾她的床……
蘇婉也聽見動靜，翻個身，睜了下眼，又閉上了。

蘇婉睡得迷迷糊糊間，突然聽到外間一陣喧譁，馬蹄聲呼嘯而過，她驀地睜開眼睛，立時去找喬勐。
人已經不在角落裡了，蘇婉目光一轉，透過窗外的異常亮光，一眼瞥見躺在對面榻上的喬勐。
他的衣服鞋襪都沒脫，把自己團成一團窩在榻上，幸虧這是夏日，蘇婉又不喜用冰，不然可要凍壞他。
喧譁吵鬧聲還在繼續，蘇婉有些不放心，起身準備下床，想要出去看看。
她剛起來，腳還未落地，眼前忽然有道黑影掠過，定睛一瞧，角落裡多了眼皮都沒怎麼掀開的人。

蘇婉一時無語凝噎。

「外面好像出事了？」她懶得管他，下地披起衣服，向外走去，剛撩開內室的簾子，白果和銀杏也起來了。

「娘子，外面好吵啊！」

「怕什麼，又沒礙到咱們家。娘子，妳還是回去睡吧。」喬勐揉了揉眼，也跟著蘇婉走出來。

蘇婉看他一下，實在從他臉上看不出什麼來，便開門出去了。

第十五章

到了院子裡，外面的人聲聽得更清楚了。

「娘子。」姚氏走進來，瞧見蘇婉也起了身，連忙走過去拉住她。

「乳娘，外面出什麼事了？」蘇婉回握她的手，問道。

「根兒和他爹，還有蠻子出去打探了，剛剛根兒先回來，說是前段時日在平運河上出沒的水匪，今夜進了城呢，還砸了幾家鋪子！」姚氏也是心慌慌的，外面都在傳，水匪要洗劫平江城。

「水匪不是在水上搶劫來往船隻，上岸進城做什麼？」蘇婉不解地問，回頭看看喬勐。

姚氏自是不知，而喬勐正悠哉悠哉倚靠在門邊上，見他家娘子看他，連忙對她笑了下，齜著小白牙叫了聲。「娘子。」

蘇婉無語望天，火光映紅半邊黑夜，遠處鑼聲呼聲不斷。

她心裡雖有些懷疑，但這陣仗未免太大，喬勐看起來不像能搞得起這麼大亂子的人，所以又對喬二爺道：「二爺，你看這事是不是很蹊蹺？」

「爺又不是水匪，哪知道他們怎麼想的，或許人家嫌水上太潮，上岸來幹一票？」喬勐說得一本正經。

聽著他這番話，蘇婉眉頭皺得更深了。「你過來。」叫了喬勐一聲。
「做什麼？」喬勐往屋裡退了一步，他家娘子此時叫他，肯定沒好事。
「過來。」蘇婉又叫了他一次。「我保證不打你。」
喬勐不信，但還是慢吞吞地走過去了。
「院子裡有蚊子，你站這裡，幫我趕一趕。」
喬勐無言了。

等了一會兒，院子外傳來蘇大根的叫喚聲。「娘！婉娘子！妳們在嗎？」
蘇婉一聽，讓銀杏趕緊把人帶進來，來的是蘇長木和蘇大根，還有鑾子。
「木叔，外面是什麼情況？」蘇婉一見到他們便問。
蘇長木和蘇大根還有鑾子在城裡轉了小半圈，打聽到一些消息。
「聽說那幫水匪上岸砸了不少店鋪，搶了不少銀錢，他們好像預謀而來，退得很快，現在衙門的人還在城裡搜人呢！」
蘇婉一驚。「水匪還在城裡？」
「不知道啊，反正沒找著。」蘇長木他們也不知。
「聽說砸的鋪子大多數都是跟彭縣令有關係的鋪子。」蘇大根提了一句。
結合喬勐和九斤之前的對話，這下，蘇婉更加懷疑喬勐了。

「喲！誰這麼替天行道啊？砸得好！」喬勐聽了，連忙拍手叫好。

蠻子不由別過臉，不想看他家二爺。

「外面人都說是替天行道呢，那些鋪子幾乎是黑店，被坑的人不少，還沒辦法治他們。」蘇大根又道。

蘇長木接著說：「現在那些店鋪東家，還有怕受牽連的大戶，都聚在縣衙門口鬧著呢，要彭縣令去剿水匪，給他們一個交代！」

喬勐抱臂抖起了腿。

蘇婉聽罷，道：「算了算了，不關咱們家的事。鎖好門，都去睡了吧。」

話剛說完，正門口就傳來拍門聲。

「快開門！」縣衙的人來搜了。

蘇婉看向喬勐，後者很鎮定，指了蠻子道：「去開門。」然後又對蘇婉道：「妳回屋去，放心，沒事的，咱家又沒藏人。」

蘇婉一個激靈。「九斤呢？」

「九斤不在城裡，妳不用擔心。」喬勐拍了拍蘇婉的背，安撫著她。

蘇婉不知道喬勐到底要搞什麼，覺得今夜這事，肯定不是最終結果。

她心裡很忐忑，很想問，可看了看自己身邊的人，到底沒問出口。

等蘇婉帶女眷進了屋，喬勐便領著男人們去了外院。

帶人來搜喬家的，是彭縣令的心腹。

出了事後，彭縣令第一個懷疑的就是喬勐，但他不信喬勐能搞出這麼大陣仗，所以派心腹來，仔細地搜，一點可疑的地方都不放過。

門開了，喬勐無比配合，讓心腹更加懷疑，但把喬家翻個底朝天，都沒搜到人，只能無功而返。

最後出門時，心腹突然想起一個可疑之處，便問：「平日經常跟在二爺身邊的那個魁梧大漢去哪裡了？」

喬勐瞇眼一笑。「喲，彭縣令他老人家這麼關心我啊，連我身邊有什麼人，他都記得一清二楚。」

心腹冷哼一聲。「喬二爺還是配合的好，不然勾結水匪的罪名，可不是鬧著玩的。」

喬二爺拍拍胸口。「我好怕啊！怕死了！」

「你！不要敬酒不吃吃罰酒！」

「嘖，這麼激動做甚？他一個沒婆娘暖被窩的壯年男人，總不能夜夜拘在家裡吧？」喬勐說得很隨意。「他可不像有些人，家裡三、四個，外面還有一堆相好的，早早把身子敗壞了，如今只能窩在家裡，對著美妻空流淚。」

心腹被這話損得臉色一陣紅、一陣白，直戳心窩，轉頭甩了袖子，怒氣沖沖地走人了。

「哼！」等他們一走，喬勐冷哼一聲，也回去了。

走沒兩步，牆上掉下一個人，喬勐回頭，發現蘇長木和蘇大根已經暈了過去。

「二爺，我家三公子明日在老地方等您。」

喬勐點頭。「好，告訴他，我明日定會赴約。」

那人聽完，便飛走了。

喬勐羨慕地看著那人飛走的方向，轉身對蠻子說：「你說，你家二爺若也有這麼一個好身手的手下，該有多好？」想想手底下那幫時常靠他救濟的烏合之眾，搖了搖頭。

被嫌棄的蠻子道：「二爺，您還要回內院啊，回去是不是還要跪著？這會兒離天亮沒多久了，要不您在外院湊合一下得了。」

喬勐氣極，踢了蠻子一腳。「我們那叫閨房之樂，我家婉娘子對我是愛之深、責之切！你這沒婆娘的傢伙懂什麼？

「再一個，有娘子的地方，就算蹲茅廁，那也是香的，更何況只是罰我跪著。」

不懂情愛的蠻子撓撓頭，目送喬勐離開，心中很迷茫。

次日起身後，蘇婉對喬勐說的第一句話是──「你這半個月老實在家待著，哪裡都不許去，連這個院子都不許出！」

「那我一個大老爺窩在後院做什麼？繡花嗎？」喬勐怎麼可能閒得住，豈不是憋死他！

蘇婉斜他一眼，淡淡道：「行啊，從今天開始，你就跟我學繡花。」還能修身養性呢！

「爺兒們怎能學那種娘兒們唧唧的活兒！」喬勐跳腳。

蘇婉正在戴花的手一頓。「我有說讓你起來了嗎？不是叫你跪一夜，誰准你半夜上榻睡覺了？」

喬勐啞口無言，頓時蔫了。

姚氏與兩個丫鬟瞧見，都忍不住想笑。

蘇婉也是，整理好妝容，走到喬勐身邊，摸摸他的腦袋。「走，我幫你做好吃的去。」打一巴掌，好歹要給顆棗兒不是？

喬勐來了精神。「我要吃娘子做的雞蛋餅，蝨子他們做的，沒妳做的好吃！」一說完，發現這不是妥協了嗎？不行，今天他還要去見趙立文呢！

「娘子，能不能從明天開始禁足啊？」可憐他一個堂堂男兒，竟然要跟小娘子一樣，他都多少年沒被罰過禁足了。

不過，換個想法，不就是未來半個月可以天天跟他家娘子待在一起了？

「不可以，你想幹麼，還想去把那個金飾贏回來？」蘇婉回頭瞪他，要是他敢說一個是字，她就打斷他的狗腿！

「怎麼可能！」喬勐雖然有點想，但見他家娘子那麼排斥，對關撲的心思淡了不少。

「那就好，要是被我抓到……」蘇婉指指掛在牆上的家法棍，說完又覺得自己太強勢了，稍稍放軟態度。「二爺，咱們現在是個家了，遇事你總要為家裡想一想不是？」拉起他的手，牽著他往廚房走去。

喬勐嘆口氣，看來只能重色輕友了，轉頭對銀杏道：「回頭見到蠻子或九斤，告訴他們，二爺今日在家陪娘子，不出門了。」

銀杏捂嘴偷笑，應了聲。

到了廚房，蘇婉要喬勐幫著和麵，她來調醬汁。

喬勐力氣大，但也馬虎，把麵粉弄得滿廚房都是，氣得蘇婉糊他一臉，成了個麵人。

最後，兩人吃著雞蛋餅時，已是巳時，外面的平江城變了天。

「娘子，彭縣令……死了！」姚氏領著蘇長木小跑過來，把這個消息告訴蘇婉和喬勐。

正在喝粥吃餅的蘇婉，聽完後，筷子都驚掉了。

「怎麼回事？木叔你好好說！」

彭縣令怎麼死了？難道昨晚九斤說一切都在計劃中，指的是這個？九斤沒回來，是去刺殺彭縣令了?!

喬勐就在她身邊，正呼哧呼哧喝著粥，她不敢去看他，生怕露出些什麼來。

「聽說是水匪殺的！」

蘇婉啊了聲，撿起筷子，坐了下來，還被喬勐餵了一口雞蛋餅。

「被搶砸店鋪的東家們在衙門鬧了大半夜，聽說所有衙役都被派出去了，還是沒抓到那幫水匪。後來大家都猜，他們是不是出城去了水上，硬讓彭縣令出城剿匪。彭縣令沒法子，卯時便帶著人馬出城去了。」

「他身邊應該帶了不少護衛跟衙役，怎麼就……」蘇婉想著，彭縣令總不能真去水上吧，應該只是在岸上喊喊話，做做樣子，震懾震懾那幫水匪。

水匪善水，他若真去了，豈不是送死。

「我們也不知道，反正彭縣令是被抬回來的，現在都傳他是因為保衛平江城百姓，抗匪而死！」

「喲，這死得多好，活著沒做多大功績，死了倒是成了功臣！」喬勐樂呵呵地調侃兩句，繼續餵蘇婉吃飯。

蘇婉喝一口粥，吃一塊餅，邊吃邊細細看著喬勐，怎麼觀察都覺得他神色與平常無二，看不出絲毫破綻。

「這話在家裡說一說就罷了，出去別亂說。」蘇婉怕喬勐出去和兄弟們閒聊，到時候被有心人抓住把柄，就不好了，又叮囑屋裡其他人。「你們也別出去亂說。」

銀杏和白果哪裡有地方說嘴，姚氏更別提，就是外院的幾個男人們需要注意，蘇長木連忙稱是。

喬勐嘴一撇。「娘子，我都被禁足了，跟誰說啊？」

蘇婉一愣，對喔，她都忘了。「那等九斤、蠻子回來，你跟他們說一說。」

「娘子妳甭操心了，他們曉得的。」喬勐滿不在乎地說。

忽然間，蘇婉的左眼皮跳起來，心裡頓時有些不舒服了，心不在焉地吃完早飯後，便將其他人支了出去。

「二爺，你跟我進來。」等其他人退下，蘇婉就把喬勐叫進了內室。

喬勐晃悠悠地站起來，瞧著蘇婉的背影，沈默片刻，又換上無賴表情，跟了進去。

一進內室，喬勐就瞧見蘇婉正在關窗，還帶上內室的門，便搓起了手，嘿嘿笑一聲。

「娘子，青天白日的，不太好吧？」

「你想什麼呢！」蘇婉狠瞪喬勐一眼，撿起挑窗用的長木條，輕抽了他一下。

「嗷，娘子，疼～～」喬勐叫得很誇張，一邊叫著、一邊朝蘇婉身邊擠。

蘇婉嫌棄地推開他。「正經點，跟你說正事呢。」

喬勐立即上榻，乖乖盤好腿，一副洗耳恭聽的樣子。

「你老實跟我說，人是不是你殺的？」蘇婉嚴肅地問。

喬勐搖搖頭。「不是。」

蘇婉愣了下，又問：「那是九斤殺的？」

「不是。」

見蘇婉還想開口，喬勐搶先道：「娘子，這件事妳不要問，只要知道他的死，跟妳、跟我，乃至咱們這個家，都沒有關係。」

蘇婉心裡慌慌的，從喬福的死，再到彭縣令的死，總讓她覺得不安，真正認識到這個時代的殘酷。

「剛剛我的左眼皮老是跳啊跳的，我就怕……」蘇婉也不知道該說什麼好。

「沒事，妳別怕，有我呢。就算我出了事，也會為妳安排好後路。」喬勐不知何時挪到蘇婉身旁，悄悄攬上她的肩，把她摟進懷裡，還輕輕拍她的背。

蘇婉一個反手，對著他的手，就是啪的一下。「渾說什麼！」

拍打完，蘇婉往旁邊挪了一下，她還是沒習慣喬勐的親近。

左眼皮還是一跳一跳的，很不舒服，蘇婉低頭揉了揉眼睛。

「娘子，這是左眼皮啊，不都說左眼跳財？」

「還有說跳災的，這又說不準。」蘇婉不太信這些。

「我覺得，咱們家肯定要發大財了！」喬勐說著，下了地，去外間拎茶壺進來，幫蘇婉倒了杯茶水。

蘇婉傻了，這動作怎麼那麼像現代直男經典語錄裡說過的——無論女友有什麼症狀，都是多喝熱水。

蘇婉接過茶水，喝了一口。好吧，這傢伙連直男都不如，茶水都涼了，還涼得透透的！

「水涼了。」蘇婉放下茶杯。

「夏天，喝涼水涼快！」喬勐一臉我聰明的樣子。

蘇婉伸腿踢了他一腳。

喬勐捂腿，為什麼女人總是莫名其妙？

「對了，你這次回臨江喬家，他們有沒有為難你？」蘇婉撒了氣，這會兒靜下心來，想起喬勐從臨江回來後，她還沒問他回去的情況。

「沒什麼事啊，她能拿我怎麼樣？」喬勐無聊地剪著紙玩，當然不會告訴蘇婉，他挨了一頓家法。

臨走時，他將蔣家和彭縣令的勾當證據交給祖父喬太守。不過，沒有談任何條件，也沒有邀功。

所以，這次平江要變天，應該不是一般的變，但喬家未必是最大的贏家。

以前喬勐對這些事無所謂，但現在他發現，沒有實在的背景，很多時候只能任人宰割。

他是不信任喬家的，只能選擇相對信任的人合作。

所以，蘇婉問他，人是他殺的嗎？當然不是他親手殺的。

「你說，母親還會不會再派人來？」蘇婉捧起繡綳，繼續繡著新製的魚形福寶香囊。

「應該不會了。」這幾天一點動靜都沒有，不像他家大太太的為人。應該是他祖父為著那份他留下的情報，發了話。

兩人有一搭、沒一搭地說著話，無論現在外面怎麼變天，喬家小院仍是一派安逸。

一會兒後，喬勐依舊被蘇婉留在屋裡，陪著她做針線活，手裡正拿著蘇婉繡給他的關公耍大刀荷包。

「娘子繡得真好看，妳怎麼這麼會繡？」喬勐愛不釋手地拿著荷包左看右看，他怎麼看都覺得比他祖母身邊那個精通女紅的丫鬟繡得不知道好多少去了。

他能想到的比方就是——一個草雞，一個鳳凰。

「娘子，二爺，門口有個自稱姓趙，說是二爺朋友的人要見二爺。」姚氏走到外間門口稟報。

「唔，看來是趙三來了。」喬勐道：「把他請到外院廳裡。對了，是誰傳話給妳的？」

「是九斤。」

「讓他把爺從家裡順來的茶葉給三公子泡上。」喬勐一邊說著、一邊從榻上爬起來。

蘇婉瞟他一眼，咳了一聲。

「喲，我都忘了，娘子不許我出內院的。」喬勐假意一拍腦袋。「昨兒趙三公子跟我約好今天見面，娘子妳看……」

蘇婉放下繡繃，跟著站起來，走到喬勐身邊。

喬勐不由往後退了一步。

「怕什麼，我又不打你。」蘇婉替他理了理衣襟，噗哧笑出聲。「去吧，等會兒我親自下廚，你留趙三公子在家裡用飯。」

「娘子，妳真好！」喬勐笑了，一把抱起蘇婉，轉了一圈。

「你快把我放下來！」蘇婉失了重心，有些害怕，又有點暈。

「哈哈，那我去了。」喬勐一聽，趕緊放下蘇婉就走了，生怕她改變主意。

「小孩子似的。」蘇婉看著喬勐離開的背影，笑著搖頭。

姚氏笑看這小倆口嬉鬧，心裡總算踏實了些。

第十六章

趙立文是臨江趙家的庶子，不過在外素來有美名，所以大家尊稱他為趙三公子。

他長相俊美，氣質溫文爾雅，這會兒正坐在前院廳裡喝茶。

當然，別人可能會被他這副樣子騙到，可喬勐知道，這傢伙一肚子壞水。

「三公子大駕光臨寒舍，某有失遠迎，失禮了。」喬勐還未跨進廳裡，便先咬文嚼字調侃起趙立文。

趙立文不接招，依舊優雅地喝著他的茶。

「這裡又沒有別人，你還裝什麼？」喬勐一屁股坐在他旁邊，滿臉嫌棄地道。

這話一出，趙立文朝門口一看。「你不是被禁足了嗎？你家娘子怎麼放你出來的，她沒跟來？你家的茶也太難喝了！」一口氣不帶喘地說完一大串話。

「呸，誰說我被禁足？嫌不好喝，你別喝！」喬勐臉色一變，在心裡罵起九斤，肯定這傢伙說漏嘴了。

「算了，我不跟你計較。錢，我已經幫你付了。」趙立文放下茶杯說道。

喬勐眸色一閃，低聲道：「謝了。」

這錢當然是殺人的錢，人是他找的，但他付不起，只好找上趙立文。

「謝什麼，昨夜我也小賺一筆。」趙立文渾不在意。

昨晚襲擊城裡店鋪的水匪，其實是他帶來的人，幹完事便藏進滿香樓。為了不讓人懷疑，他還命人第一個砸了他的滿香樓。

「你為什麼今日要見我，還追到我家裡來？你親自做那件事，也不怕被捲進去？」喬勁不解地問。

「你的事，我怎麼會掉以輕心？」趙立文輕描淡寫，好歹他們也是過命的交情。

兩人同是庶子，只是趙立文的嫡母心善些，少時日子過得平平無險。但他長大後，越顯出不輸於嫡兄的才能，讓嫡母與其他兄弟心生忌憚。

有次，趙家派了個去北地進貨的差事給他，喬勁知道此事後，看了路線，發現途中有許多地方盜匪橫行，很是凶險。

然而，不知是誰在後面作怪，趙家人只給了些護衛，且都是老弱之輩，存心想讓趙立文回不來，喬勁便陪他走了一遭，在危難之時，替他擋了刀，命懸一線。

從此，趙立文待喬勁親如兄弟。

「咦，肉麻死了，有什麼事趕緊說吧。」喬勁一見他這樣子，就知道肯定有事。

「你還是這麼沒情趣。」

「我只對我娘子有情趣。」

趙立文滿臉幽怨。「喬郎，你變了！」

「滾滾滾，你這變態！」喬劭不吃他那套。

「好吧，我來第一件事，是要見一見你說的冰。第二件麼，跟你家娘子有關。」趙立文板起臉來說正事。

「關於我家娘子的事？」喬劭皺起眉頭。

「聽說她有一手好繡工，我想請她幫我繡一套東西。」

喬劭一聽，眉開眼笑。他家娘子還不信，這不就來財了！

另一邊，喬劭去了外院後，蘇婉又繡了手裡的福寶香囊幾針，抬眼看窗外天色不早了，便起身，帶著白果去廚房清點食材。

清點完，她吩咐人再去採買些，順便打點好酒回來。

家裡男人除了喬劭和蘇長木，其他人都出去賺錢了。白果要留在廚房幫忙，買食材的事，便讓姚氏夫妻去辦。

這樣一來，待在外院的喬劭沒個稱手的人使了，蘇婉便派銀杏過去，幫忙端茶遞水。

家裡還是缺人呀，蘇婉想著，等蘇大根和蝨子下個月交上銀錢後，該添些人了，不過也不用太多，加個門房跟跑腿小廝即可。

這時，廚房只剩下蘇婉和白果。這段時日在蘇婉的指點下，白果的廚藝突飛猛進，連喬劭都不嫌棄了。

「婉娘子，肉是這樣切嗎？」白果按照蘇婉教的，小心切著五花肉片。這肉片不能太薄也不能太厚，是用來做梅乾菜扣肉的。

蘇婉正準備炸花生米給喬勐他們下酒，轉身瞥了一眼。「嗯，就這樣。」

白果高興地繼續切起來。

花生米想炸得酥脆，得用冷油下鍋。蘇婉加了油，將一盤花生米倒進鍋裡，準備燒火。

白果一看，趕緊拉住她。「娘子，我來吧。」

蘇婉沒反對，對於燒火這事，她還真是不在行。

白果好歹燒了一段時日的火，又經過蘇婉指導，雖說技術不是爐火純青，但也可一用。

等油熱的時候，蘇婉接手切好了五花肉片，也把梅乾菜拿出來泡。

油炸花生米起鍋時，得看顏色。蘇婉看鍋裡的花生米變了色後，便將它們撈起，因為熱油裹著花生米，便不需要等花生米完全熟透。

蘇婉聞了下，炸好的花生米挺香的，只有幾顆糊掉了，便放置在一旁冷卻，再撒些鹽。

接著，她拍了三條胡瓜，再用蒜末、油、鹽、醬、醋、糖拌過，香味就出來了。

臨江人不是很喜歡吃辣，所以她並沒有放辛辣的調料。

過了一會兒，姚氏和蘇長木回來了，蘇婉去醃他們買來的豬排骨，白果則到廚房隔壁被闢出來當儲藏室的屋子。

屋子角落裡，放了一個封得嚴嚴實實的大木箱，她使了大力才打開。首先看見的，是厚厚被褥，打開被褥，一陣涼意迎面而來，她取出蘇大根他們今早沒用完的雞胸肉，還有一條處理過的魚。

家裡的地窖還沒做好，這個季節要冷藏食物，蘇婉也只能想出簡易冰箱的法子，而且只能存放一到兩天，還要不時查看冰塊融化的情況。

雞胸肉切丁，和胡瓜、紅蘿蔔一起炒，再做一道糖醋排骨。魚就不做糖醋了，做成紅燒口味，加個油燜茄子，菜色便齊全了。

午膳做好後，已是午時三刻。因趙立文是外男，蘇婉便讓姚氏去前院問喬勐，午膳布在哪裡。

一會兒後，姚氏回來說要布在外院，蘇婉便帶著白果將飯菜裝入食盒送過去。

「算你運氣好，今日我家娘子親自下廚。」姚氏走開後，喬勐向趙立文炫耀蘇婉的廚藝。「我娘子做的菜那叫一絕，來福樓的大廚比她差遠了。你有沒有在西坊街見到賣炸串小食的攤子？那是我家開的，是我娘子想出來的吃食！」

趙立文當然不知道，他來平江又不是為了吃的。

不過，他倒是聽過其他的。

「你家娘子的廚藝，我不知道，但她馭夫的手段，倒是略有耳聞。」

兩人說著，往吃飯的廳堂走去。

「哼，那是爺兒寵妻。要不是我愛護著她，就她那柔弱的樣子，我能揍十個！」喬勐不以懼內為恥，但人總要學會自我安慰。

趙立文笑了聲，剛準備再損他兩句，眼角餘光瞟見一年輕貌美的小婦人走出來，和他們迎面而對。

蘇婉剛布好菜，守在外面的姚氏便來報喬勐和客人來了，她趕緊淨了手，理理妝容，出去迎客。

「二爺。」蘇婉面帶笑意，站在門口，柔柔地叫了喬勐一聲。

「娘子。」喬勐一見到蘇婉，瞳孔微微睜大，眼裡有光亮閃過，嘴角揚起，指著趙立文道：「這是我跟妳提過的趙三公子。」

蘇婉看了趙立文一眼，便收回目光，對著他福了福身。「請三公子安。」目光接著落在喬勐身上。「二爺，午膳已經布好了，快進去用膳吧。」說著側身讓兩人進門。

她這模樣，讓趙立文有些恍惚，平江城裡傳的惡霸家母老虎是這個樣子的？

他覺得受到了欺騙，只好裝模作樣地點頭，搖著摺扇，跟在喬勐身後進去。

坐上飯桌，趙立文瞧見一桌色香味俱全的菜餚，這才信了喬勐的顯擺。

「好吃！香！」美食讓趙立文忘了形象，忘了在趙家用膳的一套一套規矩。

「你留點給我，這道菜，我還沒吃過呢！」喬勐見趙立文不顧形象的吃法，不由急了，跟著加入搶食大戰。

蘇婉起身幫兩人斟了酒。「別光是吃菜，二爺和三公子喝一杯。」

喬勐挾起一粒酥香脆的花生米塞進嘴裡，嚼得咔嗞咔嗞，再接過蘇婉遞來的酒杯，覺得心情有點美，還有點飄。

「娘子，以後妳多炸點花生米，回頭我和九斤他們喝酒時，配這個正好。」

蘇婉微笑道：「是，二爺。」在桌下給了他一腳。

剛飄起來的喬勐，啪嘰落地了。

「弟妹這手藝真是一絕！我原來只知道妳繡工了得，今日才知，妳的廚藝也是了得啊！」人還這麼溫和，喬勐這傢伙，真是修了八輩子福。

看來在喬家的那些不幸，都從他娘子身上補給他了。趙立文突然有點羨慕喬勐。

「三公子過獎了，雕蟲小技，不足掛齒。」蘇婉客氣了一句。

「娘子，妳可別跟他謙虛，他是有求而來。」喬勐趁著兩人說話時，偷偷喝了一杯酒。

蘇婉疑惑地看向喬勐，不知趙立文怎麼會有求於她。

「弟妹，是這樣的，我未來岳父的生辰要到了，前段時日我請子坎先生製作了四把摺扇，又請銘鴻大家分別在摺扇上畫了花中四君子，題了詩。」

蘇婉了然點頭。「是要我幫忙繡扇套？」

子坎先生和銘鴻大家，是原主在閨閣時便聽說過的名人，可見趙立文對這賀壽禮的重視，怎麼會找她這個名不見經傳的婦人來繡裝摺扇的扇套？

聽了趙立文肯定的回答後，蘇婉有些疑惑。「不知三公子是否見過我的女紅？」

「那倒沒有。」趙立文道。內宅婦人的女紅，他一個外男怎能見著？

雖然大和民風開放，過了明路的內宅繡品，是可以拿出去變賣的，只要不是私相授受，買家不限男女。但蘇婉好歹是喬勐的娘子，他還是要注意些。

「嗯？」正吃個不停的喬勐聽見趙立文的話，不由一愣。「那你怎麼知道我家娘子繡工了得？」

之前他只是聽他提了一句，說想找他娘子繡東西，但不知具體如何，只顧著帶他去看儲藏在外院屋子裡簡易冰箱裡的冰塊。

趙立文端起酒杯，跟喬勐碰了杯，飲了一口後，說起他知道蘇婉繡工的始末。

這次趙立文也不僅僅是為幫喬勐而來，還想請毓秀坊的蓮香師傅幫他繡四君子摺扇的扇套。蓮香師傅名頭大，在整個臨江府頗有些名氣。

孰料去了之後，毓秀坊的掌櫃告訴他，蓮香師傅接的活兒排到下個月，如果他要得急，是趕不出來的，哪怕他抬出他是趙家人，蓮香師傅也不買帳。

據說蓮香師傅氣性高，從不阿諛富貴，不然也不會窩在平江的毓秀坊，早去上京了。

趙立文一聽哪成啊，他拿到摺扇時，本就比預定時日晚了一個月，未來老丈人下個月便過壽了。

就在毓秀坊推薦其他比蓮香師傅名氣稍低的師傅時，隔壁廂房裡的管事出來，向他推薦了娃霸家的婉娘子。

趙立文一喜，這不是喬勐的妻子嗎？後來他又向九斤打聽，已經成為蘇婉粉絲的九斤，還不是大誇特誇。

這下好了，早想救濟兄弟又找不到名義的趙立文，當下便在心裡定下蘇婉，管她繡得怎麼樣，大不了做兩手準備。

「這樣啊。」蘇婉聽罷趙立文的話，腦海裡自動浮現胡管事那張呆臉。可憐的胡管事，好好的生意又被她截胡了。「那三公子想在扇套上繡什麼呢？」

「弟妹擅長繡什麼？」趙立文反問。

這話可把蘇婉難住了，她對於圖案沒有特別偏好，只要是能成形的，她都能繡。

「這樣吧，二爺有把關公荷包帶在身上嗎？給三公子看一看。」蘇婉決定，還是請客人看看她的手藝。

喬勐挾了最後一粒花生米塞進嘴裡，這才放下筷子，擦了擦手，從袖子裡拿出那只繡著關公耍大刀的荷包。

見了荷包，趙立文喜出望外，直接命隨身小廝將他帶著的四把摺扇拿過來。

蘇婉見兩人也吃得差不多了，便讓銀杏和白果撤桌，熱了毛巾，給他們潔面淨手。

洗過手，趙立文小心地將四把摺扇一一打開，梅蘭竹菊栩栩如生地展現在蘇婉面前。一幅扇面上是一君子，銘鴻大家將四君子傲幽堅淡的品質表現得淋漓盡致，難怪是一代大家。

「趙老三，這四把扇子值個三、五千兩吧？你該不會把所有家當都貼進去了？」喬勐雖然是惡霸，好歹也是個讀過書的人，一眼便瞧出這幾把扇子的不凡之處。

還真被他說中了。「嗯，幫你付完帳，我就一窮二白了。」為了這次賀禮，趙立文還賣了兩間私下攢的鋪子。

這個老丈人可是他在嫡母面前伏低做小二十年才得來的，他未過門的娘子算是低嫁了。

「趙老三，那你下個月成親還有錢嗎？」喬勐又問一句。

趙立文道：「聘禮的錢是家裡公中出的，不需要我給，只是交不出私房錢給我家娘子。所以，我不是來找你看冰了嗎？」

喬勐點頭。交不出私房錢的丈夫，不是好丈夫。

蘇婉聞言，詫異地抬頭看向趙立文，目光剛落下，眼前便出現一堵肉牆，擋住了她。

她搖頭失笑，輕輕掐了喬勐的後腰。

「三公子想要我繡什麼？」蘇婉見這四把摺扇是趙立文用全副身家換來的賀禮，正色起來，又問了一次。

「不知可不可以仿著這四幅扇面，繡四件扇套？」趙立文遲疑一會兒，看看手上還沒還給喬勐的荷包，堅定地說。

蘇婉沒有立即應下，而是再次挨個兒看過扇面，才道：「可以，但只能選取一部分。」

趙立文欣然點頭。「好，那就拜託弟妹了，不知下個月十八之前是否能拿到？」

蘇婉算算日子，現在是十日，應是夠的，便對趙立文說：「下個月初六三公子大婚時，我讓二爺帶過去給您。」

趙立文連忙道謝。

蘇婉接著又道：「不知三公子可放心將摺扇留在我這裡幾日？我需要描樣子。」

趙立文自然答應，他到底是信任喬勐的。

三人說著，喬勐請趙立文移步書房。蘇婉想了想，也跟上去。

到了書房，喬勐遣去其餘人等，讓他們下去用膳，蘇婉便問他。「剛剛聽你們說冰的事，二爺想好冰的用途了？」

喬勐手上提著茶壺，幫她和趙立文各沏了一杯茶，講起了前因後果。

「嗯，我和趙老三幾年前買了條船，一直沒用上，停在運河邊。本以為要當個賠錢貨，但前段時日他搭上貨源，想用船把貨運到上京，不過最近天氣越來越熱，這事便擱下了。」

趙立文很吃驚，喬勐對他家娘子也太寵了些，怎麼連外面的事也告訴她。

「是這樣啊。」聽到這裡，蘇婉明白了，原來之前喬勐說的另有用途，是在這裡。「現在有了冰，就不怕貨壞了。」

「冰價太貴，現在我們自己可以製冰，成本便低。不過，我覺得現在這船還是不宜跑遠，上京離臨江約需兩、三日的水路，正好。」喬勐接著蘇婉的話說。趙立文搭的，是鮮果鮮肉的貨源。

趙家也是個強而有力的靠山，現在趙立文又將有個不弱的岳家，喬勐也信任他，這才與他合作。

蘇婉腦子轉了一圈，自然也懂裡面的關竅。看來，喬勐是要做水上物流生意了。

「弟妹，不能讓人知道喬二參與這事，但該分的利，我一分不會少給，等會兒咱們也立個字據。」

若喬家知道喬勐手上有製冰方子，沒有交給他們，還和趙家合作，豈不吵翻了天。但該說清楚的，還是要說清楚，不然蘇婉心裡留了疑慮，到時候壞的還是他們兄弟情。

蘇婉可沒有趙立文想的那麼小家子氣。「這樣做是對的，不然喬家那邊不好打發。至於字據，三公子與二爺訂就好。」

喬勐冷哼一聲。「哼，要不是……我才不怕他們。」

中間那段話，他嘀咕得很小聲，蘇婉沒聽清楚。「二爺，你說什麼？」

趙立文笑了笑，在心裡嘆口氣。「喬二是顧著弟妹呢。上次我家羅掌櫃的事，喬二本不愛計較，是聽到臨江有人傳弟妹的不好，他才請我處理。羅掌櫃是我哥哥的人，原本不好動的，但喬二特地寫信求我……」

「你說這個做什麼？我什麼時候求你了？要不是趙家的鋪子，我早砸了！」喬勐被人點破心事，立即跳腳，耳尖都紅了。

蘇婉聽了，心如同外間的天氣，又如同窗外樹上知了與鳥雀的嘈雜，一時熱而煩躁。亂糟糟的。

第十七章

趙立文只在平江停留一日，便離開了。他離開沒幾日，朝廷便派人來查彭縣令剿匪遇害一案，喬勐還被叫過去問話。

那天，從早晨起，一直在下雨。蘇婉靠在榻上，繡著竹子扇套，時不時抬眼向窗外望去，雨淅淅瀝瀝地清洗著院子，花枝樹枝迎著風雨搖顫，花兒被雨水打殘，花瓣落了一地，綠葉被沖洗得綠油油，淡然地掛在枝上。

院子裡積了些水，蘇長木穿著蓑衣，帶著沒出攤的蘇大根通水溝。白果在廊簷下放了兩個木桶接雨水，滴滴答答的。

「娘子，茶。」昨天還熱得不得了，今日這雨一下，又有些涼了。姚氏將熱茶放在桌上，幫蘇婉披了件薄披風。

蘇婉捏了捏酸酸的鼻根，放下繡繃，端起熱茶，連著抿了幾口，身上才熱起來。這茶本是喬勐從喬家帶來的，一直放在外院，前幾日蘇婉喝過一次，便討了來。

當時喬勐心疼的模樣，蘇婉每每想起，總是要樂上一回。

想到這裡，她又朝窗外瞟了一眼。「不知二爺現在怎麼樣了？」

喬二爺從早上就被叫去問話，這會兒還沒回來。

彭縣令死了，平江縣令的位置便空下來，至於他為何死、怎麼死，已經不重要了，就算蔣家想查，如今喬家和趙家各插一腳進去，水都攪渾了。

喬勐要的就是水渾，越渾越好，這樣他才能摸魚。

「娘子且安心，這事跟咱們二爺又沒有關係。」姚氏拿起絡子，坐在蘇婉跟前，一邊打著、一邊寬慰她。

蘇婉笑笑，這事跟喬勐有沒有關係，只有喬勐自己知道了。

「娘子，您看，是這樣繡嗎？」銀杏正拿了件雪色裡衣，按照蘇婉教的繡法，在前襟上繡著雲花。

「不對，這一針應該從這裡走，然後這樣……再這樣……」蘇婉湊到銀杏跟前，再教她一次。

姚氏看著，無聲地笑了笑。

「娘子，快要午時，是不是該準備午膳了？您今日想吃些什麼？」白果撩起簾子，帶了一身水氣走進來，向蘇婉問道。

蘇婉教會銀杏後，回頭看白果。「家裡還有哪些菜？」

「前日蘇管家說這兩日可能會下雨，所以多買了些菜，反正家裡有……冰箱，應該也壞不了。」白果回道。冰箱這個詞，她說得還有些拗口。

蘇婉擔心著喬勐，沒什麼胃口，下雨天也讓人懶懶的。突然，她想起一樣吃食，問白果。「前段時日，二爺拿回來的小鐵鍋和爐子放哪裡了？」

白果想了下，說是放在柴房，蘇婉便讓她去找蘇大根，把這兩樣東西搬進主屋裡。吩咐完，她便下了榻。

「娘子這是又想出了新吃食？」銀杏也跟著下榻，笑著打趣。

「對，這次肯定叫你們百吃不厭。」蘇婉讓姚氏取傘來，她要去廚房，親自準備鍋底、肉菜和醬料。

她要做火鍋！

蘇婉做的是比較簡單的家庭式火鍋，鍋底不是很辣，但很有味。這是她前世向一個大廚討的秘方，秘訣在於湯底配料。

她用骨頭熬的湯加秘方配料做出火鍋湯底，再用昨日剩的飯做蛋炒飯，烙了韭菜餅、肉末油餅當主食。

當喬勐帶著九斤和鑾子一回來，便瞧見一大家子人圍在桌前，熱熱鬧鬧挾著生肉生菜，放進吊在炭火盆上方、散發誘人香氣的鍋裡煮了煮，然後撈起來，在面前裝著醬料的碗裡蘸了蘸，一臉滿足地塞進嘴裡，不由吞了口口水。

「二爺回來了？」還是蘇婉先發現的，其他人都在埋頭苦吃。

「娘子，你們在吃什麼？」喬二爺在門口蹋了蹋鞋上的泥，才往屋子裡走。

蘇婉趕緊站起來，去內室重新拿了雙鞋和外衣出來，幫喬勐換上。

喬勐接過，自己來換，怕一身水氣弄髒了她。

蘇婉依言退了一步，拿著帕子，替他擦拭臉上和頭髮上的水珠。

其他人注意到喬勐回來後，統統站起來，白果趕緊去添碗筷。

蘇婉擦得細心，喬勐急性子，而且聞著火鍋的香氣，實在有些受不住，便握住蘇婉的手，帶著她手裡的帕子，胡亂抹了幾下，就坐下來吃飯。

又被摸了手的蘇婉，無奈地笑了笑。

「唔，好吃！」喬勐在已經吃起來的九斤指點下，涮了肉片，吃到嘴裡，連連叫好。接著，其他人也對蘇婉拍了一串馬屁。

「呼呼，有點辣，但是好好吃呀！」白果不停用手對著嘴邊搧風。平江和臨江口味相似，不算太能吃辣，但蘇婉調的味道，她越吃越愛，辣得熱呼呼，還是想吃。

不只她一個人這麼想，其他人也是。

「這個辣味，你們能不能接受？」蘇婉看他們吃得呼哧呼哧，笑著問道。

其實也有不辣的火鍋，但火鍋總歸辣的才夠味。不知能不能做出鴛鴦鍋的鍋子，她便回頭問喬勐。

「能能能！」喬勐一口咬掉一大半肉末油餅，又挖了勺炒飯，再去挾火鍋裡的菜，忙得不得了，還一連說了三個能字。

其他人紛紛點頭。

蘇婉放下心，對喬勐說：「二爺，前兩日大根跟我說，西坊街出了好幾個模仿我們的攤子，他們聯合起來壓低了價，雖然對咱們家的攤子影響不大，但總歸是有影響的。」

喬勐也知道這件事，以往蘇大根和蠻子早上出攤，準備的食材到下午就賣完了，最近兩日，得賣到日落西山，方才歸家。

倒是蝨子他們的生意有固定的一群客人，認準他們做的口味，影響倒不大。

「娘子是想讓大根他們做這個？」喬勐的筷子對著火鍋一指。

蘇婉搖頭。「不是大根他們，是你。」

這話讓喬勐愣住，其他人也呆了。

「先吃飯，吃完飯再說。」蘇婉看了大家一眼，舉起筷子揚了揚。

桌上立即又熱鬧起來，即使椅子不夠，有些人站著，吃得也是高興的。

吃完飯，其他人在屋子裡收拾，蘇婉拉著喬勐，在廊簷下散步消食。

「娘子，妳是不是嫌棄我了？」吃到最後，喬勐吃得明顯沒之前香了。

「沒有啊。」蘇婉收回望向院牆外的目光，停下腳步，伸手去接雨水。

喬勐站在她身旁，突然感覺到她有些難過，順著她的目光看了看院牆，什麼都沒有，她在看什麼呢？

蘇婉在看外面的世界。

「二爺，你不喜歡做生意嗎？」蘇婉將手心裡的水潑出去，轉過頭，問不知道在想什麼的喬勐。

「那倒不是。」是他做生意總是虧，不像趙立文有生意頭腦。

蘇婉覺得喬勐挺聰明的，就是做事總是由著性子來。

「我們要自己立起來，不能一味靠別人。如果二爺想考科舉，我也是支持的。」

「不了不了……」喬勐一聽到科舉，連連拒絕。

蘇婉看他這一臉怕怕的模樣，不由噗哧笑了。

「娘子，妳笑起來真好看。」喬勐看著眼前的如花笑靨，直接說出心裡話。

蘇婉彎了彎唇角，對著他的手臂掐了一把。

兩人又說了幾句話，喬勐表示他要考慮考慮，畢竟他現在身兼數職，是個大忙人。

他說完這話，自然又被蘇婉掐了一把。

不過，蘇婉也不急，如果決定要賣火鍋，需要準備很多東西，倒是可以先教蘇大根他們去賣她今天做的餅子。

兩人站在廊簷下，聽風看雨，別有一番滋味，誰也沒提喬勐被叫去問話的事。

看了一會兒，蘇婉回去午睡了。喬勐到底閒不住，躺在床上，一會兒就往蘇婉身上黏，把蘇婉鬧煩了，揍起他來。

下雨天睡覺和揍熊男人更配。

午後，雨停了，喬勐帶著人在家裡建起地窖。

前幾天，趙立文讓人帶信，第一批臨江往上京試運的貨快備好了，馬上需要大量的冰。

蘇大根他們在廚房裡練習做肉末油餅和炒麵，飄出來的香氣差點把幹苦活的喬勐饞哭。

晚間，停下繡活的蘇婉抱著冰鎮過的瓜果，坐在院子裡的石凳上納涼，蘇長木過來稟報，說有一位從臨江來的管事嬤嬤要見她。

臨江過來的，會是誰？蘇長木不認識，應該不是喬家的人。蘇婉想了下，稍稍安心，便讓姚氏把人領過來。

「銀杏，點上院子裡的燈。」蘇婉起身，吩咐銀杏，又對白果道：「把這裡收拾好。」

銀杏和白果連忙應下。

蘇婉拍拍衣裙，準備回屋理妝。

正巧，喬勐回來了，見兩個丫鬟在忙碌，走到蘇婉跟前，抬頭看看天色，貼近了她問道：「娘子，怎麼不在院子裡多涼快一會兒？」

蘇婉瞧著他滿身的髒污，退了一步。「二爺快去洗洗吧，髒死了！」

被嫌棄的喬勐看看自己身上，確實有些髒，離她遠了些，卻誇張地嘆口氣，道：「娘子，妳怎麼總是嫌棄我，不是說我臭，就是髒。」

蘇婉用手裡的帕子甩他一下。「既然知道，那還不快去洗漱。」

喬勐扭頭看看銀杏和白果，見她們都在專心做事，便又靠近蘇婉，擠眉弄眼地小聲說：

「那娘子幫我……」說著，作勢就要去抓蘇婉。

蘇婉聽了這話，腦海裡立即浮現一句前世電視劇裡的臺詞——你個死鬼！

她不由紅了臉，故意做出凶狀。「你又找打了是吧？」

喬勐嘿嘿笑了聲，往前跨一大步，率先進屋，不讓她打著，又對白果喊了一聲。「幫爺燒一桶水來！」

白果應了一聲。

蘇婉搖頭，拍拍臉，也進了屋。

「這麼晚了，還梳妝做什麼？」正拿帕子洗手臉的喬勐，納悶看著對鏡理妝的蘇婉。

莫非娘子發現了她對他的喜愛？不是都說女為悅己者容嗎？喬勐美滋滋地想著。

「臨江來了個管事嬤嬤要見我。」蘇婉隨口答了句，弄完感覺還不錯，站起來對著鏡子照了照，轉身問喬勐。「有沒有覺得我跟剛剛哪裡不一樣了？」

啊？喬勐認真地兩眼直瞧，什麼也沒看出來，只覺得好看。「哪裡不一樣沒瞧出來，倒是瞧出了都一樣好看。」

「娘子，人來了。」這時，姚氏在外間喚了蘇婉一聲，解救了喬勐。

「知道了，我這就來，妳把她帶到偏廳。」

蘇婉說完，瞥喬勐一眼。「連我換口脂都沒看出來，今晚睡榻！」心情美美地出了房。

哎喲，原來找男朋友或老公麻煩是這種感覺啊，她總算體會到了。

蘇婉進了偏廳，只見一個豐腴婦人站在廳間，站姿十分規矩得體，手上還捧了個包袱。

婦人聽到聲響，轉過頭來，對蘇婉行了個禮，開口道：「可是婉娘子？」

婦人大約三十多歲左右，衣著乾淨整潔，布料樣式上乘。蘇婉自己穿的都沒這麼好，猜想應是富貴人家出來的。

蘇婉不露聲色，打量婦人幾眼，笑著回道：「小婦人正是，不知這位娘子是？」

婦人也在打量著蘇婉，見她同外人所說的不一樣，看起來溫婉知禮，說話聲如黃鸝鳥般悅耳，不由暗自在心裡點了點頭。

接著，蘇婉請婦人入座，吩咐上茶。

「奴婢是臨江曹家二太太身邊的人，姓鄭。」鄭氏不卑不亢地向蘇婉報了家門。

曹家？這是哪家？蘇婉疑惑地看向姚氏，姚氏也是不知。

「可是曹通判家？」這時，換了件衣服的喬勐走進來說道。

「正是。」鄭氏又對喬勐行了禮。曹家與喬家的地位，可是不相上下。

喬勐大剌剌地上下打量鄭氏，沒從她臉上看出任何端倪，便不客氣道：「妳來做什麼？」

鄭氏來之前，打聽過喬勐的為人，見他這般，沒有任何不悅，打開手裡包袱，取出一件松花綠配蔥青色繡花紋大袍，不過這袍子顯然被人破壞了，像是用剪刀剪了幾個破碎的洞。

蘇婉一看，哪裡還不明白，人家是來找她救急的。

「鄭嬤嬤怎麼會找上我？」蘇婉看完袍子，好奇地問鄭氏。

鄭氏回道：「我家三姑娘與林三奶奶是遠房表姊妹，從她那裡得知，婉娘子繡得一手好女紅。」

蘇婉聽著，更暈了，林三奶奶是誰啊？茫然地去看喬勐。

喬勐哪裡知道曹家女眷的關係，皺著眉頭道：「能說個我們認識的人嗎？」

鄭氏一聽，抱歉地笑了笑。「哎呀，看我這腦子，林三奶奶特地說了，要是來見婉娘子，要說她是金六姑娘。」

這下蘇婉知道了。「原來是金六姑娘，她嫁去了臨江啊。」

「婉娘子看，這衣服還能補救嗎？」鄭氏見蘇婉沒繼續在稱呼上糾纏，也沒問林三奶奶的事，便說回主題。

蘇婉側身看了看那件袍子，站起身，讓姚氏過來幫忙，拎起袍子，展開來看。

她細細打量了約半刻鐘，才道：「可以一試。」

「能否在明日午時前修補好？」

蘇婉詫異。「這麼急嗎？」

「是，不知婉娘子可否做到？」鄭氏很直接，態度依舊不卑不亢，好似蘇婉接也好，不接也罷。

蘇婉看向喬勐，喬勐本該反對的，但這會兒有些猶疑。

喬勐想著，如果他家娘子能以這件事與曹二太太交好，算是一個助力，將來他那位嫡母若想對她做些什麼，也要掂量掂量。

蘇婉也想著，不宜得罪曹通判家，或許能幫喬勐結個善緣。

「好，您明日午時來取。」心思翻轉間，蘇婉應了下來。

鄭氏似乎也知道蘇婉不會拒絕，待她應下後，連口茶水都未喝，便起身告辭。

從喬家出來後，鄭氏吐了口氣，她很滿意蘇婉什麼都沒問，不需要她去解釋和告誡。她藉著月色上了馬車，車裡伸出一雙手，拉了她一把。

等鄭氏上了車，拉她的小丫鬟迫不及待地問：「嬤嬤，婉娘子怎麼說？」

鄭氏坐好，道：「她一個不受寵的庶孫媳婦，能拒絕咱們二太太嗎？」

小丫鬟想想也是。「那您見著那個喬二爺了嗎？他真像別人說的，長得凶神惡煞？聽聞婉娘子也十分潑辣呢！」

鄭氏點了下小丫鬟的腦袋。「妳打哪兒聽了這些亂七八糟的東西？」回想剛剛見的一對璧人，不由道：「傳言不可信哪。」

「哦，嬤嬤，我們現在去毓秀坊嗎？」小丫鬟又問。
鄭氏翻出一個和給蘇婉差不多的包袱，點了點頭。
「嬤嬤，今日我們都找了三個人，妳說她們到底行不行啊？誰的繡技最好？」
鄭氏淡淡地說：「明日就知道了。」
送走鄭氏，喬勐自去洗漱，蘇婉拿了包袱回屋，把袍子固定在繡架上，還在包袱裡見著曹家準備好的各色繡線。
姚氏走進來，幫蘇婉分線。「這曹家還挺霸道的。」
蘇婉摸摸衣料破口，想著從何處入手，聽了這話，回頭看姚氏，笑道：「乳娘，這話是怎麼說的？我感覺那位鄭嬤嬤態度挺好的。」
姚氏道：「她要得那麼急，也沒解釋，根本料定娘子會接。若是不接，她也會用法子逼您接下。」
蘇婉知道，姚氏是心疼她又要受累，轉身安慰道：「沒事的，起碼我喜歡做這些事，如果我不想接，肯定是不接的。至於不問客人緣由，那是規矩。」
姚氏嘆口氣，繼續分線，不再說話了。
喬勐站在窗外，看著這一幕，握緊了拳頭。

第十八章

一夜過去，喬勐醒來，見蘇婉已經坐在繡架前。昨夜她睡得晚，這會兒又早早起來了。見她凝著眉，一針一線認真修補那件袍子時，他突然生出把袍子扔掉的衝動。不過，後果很有可能是他被按在地上，狠狠打一頓。

想想這個後果，喬勐便控制住自己蠢蠢欲動的手。

他望望窗外的天，也睡不著了，便起了身，站到蘇婉身後，看著她熟練地運針。那件破爛袍子，已修補好一半，且看不出半點修補的痕跡。

看他家娘子做繡活，他的心都靜了下來，良久後才悄聲出了門。

他一走，埋頭在繡活裡的蘇婉抬頭向門邊看了一眼，又低下頭，繼續趕手上的活計。

刺繡照著花樣子繡，在她看來不難，可縫補就不一樣了，不光要補得好看，還要不讓人看出來修補過，極考驗繡娘的功底。

喬勐去了外院的書房，在書桌上翻了好一會兒，才把蘇婉先前畫給他的鐵鍋圖樣找出來，小心地疊好後，揣進懷裡，出門去了。

他還記得，吃完火鍋後，蘇婉要他多去打幾個鐵鍋。

他先騎馬到西坊街，想起他娘子說過不可以打馬行街，便在街口下了馬，把馬繫在橋邊，反正也沒人敢搶他的馬，再遛達到蘇大根和蠻子的小吃攤子前。

這會兒，攤子前排了不少人，蘇大根和蠻子忙得滿頭大汗，但臉上俱是笑意滿滿，十分有幹勁。

九斤雙臂抱於胸前，一邊指揮食客排隊、一邊凶狠地緊盯著，只要誰一有不對，便能立即逮到。

喬勐扒開一個隊伍末尾的人，想要越過人群，走到攤子前。被扒的人轉身就要破口大罵，一看是他，頓時閉上了嘴。

「二爺，您怎麼來了啊？」發現喬勐的當然是九斤，這話一出，攤子前擠得滿滿當當的排隊食客，很識趣地讓出一條道來。

「餓了，給我來三張餅，兩個蛋！」喬勐順順當當來到蘇大根面前，喊了一句。

埋頭幹活的蘇大根一聽是喬勐的聲音，立即將蠻子要遞給別的客人的餅攔下來，加了茶葉蛋，麻利地用油紙包好遞給喬勐。

「好好幹！」喬勐接了油紙包，走到九斤身後，蹲在臺階上啃了起來。

蘇大根對被奪食而敢怒不敢言的客人笑了笑，悄悄多塞半張餅給他，客人瞧見了，臉色立即由怒轉喜。

「二爺，您被解禁了？」九斤扒著手指頭算了下，還沒到日子，便小聲地問喬勐。

喬勐一愣，昨日出去後，回來他就把還在禁足這件事給忘了。

他吞下最後一口餅，差點噎到，捶了捶胸口，本來想買豆漿的，想想又算了，對九斤道：「你就當今日沒看見我，知道嗎？等會兒也跟大根、蠻子交代一下。」

他家娘子正在趕繡活，大概還要一會兒，速戰速決地回去，興許她還發現不了他出門。

喬勐自我安慰地想著，隨後站起，準備去打鐵鋪子。

突然間，他聞到一股熟悉又有些區別的炸串香，瞇了瞇眼，尋找起來，立時發現——

這些人太囂張了！仿他家吃食就算了，還把攤子開在旁邊，一開好幾攤，直接將他家的攤子包圍起來。

喬勐不能忍，決定去找點麻煩。

他走到隔壁攤子前，仔細瞧了瞧攤主，有些面熟。

攤主在他來到蘇大根的攤子時，就想收攤走人了，但又不敢鬧出太大動靜，讓喬勐注意到，都沒敢吆喝了，哪承想……

唉，懷念那幫小乞丐通風報信的時候。

「來，給我嚐嚐！」喬勐走到攤主旁邊，拿起竹籤。

攤主趕緊將剛炸好的雞柳撈出油鍋，倒進油紙包裡遞給他。

「二爺，您家的炸串攤子不做啦？」

經常來蘇大根攤子買雞柳的客人，今日照常來買，發現竟然沒有，一問說是暫時做幾天餅子生意，他買了兩張餅，果然好吃，但還是想吃炸串啊，只好退而求其次，來到隔壁仿冒的炸串攤子。

「暫時不開了，這裡這麼多炸串攤子，還不夠你吃啊？」喬勐頭都沒抬，直接回答老客人，插起一條雞柳塞進嘴裡。

老客人笑嘻嘻，說的話倒是一點都不客氣。「他們家的，哪趕得上您家的。」雖然說的是實話，但仍有鬧事之嫌。

喬勐傲嬌地哼了聲。「那當然，就拿這份雞柳來說，一看就是摳門人家做的，雞肉切得這麼小，不知道裹了多少層粉漿，咬一口都咬不到肉。還有，這肉醃過沒有啊，味道這麼淡，炸得也老，要好好回去練練手藝！」

喬勐把人家的雞柳說得一無是處，攤主那張臉都快羞得埋進油鍋裡了。

「我說怎麼就是沒以前那麼好吃了，原來是這樣啊！」一個正在吃的客人了然點頭。

「被娃……咳，喬二爺這麼一說，確實是這個樣子。」

「二爺啊，攤子還是重新開起來吧，還是你家的好吃。」老客人提議道。

「不開，家裡人手不夠。」喬勐回絕。這種生意，只能讓信任的人做，現在哪有人，家裡的活兒都快沒人幹了。

「不過，人家賣得也便宜啊，我吃不起喬二爺家的，倒是吃得起這裡的。」

「對對對，我也是，偶爾來嚐個鮮，吃個味。」有人提出不同意見。

喬勐嘿嘿一笑，不理會，拿出帕子擦嘴擦手，準備走人。

這時，對面賣炸串的攤主走過來，一臉諂媚地對喬勐說：「二爺要不去嚐嚐我家的，評點一番？」

剛剛他雖然在損那攤主，但也因此帶來客人，這攤主許是眼紅了。

喬勐歪頭看看來人，想了下便跟去，照樣說了一頓，不過末了加了句，沒有剛剛那攤炸得好，讓本來想取經加招客的攤主臉都黑了。

有一就有二，其他攤主也拉了喬勐去吃，喬勐便分出了個三六九等。

如此，肯定是誰家都不服啊，結果就是那幾個攤主一言不合，吵了起來。

喬勐拍拍飽飽的肚子，心滿意足地準備溜了。

就在這時，不知是哪家攤主被激得直接動手推人，對方也是急脾氣，二話不說，直接掄起凳子去砸他的攤子，場面頓時混亂起來。

這下勸架的、乘機報復的、渾水摸魚的統統摻和進去，半條街亂成一鍋粥，打起群架。

喬勐傻眼了，隨即發怒，他們在這裡鬧事，豈不是影響他家攤子嗎？不行，他得制止！

「都給我住手！」喬勐大吼一聲，可那幾個人打紅了眼，哪裡顧得上他。

喬勐站在外圍觀察，決定先從撕打得最厲害的兩人入手，只要把他們分開就好辦，想著便捋起袖子，往人群裡擠。

然而，他還沒擠進去，不知從哪裡飛來一條凳子，竟砸在他的前額和鼻梁上。

喬勐懵了，用手摸摸臉，一摸不得了，滿手是血。

「誰砸老子?!」他的鼻梁好像被砸斷了，要是毀容，娘子不要他了怎麼辦?!

原本站在外圍、收了攤看熱鬧的蘇大根、九斤和蠻子見到喬勐被砸，又聽到他的痛呼，連忙上前。

九斤和蠻子見喬勐流血了，火氣頓時上頭。

「誰砸我家二爺？給老子出來，老子砸死你！」九斤怒吼一聲，直接闖進鬥毆的人群裡，不管三七二十一，逮到一個揍一個，蠻子也加入其中。

喬勐覺得，最近他被禁足，沒出來發威，這幫人都忘了他的威名，把他當病貓了！

「二爺沒事吧？」蘇大根不會打架，守在喬勐身邊。

「沒事！」喬勐緩了一會兒，重新站起來，往打架的人群裡走去。

另一邊，蘇婉忙完了，伸個懶腰，揉揉有些餓的肚子，站起來扭扭脖子，看向窗外的天，喊了姚氏。

「乳娘，現在是什麼時辰了？」

正在外面的姚氏聽到呼喚聲，連忙走進來。「娘子餓了吧？已經巳時過兩刻了。」

蘇婉算了下，差不多是十點了，點點頭，可憐兮兮地對姚氏說：「乳娘，我想喝粥，配妳醃的小菜。」姚氏醃鹹菜很有一手。

「好，我這就去做。您歇一歇，這繡活啊，最熬眼睛了。」姚氏滿臉疼愛，過去伺候蘇婉梳頭，出聲勸道。

蘇婉蹭了蹭她。「嗯，我曉得。衣服已經補好了，等下吃完飯，我就睡一會兒。」

姚氏詫異，幫蘇婉綰好簡單的髮髻，便去繡架前看了看。

「哎喲，就是這件？我的眼睛是不是不好使了，這哪裡看得出來壞過啊！」姚氏不敢相信，轉頭去看蘇婉，嘴裡不停念叨著。

「哪有那麼神奇，細細看，還是能看出來的。」蘇婉站起來，從繡架上取下袍子，拉直給姚氏看。

「哎喲，反正我是看不出什麼的，娘子的手藝真是絕了！」姚氏的眼睛都快貼在袍子上，也只能看出細微瑕疵。

「妳就誇我吧，小心我哪天飄起來。」蘇婉收起袍子，笑道：「不過也是因為趕，不然可以補得更好。」

姚氏滿臉驕傲地看看蘇婉，轉身出去為她準備早飯。

蘇婉看看床榻，早上她沒讓姚氏收拾，喬勐睡得亂糟糟的痕跡還在，不由走過去，坐在床邊，盯著喬勐的枕頭髮呆，上面沾了幾根他的頭髮，隱隱還有他身上的檀木香。

這人真是個奇怪的人，面對外人，和面對她，就像兩個人。

「婉娘子！婉娘子！」恍惚間，蘇婉彷彿聽到有人叫她。

「婉娘子！婉娘子！不好啦！」

蘇婉本來以為自己睡得少，產生幻覺，可這會兒聲音更大了，連忙走出去。

「銀杏，是不是有人在叫我？」

銀杏也聽到聲響，正要去看看情況。「是，奴婢也聽到了。」

兩人說著，一起往外走，循著聲音，來到東牆邊。

「你是誰？要幹什麼？」隔著牆，銀杏大著膽子問。

「婉娘子，娃霸在西坊街打人了，那邊現在亂成一團，您快去管管吧！」那人說完，就不再出聲，也許是走了。

蘇婉聽了，火氣騰地起來，這才過幾日啊，喬勐怎麼又惹事了！

西坊街一片狼藉，衙役正在收尾。

喬勐坐在臺階上望天，九斤、鸞子和打群架的人已經被帶回衙門了。

喬勐之所以沒被帶走，那是因為衙門的人來的時候，他正被蘇大根死死抱住大腿，沒能去打群架。

而且，他還無端受傷了。當然，沒人敢承認砸了他。

「二爺，咱們先回去包紮吧。」蘇大根看著喬勐滿臉血，加上青紫的鼻梁，嚇人得很。

「回去？我這樣子回去，豈不得被你家婉娘子打死！」喬勐貼著牆，不想動。

回去是死路一條，衙門的人也不敢帶他去縣衙，如今彭縣令歿了，縣丞不敢惹他，所以他才沒被帶走，只道有需要再傳他。

「給爺找個大夫來，嘶！」喬勐舉手碰了碰傷口，疼死他了，而且是暈疼暈疼的，有種噁心的感覺。

「是，小的這就去。」蘇大根忙不迭爬起來，拍著腦袋，怎麼沒早想到替喬勐請大夫。

「等等，別找那種貴的大夫，便宜點的，能用就行。」蘇大根跑了兩步後，喬勐叫住他吩咐。

蘇大根撓撓頭。「二爺，沒關係，我這邊有錢呢。」

喬勐嘆口氣。「咱們還要去撈九斤和鑾子，能省就省一點吧，到時候你家娘子知道了，還能少揍我兩下。」

蘇大根無言，被喬勐說服了。

與此同時，蘇婉讓白果抱著家法棍，快步走出家門，上了馬車，趕往西坊街。

躲在附近告狀的幾個人見她殺氣騰騰地出發了，這才敢出來，一起哈哈大笑。

「這下娃霸慘了，咱們又有好戲看了，快跟上！」

「要不要我再多喊點人去看戲？」

「可以啊，嘿嘿……」

姚氏不放心，跟了來，勸著蘇婉。「娘子別氣別急，咱們現在也不知道是什麼情況，或許是對方找二爺麻煩，二爺才……」

「那就能由著他今天打這個，明天打那個嗎？」蘇婉不滿姚氏總護著喬勐，為他說話。

姚氏拍拍蘇婉的手。「唉，也不是由著他，而是娘子這樣總歸不好，別回頭管好了，卻把男人的心給管掉了。」

「掉了好，掉了我就和離去。」

「哎喲，我的娘子，您怎能說這種話？」姚氏一驚，趕緊捂住蘇婉的嘴，不許她胡說。

蘇婉轉過頭，沒再說話，微微仰起頭，不讓眼淚落下。

一行人到了西坊街街頭，蘇婉下車，有人認出她，連忙叫住。「婉娘子，你們來晚啦，你們家的人都被帶到衙門去了。」

「啊？怎麼就驚動衙門了？」姚氏連忙問道。

「哎喲，妳沒見著那場面，是打群架啊，砸了好幾個攤子呢！」路人興致勃勃地向蘇婉他們說著當時的情景。

蘇婉越聽心越涼，聽了兩句，便聽不下去了，又上了馬車，讓蘇長木趕緊去衙門。

第十九章

一群人趕到縣衙時，縣衙裡亂糟糟的，裡面外面蹲了好多人。

蘇婉下了車，一眼就見到在人群裡鶴立雞群的蠻子和九斤，順著方向找了找，就是沒看到喬勐，不會又被抓進縣牢了吧？

這會兒，縣丞已經從吵吵嚷嚷裡知曉了事情的始末，審了審，打了最先動手的兩個人板子，其他打架的人，讓他們的家人來贖，賠償無辜受牽連的攤子跟店鋪的損失。

師爺正在算著，每個打群架的人，該賠多少錢。

這案子雖然審完了，但還有一樁懸事未決，那就是——到底是誰砸了喬勐?!

在場的沒有一個人肯承認，當時太混亂，也沒人看見，只說是飛來一張凳子砸了他。

縣丞無言，當他是傻的嗎？

雖然這事是喬勐挑起來的，但人家也沒讓他們打群架，等會兒這娃霸要是過來逼他給個交代，可怎麼好？

縣丞這邊發著愁，九斤和蠻子這邊就是發苦了，因為他們發現，他們家婉娘子來了，一同來的，還有白果手裡的棍子。

「婉娘子。」原本就算被抓到衙門，氣焰依舊很囂張的兩人一見到蘇婉，立時跟兩隻小黑兔一樣乖巧了。

「怎麼回事？你們二爺呢？」蘇婉問著他倆，又朝他倆身後看去，依舊沒有見到喬勐的蹤影。

「二爺應該還在西坊街吧？」九斤看看蠻子，他們被帶過來時，喬勐不知道被蘇大根拉到哪裡去了，以為蘇婉是擔心喬勐，又道：「婉娘子不用太擔心，二爺他……」

話還沒說完，聽聞蘇婉過來的縣丞走出來，以為蘇婉是來討公道。他早聽聞，這位婉娘子膽子大，頗為潑辣，連娃霸都敢揍。

「婉娘子，少安勿躁，我定會給喬二郎一個交代！」

蘇婉微微怔了下，她沒聽錯吧？不是讓她給個交代，而是給她一個交代？難道喬勐打人，還有什麼原因不成？

「哼，你怎麼給交代？到現在還沒問出砸傷我家二爺的人。」九斤不滿地插嘴。

蘇婉睜大了眼睛，等等，事情怎麼跟她聽到的不一樣？

「二爺受傷了？到底怎麼回事？」蘇婉朝縣丞和九斤他們看去，急急追問。

「啊？婉娘子不知道二爺被砸傷了？」九斤很錯愕。

蘇婉心裡亂糟糟。「有人來家裡，說二爺在西坊街打了人，讓我趕緊過來。」

「啊？哪個小兔崽子瞎說告狀?!」在旁邊的蠻子爆脾氣一起，怒聲道。

九斤鷹眼一瞇，跟著蘇婉來到縣衙、躲在暗處看熱鬧的人，立時如受驚鳥雀般散開。

當然，他們的動靜逃不掉九斤和蠻子的眼睛，兩人同時大喝一聲。「哪裡跑！」拔腿追過去。

縣丞身邊的衙役連忙大喊：「你們還沒交銀子，回來！」也去追了。

蘇婉和縣丞面面相覷，尷尬無言。

沒一會兒，衙役帶著九斤和蠻子，拎著跑路的兩個人回來了。

「婉娘子，就是這兩個人去家裡胡說的。」

兩個嚼舌根的人縮成兩顆球，但身上看不出傷痕。

蘇婉到現在還不知道到底發生了什麼事，一旁的蘇長木同姚氏耳語幾句，姚氏又來同蘇婉耳語，蘇婉這才了解事情的始末。

她只想說，這又是喬勐嘴壞惹的禍，心累的她讓九斤和蠻子把人放了，替他倆交銀子。現在還沒找出砸傷喬勐的罪魁禍首，只能暫時委屈喬勐了。

蘇婉說了些感謝縣丞和他對這件事上心的話，便帶著九斤和蠻子回西坊街接喬勐。而待在西坊街的喬勐，讓蘇大根找來的便宜大夫簡單包紮傷口後，就去了縣衙。為了不讓人看見他這模樣，他們走了另一條小路，便與蘇婉錯開了。

當蘇婉趕到西坊街時，沒找到人，以為喬勐回家了，一群人又趕緊回喬宅去。

蘇婉回到喬宅，沒見到喬勔，倒是見到了昨晚來的鄭氏。

鄭氏來了一會兒，敲門沒人應，又見門上落了鎖，正準備走人時，瞧見蘇婉回來了。

其實銀杏在家，但蘇婉不放心，便將她鎖在家裡。

「婉娘子這是出去了？」鄭氏下車，問著蘇婉。

蘇婉露出笑臉。「是啊，剛剛出去辦了點事。您是來拿那件袍子的吧？早上我便補好了，請跟我來拿。」說著將鄭氏往門裡迎。

這次鄭氏帶上了昨夜馬車裡的小丫鬟，聽了蘇婉的話，兩人略顯驚訝地對看一眼。

昨天她們一共找了五個人，今日午時先去其他家，只有一家趕出來，其他都還沒補好。

聽聞蘇婉說早就做好了，而且顯然是剛從外面回來的。幾人當中年紀最小，資歷最淺的反而先補好，就是不知道補得怎麼樣，不是敷衍了事才好。

進了屋，蘇婉先請鄭氏去偏廳歇息，她去換身衣服和取衣袍。

蘇婉回到房裡，沒見著喬勔。姚氏和白果去其他廂房看了看，也沒找著人。

蘇婉捧了衣袍道：「白果，妳去外院問問九斤他們，看看二爺回來沒有？如果回來了，務必要見到人，再請個大夫看看傷勢。」

白果領了吩咐，出去了。

不知道發生什麼事的銀杏，見蘇婉煩心的樣子，也不敢多問。

蘇婉將衣袍放進包袱裡，交給姚氏，走到偏廳門口，深吸一口氣，換上和煦的笑容。

廳裡的鄭氏依舊沒有坐下，待蘇婉過來，請她入座，方才坐了，她帶來的小丫鬟站在她身後。

銀杏上了茶，姚氏把包袱捧到鄭氏面前打開，拿出衣袍。

「鄭嬤嬤，您看看合不合心意？」

鄭氏立即站了起來，略顯激動。「這是我昨日拿來的那一件嗎？」剎那間以為蘇婉重新弄了一件一模一樣的衣裳來糊弄她。

「當然，這是我們娘子熬了一晚才補好的呢，是不是看不出痕跡來？」姚氏不喜鄭氏這話，連忙替她家娘子表態。

「呵呵。」鄭氏尷尬地笑了笑，回過神來。

原先那件，上面沒有繡上好看的碎花紋，那點點花瓣將縫補處遮得一點都看不出來，而且還跟原來的袍子沒有絲毫違和之處，簡直是神來之筆。

林三奶奶說蘇婉繡工了得，她看也還好啊，跟這件袍子的繡工無甚差別，這件袍子是家裡擅女紅的丫鬟繡的。

鄭氏一邊想著、一邊翻來覆去地看，撇去繡工不談，她是越看越喜歡。

蘇婉坐在上首淡笑著，喝茶壓下心中的躁意。喝了幾口後，她站起來，走到鄭氏身邊，將常人不太會注意到的瑕疵翻給鄭氏看。

「時間還是有些趕了，不然可以補得更好。」

鄭氏很滿意了，心裡想著蘇婉如此年輕，都能繡得如此好，其他幾位大家，應該不會讓她失望，不過轉念一想，早於蘇婉收回來的那一件，根本不能與之相提。

於是，鄭氏不動聲色地謝過，給了銀子，帶著小丫鬟告辭了。

等鄭氏走了之後，白果進來，說是喬勐到家了。

「娘子，二爺回來了，就是、就是……」

蘇婉被她這口氣說得心裡七上八下。「就是什麼？」

「娘子，我沒事！」

蘇婉話音剛落，頭上綁著繃帶，鼻梁也被圍了一圈布條的喬勐，在蘇大根的攙扶下，進了門。

蘇婉瞧見他這模樣，真真覺得好氣又好笑。

「白果，趕緊去請大夫。」她吩咐道。

「不用不用，我看過大夫了。」喬勐連連擺手，晃晃悠悠走到蘇婉跟前，軟趴趴的，作勢要倒在她身上。

蘇婉趕緊去扶。

蘇大根哭喪著臉，這會兒後悔了，怎麼能聽喬勐的話請個便宜大夫呢？喬勐這樣子，好像是越來越虛弱了，趕緊告訴蘇婉。

「婉娘子別聽二爺的，二爺為了省銀子，只找了個赤腳大夫包傷口。您也別打他，他就是怕您打他，才這樣的……」

原本裝裝虛弱，希望能得到娘子疼愛的喬勐，現在只想抬腳將蘇大根踢飛。

蘇婉無言以對，手一鬆，喬勐啪嘰摔了。

一會兒後，「很貴」的大夫來幫喬勐瞧了傷勢，說沒什麼大礙後，開好方子便走了。待他走後，喬勐躺在床上，哼哼唧唧起來。

「娘子，我好暈啊！我頭好疼，鼻梁好疼，妳說我會不會毀容了？」

蘇婉送走大夫，讓蘇長木拿著方子去藥鋪抓藥，一回來就聽喬勐裝虛弱撒嬌。

「別叫了，大夫都說你沒事，好好養個幾天就行。」蘇婉走過去，坐到床邊，幫喬勐弄了弄枕頭。

「就是疼啊，妳還沒說我會不會毀容呢？」喬勐耍賴，抓住她的手放在臉頰上，圓溜溜的大眼睛盯著她看。

蘇婉失笑。「我聽人家說，鼻梁被撞過後，會更挺的。有人為了鼻梁挺，還特地找重物去敲呢。」

喬勐的眼睛睜得更大了，顯然不信。「娘子，妳是不是在騙我，真有這麼傻的人嗎？」

「人愛美，什麼事做不出來？在臉上動刀子都行。」

喬勐更加不信了，只道是他家娘子哄他，這樣想著，心裡更高興了。

「你別不信，等過兩天鼻梁的瘀青消了，你看看是不是比以前更挺。」蘇婉繼續忽悠喬勐，又用另一隻手的手指輕點他的傷口。「可能會留疤，回頭我把千金膏拿給你抹一抹。」

喬勐本想說爺們留個疤怕啥，轉念一想，留疤不就是毀容了？

他能娶到這麼好看的媳婦是為什麼啊？還不是因為他這張玉樹臨風、面如冠玉的臉嗎！

喬勐嗯了一聲。

「娘子，二爺，午膳好了，我擺進來吧？」姚氏進來問了一聲。

「嗯。」蘇婉回了姚氏一聲。

姚氏的目光落在兩人交握的手上，抿唇笑了笑，走了出去，帶白果將遲來的午膳端到床榻邊。

喬勐見罷，便要起來，蘇婉扶著他，將枕頭墊高，讓他半躺著。「別亂動，我來餵你。」

「不用，爺們有手有……嘶，我有點暈，連筷子都拿不起來了。」喬勐說到一半，在心裡罵了句自己豬腦子，生硬地轉了話頭，又扮起虛弱來。

蘇婉沒理會他的表演，端起白粥，舀起一小勺吹了吹，加些素小菜，遞到喬勐嘴邊。

喬勐心裡軟軟燙燙的，目不轉睛地瞧著蘇婉。自從他家娘子被砸了頭後，就對他在意許多，也好相處許多，以前就是放任他、不管他的。

蘇婉見喬勐不張嘴，疑惑地問：「怎麼了？」某個瞬間，竟覺得她不敢看喬勐的眼睛，怕被吸進去。

喬勐這才依依不捨地收回目光，張口將白粥和小菜吃進嘴裡。

「沒味道。娘子，我想吃肉。」

蘇婉又舀了勺粥，堅決地搖頭。「不行，你現在只宜吃些清淡的食物。」

她一板臉，喬勐不吭聲了，只好就著自家娘子的美貌喝白粥了。

蘇婉也餓了，趁著間隙，也幫自己盛了一碗粥，一邊吃、一邊餵喬勐。

內室一片溫馨。

片刻後，姚氏從外間走進來，無意破壞了兩人間的旖旎。「娘子，曹通判家的鄭嬤嬤又來了。」

「噢，妳請她去偏廳坐著吧。」蘇婉猜到，鄭氏還會再回來的。

「對了，娘子補好那件袍子了嗎？我是不是害妳耽擱正事了？」喬勐心虛地問道。

早知道揣了圖樣直接去打鐵鋪多好，唉，他家娘子這次居然沒打他，還對他這麼好，有點不對勁。

「早就繡好了，方才她就拿回去了。這會兒又過來，看來是要提正事了。」蘇婉不緊不慢地餵著喬勐，解釋道。

「嗯？」喬勐的腦袋被砸了，卻沒影響他判斷事情的能力。「看來昨日那件袍子只是試探，說不定他們找了好幾個人，準備在中間選一個最好的。」

喬勐無意中說中了真相。

蘇婉笑道：「誰知道呢？不過我以為，她應該不會選我。」

「怎麼可能，娘子補得那麼好！」

「你啊，不懂。」蘇婉放下碗勺，抽出帕子幫喬勐擦了擦嘴，準備去見鄭氏。

喬勐躺在床上，看著自家娘子離去的婀娜身姿，不由扳了手指頭數，發現他家娘子竟然有七、八日沒打他了。

這有點不妙，得想個法子。

蘇婉走進偏廳，鄭氏依舊沒有坐，帶著身邊的小丫鬟，見到蘇婉，臉上揚起的笑容比先前真誠許多。

「婉娘子。」鄭氏行禮。

「鄭嬤嬤又是為何而來？」蘇婉上前扶起她。

「當然還是為婉娘子這一手好繡工而來。」鄭氏開門見山地說道。

蘇婉端了銀杏剛送上的茶，輕抿了口，看著鄭氏，並未問話。

鄭氏在心裡嘆口氣，到底是小瞧了這蘇氏，也端起茶，喝了兩口。

她本以為見過資歷最淺、名聲最不顯的蘇婉，其他人定會更讓她驚豔，哪承想，一個比一個讓她失望，雖說繡技都是上好的，但修補痕跡實在太明顯了。唯有毓秀坊的蓮香師傅還能入她的眼，但仍不如蘇婉補得讓人舒坦。

可蘇婉的繡工不如蓮香師傅好，讓鄭氏有些猶豫。

孰料，離開毓秀坊的時候，小丫鬟說漏了嘴，提起蘇婉，最近聽人提過太多次蘇婉名號的蓮香師傅聽到了，叫住她們。

鄭氏便將蘇婉繡補的袍子拿出來，遞給蓮香師傅瞧。

蓮香師傅打開袍子，對著針腳、繡花看了又看，而後坐在椅子上恍神片刻，讓鄭氏極為不解。

「妳們去找這位婉娘子繡吧。」蓮香師傅沈默了半晌道。

「這是為何？」鄭氏問。

「她的繡技遠在我之上。」蓮香師傅吐了口氣，大方承認。

鄭氏拿著兩人繡補的袍子比了下。「分明是妳的繡技更好些吧？」

蓮香師傅瞥了鄭氏這門外漢一眼，看在是對她有恩的曹家下人分上，難得多言了一句。

「這是修補，不是炫技。修補的上乘，便是要補得和原物渾然一體，讓人完全看不出有修補的痕跡。婉娘子做到了，即便添了神來之筆，還一點都不顯突兀。」

鄭氏這才恍然大悟，明白為何蘇婉繡的讓她看得如此順眼了。

蓮香師傅說完，轉身從箱籠裡拿出一條手帕，遞給鄭氏。「這是她的繡品。」

金六姑娘雖知道表妹的事，卻只提了蘇婉繡工了得，並未給曹家人見過那條紅蓋頭，是以鄭氏還未見過蘇婉真正的繡品。

鄭氏見到帕子，什麼都明瞭了，連忙帶著小丫鬟又來找蘇婉。

第二十章

想起前情，鄭氏放下茶杯，同蘇婉說起她此次來的真正目的。

原來曹三姑娘婚期將近，結果前兩日，大房的一位姑娘嫉妒她，跟她吵了嘴，所以將她辛苦繡了兩年的嫁衣剪壞了一大片。

重做來不及了，曹三姑娘又不願意買別人做的，鬧著要對方賠她的嫁衣。曹大太太在曹二太太跟前狠狠罰了自己的閨女，可又有什麼用，曹三姑娘的嫁衣依舊毀了。

這事鬧到老太太跟前，老太太身邊正好有個老嬤嬤，便出了找繡娘縫補的主意。

「不過，家醜不可外揚，還要請婉娘子去臨江府裡小住一段時日了。」

聽到這裡，蘇婉明白鄭氏的來意，雖然心動，但想了想後，還是拒絕了。

「對不起，我恐怕接不了，現在我手上還接著一份繡四件扇套的活計，而且暫時離不了平江。」

只要她一疏忽，她家二爺就要闖禍，沒有她看著還得了！

就算把嫁衣送來平江讓她縫補，她也要考慮的，兩個活兒會耗去她所有的精力，豈不是給喬勐快活拆家的機會！

鄭氏又勸了幾句，蘇婉依舊沒鬆口。鄭氏臨走時，簡直滿面愁容了。

送走鄭氏，蘇婉身心疲憊，回了房，發現喬勐躺在床上，眉頭緊鎖地睡著了。

蘇婉也累，摘下釵環，脫了鞋，爬上床，挨著他睡了。

蘇婉醒來時，天色已暗，屋子裡靜悄悄的，喬勐睜著一雙黑白分明的大眼睛，正一瞬不瞬地看著她。

「二爺，您好些了嗎？在看什麼？」剛睡醒的蘇婉，腦子還懵懵的，說話軟綿綿的。

喬勐的心就跟飛起來一樣，一個翻身，將她壓在身下，對著她因驚訝而微微張開的紅唇親上去。

蘇婉腦子一片空白，雙手抵在喬勐的胸口，一時忘了反抗。他的唇很燙，她覺得自己快不能喘氣了，鼻息之間都是他的味道、他的氣息，讓她沈淪。

喬勐本來只想著找個法子讓他家娘子揍他，可是他越吻越不想放開，最後還有些沈迷。他家娘子好甜。

喬勐的手不由向下遊走，蘇婉閉上了眼，發出一聲嚶嚀。

這細聲一出，壓在她身上的男人突然停止動作，起身退開。

蘇婉懵了，見喬勐雙手抱頭，又蹲成一朵蘑菇，這是什麼意思？

喬勐等啊等，他家娘子怎麼還沒來揍他？慢慢地抬起頭，偷偷瞄著她。

嗯？這是什麼表情？

「娘子，妳……不打我一下？」
蘇婉覺得自己此刻定是滿臉問號。「我為什麼要打你？」
「妳好幾天沒打……這次我又……」喬勐覺得，她定是在憋著，好出一個大招。
蘇婉聽了這話，臉色頓時複雜起來。「所以你剛剛那樣，就是希望我打你？」
喬勐沈默了。
蘇婉捂著胸口，在夜色裡又羞又氣，抬起腿，直接踹了喬勐一腳！
喬勐頓時喜上眉梢，順勢滾下床，嘴裡還嚷嚷著。「娘子，我頭好疼、好暈啊！」
蘇婉將幔帳一拉，躺下背過身，不理會他。
喬勐如願以償地被打了一下後，心情很好，咂著嘴，回味起剛剛的的甜美滋味，想著想著，心中一動。
喬勐，你真是個傻子！
他立時從地上爬起來，鑽進床裡，從背後摟住蘇婉。「娘子，妳剛剛……」
蘇婉氣極。「你不要說話。」
喬勐憨笑，出聲道：「唔唔嗯嗯唔唔。」
「你走開，是不是嫌我打得不重？」蘇婉用手肘拐他一下。
「汪汪汪汪汪……」
蘇婉不想說話了。

喬勐不死心地繼續。「喵喵喵喵喵。」
「你煩死了！」蘇婉忍著笑意，嚷嚷一句，然後拽起被子，包住自己。
喬勐笑了聲，也跟著鑽進去。
「熱！」
「嘎嘎。」
「你走開！」
「咩咩。」
「哈哈哈，你別鬧，你頭不疼了啊？」
「沒事的……」
接下來，喬勐就不給蘇婉說話的機會了。

次日清晨，精力旺盛的喬勐早早起了，蘇婉累得很，還在睡。
「噓，別叫她。」喬勐穿戴好衣裳，打開門，瞧見姚氏，吩咐了一句。
姚氏應聲，隨口問道：「今早二爺想吃什麼？」
「隨便弄點吧，我出去一趟。」
姚氏連忙勸阻。「您都受傷了，就待在家裡吧，不要出去了。萬一娘子醒來，知道您又出去……」

喬勐不自在地咳了一聲。「我快去快回，娘子問起來，就說我在外院呢，知道嗎？」

姚氏勉強應了。

喬勐說完，抓緊工夫出去，他要去辦昨天沒有做完的事。

蘇婉在喬勐走後沒多久便醒來，聽到動靜的姚氏進了內室。

「二爺呢？」蘇婉打個哈欠，動了動痠疼的身子。

「去……去外院了。」姚氏低著頭回答。

「噢。」蘇婉沒發覺不對勁，點了點頭，見姚氏正要過來整理床鋪，連忙道：「乳娘，我好餓啊，妳先幫我端點吃的來吧。」

姚氏一聽，趕緊去廚房端早膳。

蘇婉這才鬆口氣，自己收拾了床鋪。

喬勐真是快去快回，蘇婉早膳用了一半，他便回來了。

「對了，昨天曹家的人來，是為了什麼事？」喬勐喝了一大碗粥，又塞了一口餅子，想起還沒問他家娘子這件事。

事關曹家隱私，蘇婉沒有多說，只說讓她幫忙縫補一件禮服，末了告訴他，她拒絕了。

「也好，光這扇套就夠妳忙了，不接也罷。」喬勐不在意地說道。

「主要是她們希望我去臨江，我走了，你豈不是要把家裡掀翻天了啊？要不是因為你，我才不會不接呢。」蘇婉開著玩笑道。

喬勐愣了下。「妳很喜歡做繡活？」喬家那些女眷，見到這個就頭疼。

「當然，聽說禮服壞了一大片，縫補起來應該很不容易，對繡娘來說，是個大挑戰，我挺想試試的。」蘇婉提到喜歡做的事，眼裡都有光，說這句話時，不由帶上了一些遺憾。

她沒注意到，但喬勐聽出來了。

他低下頭，又喝了幾口粥，對蘇婉道：「娘子，我可能要離家一段時日。」

「什麼？」

「我和趙老三的船，過兩天就要出發去上京了。他快要成親，肯定走不開，船上雖是我的人，但第一次運貨，沒人跟過去看看，他不放心，我也不放心。」

蘇婉怔了怔，想想也是，便問：「那預計要幾日？」

喬勐認真地回答。「我儘量在趙老三成親前趕回來。雖然他談好了接貨的商家，但我也想再去探探其他門路。」

蘇婉一時有些捨不得喬勐了，上次他去臨江時，她還沒有這種感覺。

這次時日長，路途又遠。

「好，你注意安全，帶上九斤和蠻子。」蘇婉沒心情吃飯了，放下碗筷站起來，往內室走去。

「現在夏日裡蚊蟲多了，尤其是水上，我再幫你繡個香囊吧，裡面放些驅蚊草、艾草，還要備些暈船藥，常用藥也要備上。跌打損傷的藥，要不要也帶著？」

她就像看著孩子第一次遠行的老母親，樣樣要操心。

「在船上，夜裡會不會很冷？還是要帶些厚衣服。對了，晚上你不要去船頭吹風，你的傷還沒好全呢。」

喬勐跟在她身後，隨她這裡摸一下，那裡摸一下，聽著她嘮叨。

「娘子，我又不是小孩，以前我還去過更遠的地方。」喬勐見蘇婉這般，實在好笑，便寬慰著她。

「那個時候，我又不認識你。」蘇婉從來不知道自己原來有一顆老媽子的心，遇見喬勐之後，總有操不完的心。

「哦，娘子是怪我沒早點遇見妳？」喬勐拉起正翻箱倒櫃的蘇婉，走到榻前坐下，然後將她抱到他腿上。「還有兩日呢，不急著忙這個。」

蘇婉側首揪他的耳朵一下。「說什麼呢！」

「要是我早早見過娘子，肯定早早去妳家提親，就算日日被我那嫡母折騰，也要留在臨江，日日見妳。」喬勐把下巴放在蘇婉的肩頸上，輕聲說著。

蘇婉心裡一緊，根本不覺得高興，因為就算早遇見了，那也是原主。

不過，她記憶中，他和原主並不親近，小夫妻還沒熟悉彼此，她便穿來了。

「你不是不喜歡你嫡母嗎？我是她挑選的人，以你的性子，怎麼會答應娶我？」蘇婉問出一直想問的話。

喬勐蹭了蹭她。「因為娘子好看。」

原來是看上她的美貌啊。可她心裡怪不舒服的。

「娘子，我會對妳好的，我一定會讓妳過上好日子。」喬勐再次承諾道。

蘇婉拍拍他。「不用，你別惹事就好了，我會讓你過上好日子的。」

喬勐悶了。有個比他會賺錢的娘子，實在太苦惱了。

兩人靜靜地待了一會兒後，蘇婉從喬勐腿上站起來，拿起繡繃，繼續繡扇套。

「乳娘，妳找找家裡有沒有驅蚊草和艾草，沒有的話，去找些來曬一曬。」蘇婉剛繡了兩針，出聲吩咐姚氏，想想只剩兩日了，有些東西還是要備起來。

姚氏在外頭應了聲。

蘇婉又叫白果，白果跑了進來。

「妳去藥鋪問問大夫，坐船遠行要備哪些藥，買些回來。再買點治跌打損傷的，常見的藥也備一些。」

「好。」白果應聲去了。

喬勐坐在榻邊，把玩著一條絡子，搖搖頭，但心裡可高興了。

「娘子，這次妳怎麼沒有罰我跪算盤啊？」贖九斤和鑾子，也是用了銀子的。

蘇婉抬頭瞟他一眼。「你想跪啊？去跪著啊。」

喬勐有些猶豫，去也不是，不去也不是。「我就是問問。」

「九斤和鑾子是因為別人欺負你，才跟別人打架的，雖說衝動了些，但到底是好心。再一個，這次你的嘴壞了點，但說的是實話，那些人憑什麼乘機打你？如果這凳子砸得再重一點、偏一點，要了你的命可怎麼辦？」

蘇婉老覺得喬勐惹禍，但能打他、能罵他的人，只有她！

「哦，原來娘子是心疼我了。」喬勐的屁股坐穩了，放心地笑瞇了眼。

「誰心疼你？我是心疼我自己，你要是出事……呸呸呸！」蘇婉說到一半，感覺不對，呸了起來。

「如果我真出事……」

喬勐的話沒說完，嘴裡就被蘇婉塞了帕子。

「快呸！童言無忌！」蘇婉可不想讓他說這種事。

喬勐見她真的忌諱，拿下帕子便不提了，隨口又問：「那妳還接不接曹家的活兒了？」

蘇婉手上不停，想了想道：「還是算了吧。」人在熟悉的環境裡安心，而且喬勐不在身邊，她懶得挪地方。

「嗯，娘子不用那麼辛苦。」喬勐點頭，盯著蘇婉手裡的繡繃看了一會兒，見她眨眼間繡出一片竹葉，嘆為觀止，想了下又道：「我還是把九斤和鑾子留給妳吧，他們會些功夫，有他們在，我也能放心些。」

「不用，我在家裡，哪兒也不去，還是你帶上的好。」蘇婉不答應。

兩人說來說去，最後決定一人一個，九斤留在家裡，蠻子跟去。

「我想再帶個人去。」喬勐說道。

蘇婉抬頭，不明白他跟她說這個做什麼。「你想帶誰？」

「蘇大根。」

「嗯？為什麼帶大根哥？」蘇婉停下手裡的動作，好奇地問喬勐。

喬勐放下絡子，坐正了，清清嗓子，很鄭重地對蘇婉說：「我打算讓大根去上京擺個攤子，賣幾天炸串，讓上京的人也嚐嚐這味道！」

這下蘇婉懂了，喬勐對她決定不賣炸串的事，還是挺有怨念的，想他在平江稱霸多年，不砸對方的攤子就算不錯了，還要避讓，實在不是他的性格。

「可是上京畢竟不是咱們這種小地方，那裡是都城，龍蛇混雜，生意會不會不太好做？」蘇婉覺得，現在就去上京賣小吃，還是有些不妥。

喬勐點頭。「我知道，不過娘子放心，趙家在那邊也是有生意的，我們到時候就靠著趙家的鋪子做，不礙著別人，只做個幾日便罷。」

蘇婉見他心意已決，雖然還是有些擔憂，不過也不能一直潑他冷水，只囑咐了幾句。

「我覺得，蝨子那邊也可以出個人去，能賣一點是一點，打點名聲。」喬勐聽著蘇婉說話，腦子裡想的卻是怎麼利用這次行船去賺錢。

蘇婉剛囑咐完，聽見這話，就知道他沒聽進她的囑咐，嘆口氣。她非常想做一個溫婉好脾氣的娘子，奈何她家二爺是個好了傷疤忘了疼的人。

她一把揪住喬勐的耳朵。「你剛剛有沒有聽我說話？」

喬勐被揪得措手不及，只好一邊喊疼、一邊把耳朵往她跟前送。「疼！聽的，聽的！」

「那我說了什麼？」

「呃，說……說讓我好好賺錢！」喬勐確實沒聽進去，只好瞎說，見蘇婉的臉黑了下去，趕緊努力回想，改口道：「不對，是讓我注意，別被權貴盯上，不要張揚行事。」

蘇婉這才鬆開他的耳朵，沒好氣道：「你要是記住這兩點，就算不錯了。」說完便不理他了，拿起繡繃，繼續繡起來。

喬勐見矇混過關，剛想起身去讓蘇大根他們做準備，可轉眼一見，發現蘇婉好似有些不開心。

他坐了回去，拿起擱置在桌上的蒲扇，幫她輕輕搧風。搖了一會兒，見蘇婉還是沒理他，又拿起線團，丟到她身上。

正專心替第一件竹子扇套收尾的蘇婉被打斷，抬頭乜他一眼，拿起滾落在榻上的線團丟回去。

「去忙吧。」

得了這句話，如同得了赦令的喬勐，頓時放心地站起來，甩了甩衣襬，雄赳赳、氣昂昂地走了出去。

他遇上進來的姚氏，不待姚氏開口，便道：「娘子同意了！」說完大跨步出了門檻。

姚氏一頭霧水地看著他離開的背影好一會兒，才明白他說的是什麼意思，搖頭失笑。

第二十一章

「娘子，您怎麼讓二爺出去了？」姚氏撩開簾子，幫蘇婉端了枸杞茶，放在桌上。

蘇婉正好在縫竹子扇套的最後一針，收完針才抬起頭放下繡繃，端了枸杞茶喝起來。

「由他去，現在他這樣子，也不會往人多的地方湊，闖不了禍的。」喬劭好面子，這會兒臉上有傷，整個平江大概都知道他被砸傷的事了，對他來說是奇恥大辱。

一是顧著她，二是這兩日就要去上京。不然，蘇婉猜想，喬劭定要帶人去打那幾個打架的人出氣，也要將平江鬧上一鬧，好找出砸傷他的人。

姚氏跟著笑了下。「說得也是。不過，咱們二爺的脾氣好了不少呢。」

「妳就會誇他，他還要帶大根哥去上京呢。」蘇婉正好和姚氏提這件事。

姚氏很意外。「啊？怎麼大根也要去？」

蘇婉便將喬劭說的，大致跟她說了一遍。姚氏聽了只是點點頭，沒有說其他的話。

「乳娘，妳不反對啊？」蘇婉問她。

「娘子說的是什麼話，這是二爺抬舉根兒，讓他多長點見識，我歡喜還來不及，怎麼會反對。」姚氏說著，收拾了桌子，又道：「他早日立起來，也能給姑娘多一分助力。」

說到後頭，姚氏說得輕，卻是叫了姑娘。

蘇婉明白姚氏的心，拉了拉她的手，親暱地喊了聲乳娘。

喬勐出了門，沒有立即去找蘇大根，這會兒蘇大根還在西坊街擺攤呢。他突發奇想，從蘇大根去上京擺攤的事，聯想到他可以帶人去賣貨。

蘇婉想錯了，她以為喬勐不會去人多的地方，可她低估了喬勐想賺錢的心，為了賺錢，他可是連臉面都不要了。

喬勐沒騎馬，晃晃悠悠遛達到大街上，在一家一家店鋪裡尋找商機。

他絲毫不要臉皮地晃蕩著，身後便跟了一串小尾巴，對著他指指點點。

「這娃霸不會是被砸傻了吧？」

「對啊，他不找那些店鋪的麻煩，就亂晃著，我看八成是這裡有毛病了。」說話的人指了指腦袋。

「嗯，我剛剛還看見，他對那些掌櫃的笑了。」

「你們說，到底是誰砸了娃霸？」

「不知道，誰敢承認啊！」

「我聽說，是死了的彭縣令家的大姑娘讓人砸的。」

這些人不知是真當喬勐傻了，還是怎的，說話也不顧忌著點，聲音大得走在前面的他都聽得一清二楚。

喬勐將拳頭握緊又鬆開幾回，暗嘆一口氣，拐進了一個巷口。尾巴們也跟了進去，卻是面面相覷。「人呢？」

話音剛落，有人從後面挨了一拳。其他兩個人也猝不及防，連帶著被拳風震懾住，生怕遭殃，立時跪下了。

喬勐三下五除二地把三人像麻花一樣扭在一起，惡狠狠地道：「說！誰讓你們跟著我，說那些話的？」

「沒、沒人，就是我們自己，噷！」

「喬二爺饒了我們吧，我們再也不敢了！」

「是……是有人給了我們錢，讓我們看見你後，假裝不經意地說砸傷你的人是彭大姑娘。噷，疼疼疼，我說的是真的！」

其他兩人沒料到，同夥這麼快就招了，愣了下，也紛紛招了。

喬勐沈下臉，是誰幹的好事？

要不是這三個傢伙太蠢，被他察覺到不對勁，會真以為是彭大姑娘知道了什麼，來找他尋仇。慌亂間，他定會露出馬腳，讓暗藏在後面的人發現。

誰想為難他，還是真的知道什麼？

喬勐想了一會兒，一時想不出個所以然來，便拍拍手走人，留下三個人在那邊乾嚎。

喬勐也沒心情尋找商機了，直接去西坊街，找蘇大根和蠻子他們。

到了蘇大根的餅攤邊，喬勐把蘇大根叫到一旁，跟他說了要帶他去上京的事，讓蘇大根笑得合不攏嘴，連聲應下。

男人都有個遠行的夢。

喬勐和蘇大根說完，又吩咐他收攤後，去準備要用的東西，又叫來蠻子和九斤，說了對他們倆的安排，兩人都沒有意見。

接著他又說起，有人故意告訴他，昨日砸傷他的人就是彭大姑娘，九斤和蠻子都不約而同怒了起來。

這會兒人多眼雜，喬勐沒說他的猜測，只吩咐九斤。「等會兒去彭家的鋪子，意思意思砸幾樣東西，放一放話，就說我知道了是彭大姑娘找人砸我的事。」

九斤連忙照辦。

解決完這事，喬勐也沒心情繼續逛，去蘇大根那裡拿了幾張餅，便打道回府了。

回到家，已經快要午時，家裡開始準備做午膳了。

喬二爺進內室看看蘇婉，瞧她正在繡香囊，嘴角不可抑制地翹了起來，沒有打擾她，又去外院，瞧瞧前些日子製的冰怎麼樣了。

看管冰窖的人，算是喬勐的心腹，不過這人有家室，需要正經差事，所以不常在喬勐跟前走動，喬勐需要時，才會過來幫忙。

喬勐一個人製冰，忙不過來，必定需要找人幫忙，可這個人選很關鍵。九斤和蠻子雖然忠心，但不合適，他才把這人請來。

這心腹名叫陳三思，祖上出過秀才，所以識字，有時候說話文謅謅的，喬勐挺喜歡他的。而且有家室好啊，多一個掣肘。

喬勐查看冰窖一圈，沒發現不對勁，便帶他回內院用午膳，也讓蘇婉認認人。

他剛進門，蘇婉正好也從內室走出來，瞧見他身後看著眼生的青年，便問：「二爺，這位是？」

「請婉娘子安，小的叫陳三思，字子覺，如今幫二爺管著冰窖。」陳三思看了喬勐一眼，才回答蘇婉。

「好。」蘇婉應了聲，不由多瞧了陳三思幾眼，這人說話和九斤、蠻子他們完全不一樣，還有字，像是書香或耕讀人家出來的。

「好了，爺餓了！」喬勐不滿地站到蘇婉身前，擋住她的目光。

陳三思立即不出聲，挪開打量蘇婉的目光，暗暗同意九斤和蠻子的話，喬勐真是很在意蘇婉的。

蘇婉知道喬勐的醋勁又來了，白他一眼，轉身坐上桌，準備用膳，沒有再看陳三思。

喬勐這才高興地多吃了兩碗飯。

午後，蘇婉和喬勐一起午睡時，想起了陳三思的字，便問喬勐有沒有字。

「有，加冠時，祖父給的。」喬勐順了順蘇婉的頭髮。

蘇婉閉眼享受著。「是什麼？」

「和正。」

蘇婉笑出來。「是希望你和氣正直嗎？」

喬勐撇嘴。「大概是吧。妳知道我的名字是什麼意思嗎？」

蘇婉搖頭，喬勐勾唇，輕聲嘲諷道：「勇敢的意思。我按照他們的意思，勇敢反抗了，結果還不是被……」

最後兩個字，喬勐沒有說出口，捏捏蘇婉的臉，乘機裝起小可憐，蹭了蹭她。

日子很平靜地過去，臨江的船來了，喬勐去了上京。

蘇婉過了兩日波瀾不驚的日子，第三日，她再次成了平江城裡的名人。

喬勐去上京後的第二日，曹家人在夜裡秘密將曹三姑娘那件被毀的嫁衣送來，言明請蘇婉務必幫忙縫補。

蘇婉沒有立即答應，說要先看一看嫁衣，才能決定接不接。

來送嫁衣的依舊是鄭氏，還有曹老夫人身邊的老嬤嬤，兩人對視一下，一起點頭，讓人從箱籠裡取出嫁衣，展開給蘇婉看。

蘇婉走近一步，暗暗抽了口氣，從嫁衣破損的地方和樣子，完全可以感覺到，毀壞它的人有多嫉恨曹三姑娘。

前襟對著心口的花紋，應是曹三姑娘繡得最精心的，如今被剪得七零八散。其他地方也是劃痕無數，簡直是想將曹三姑娘的心口劃爛啊。

看到這裡，蘇婉皺起了眉頭。

「婉娘子看看，還能不能補回來？」鄭氏見蘇婉眉頭皺起，不由忐忑地問道。

「有點難。」蘇婉又靠近嫁衣一步，彎身細看，伸出手來落在嫁衣前方，忽然頓住，回頭問鄭氏。「可以碰嗎？」

現在曹家只能指望蘇婉了，老太太發了話，只要蘇婉提的要求不過分，便儘量滿足。

「您請。」

蘇婉伸手摸摸那些衣料的破口，試著看看能不能合起來，雖然有些勉強，幸好還可以，只是有些地方破得太厲害，肯定要重繡了。

細細看完後，蘇婉指著嫁衣那處精美的繡紋，將自己的顧慮告訴鄭氏。「可以補回來，不過有些地方的繡花，可能就要重新繡了，不知曹三姑娘是否能接受？」

鄭氏先是一喜，隨後嘆口氣。「我家三姑娘這幾日天天以淚洗面，說是只要婉娘子能補回來，隨您怎麼弄。」

蘇婉想了想，每日少睡幾個時辰，還是能做好手裡的兩件活兒。

蘇婉在考慮時，那位在旁邊細細打量蘇婉的老嬤嬤對姚氏無聲地說了一句。「有戲。」然後用眼神暗示她一下。

鄭氏也是個老人了，常在官宦人家走動，這點眼力還是有的，立即伸手，從袖子裡拿出事先準備的三百兩銀票。

「婉娘子，這是我家二太太的心意。」鄭氏把銀票塞給蘇婉。「我家太太說了，事成之後，還有重酬，這只是一點小心意。」

蘇婉意思意思地推脫兩下後，便收了，也沒有說怕補壞的話，鄭氏也沒有提，但都知道這件事辦砸的後果。

「還請婉娘子多多費心了。」鄭氏除了帶三百兩銀子來，還有其他東西，拍了拍手，兩個小丫鬟從門外走進來，一個手上捧著市面上少見的染金、月銀、花白等繡線，甚至還有小小一股羽毛繡線，另一個則捧著布疋。

蘇婉一直想找這些繡線，奈何在普通店鋪裡，根本買不著。

「二太太真是太客氣了。」光這些繡線，就能讓蘇婉不要錢地接這活計了。

曹二太太可真是個妙人，不僅送了繡線，還有絲綢和布料各兩疋，顏色俱是光鮮得很，一點都不是那種用壓箱底來打發人的。

「我們太太極喜愛婉娘子的繡品，三姑娘還差點跟林三奶奶開口要那件紅蓋頭呢。」鄭氏笑道。

「乳娘，去將我前些日子繡的帕子、團扇還有軟帽拿出來。」蘇婉也跟著笑了兩聲，轉頭吩咐姚氏。

曹二太太如此厚愛，她總要投桃報李才好。

姚氏應聲而去，很快便帶著繡品回來，放在托盤上，端到蘇婉跟前。

「兩位嬤嬤，若有喜歡的，盡可挑去。」蘇婉說著，讓姚氏將托盤端給兩人挑選。

鄭氏和老嬤嬤起身，客氣了一回，但目光落在托盤上的繡品時，笑容不由又添了幾分。

「這是上京那邊的款式，沒想到婉娘子也會做，卻比老奴見過的新穎不少，而且婉娘子的手藝實在是一絕，這繡花真真好看。」

老嬤嬤率先拿起花形軟帽看起來，誇讚之詞紛紛脫口。

鄭氏也喜歡軟帽，拿在手裡，又看了看帕子，一時猶豫不決。至於團扇，她只看了一眼，便沒有去碰了。

團扇樣式新穎，上面的繡花比起軟帽和帕子，更加精緻細膩。

「嬤嬤們要是喜歡這些小東西，便都拿去。」蘇婉看出鄭氏的猶豫，對兩個嬤嬤開口道。

「那就謝過婉娘子了。」兩人也沒有太客氣。

「這三把貓戲圖扇，還請兩位替我帶給曹老夫人、二太太還有三姑娘，聊表心意。」蘇婉指了指托盤上剩的三把繡著三隻不同波斯貓玩耍圖樣的團扇。

貓兒的毛用了瑩白、霜色、茶白等幾種素白色層層疊疊，勾勒得栩栩如生，遠看就像真的有貓在玩耍。

鄭氏的心裡無比熨貼，笑著道了聲代老夫人她們收下，又誇了蘇婉幾句。

三人互相客套一番後，見夜色已深，鄭氏和老嬤嬤便要離開，蘇婉道夜路不好走，想留她們住下。

鄭氏等人拒絕了她的好意，道是已訂好客棧，外面也有家丁跟護衛，讓她放心，離開了喬宅。

待曹家的人走後，蘇婉整個人癱坐在椅子上。

「乳娘，銀杏，妳們把這嫁衣和繡線、布疋，都抬進我屋裡去吧。」

蘇婉吩咐完，站起來走出偏廳，看了看夜空的明月，想著喬勐現在不知在何處，是否到了上京。

「娘子，夜深了，回去休息吧。」姚氏見蘇婉許久未進門，便來尋她。

「嗯，好。」蘇婉應聲，往主屋走，突然想起還沒瞧過鄭氏塞給她的銀子，便從袖子裡拿出來，都是五十兩的銀票，數了數，一共六張。

「乳娘，二爺說他這趟跑上京，能賺多少銀子？」

姚氏回想喬勐之前在飯桌上吹牛時說的數目。「好像是二百兩。他先跟趙三爺賒欠了貨銀，說是可以淨賺這個數。」

蘇婉拿著手裡的三百兩訂金，望了望天，只道是辛苦二爺了。

第二十二章

隔日一早，喬宅的大門被人拍得砰砰響。

一向起得很早的蘇長木還在睡夢中，聽到敲門聲，趕緊起身出去。

「這麼早會是誰？」姚氏也跟著起來了。

「我去看看，妳再睡一會兒吧。」蘇長木搖頭說道。

「不了，我去看看娘子是不是起來了，她大概又早起做繡活了。」雖說昨晚她見著了蘇婉掙的銀子，也歡喜得不得了，但想到她是早起貪黑地繡，便心疼起來。

蘇長木嗯了聲，快步朝大門口走去，敲門聲仍不斷響起。

走到門口，他先就著門縫看了看，隱約瞧著是個年輕婦人，拿開門木，開了門。

「妳找誰啊？」

「這是婉娘子家嗎？」婦人問道。

「妳是？」蘇長木警惕地看著婦人，心裡暗驚，不會是喬勐在外頭惹的風流債吧？

「奴家名為蓮香，有事想見婉娘子，煩請通報。」來人正是毓秀坊的蓮香師傅。她一夜未眠，今日早早出門尋蘇婉。

「蓮香？我們娘子認識妳嗎？」蘇長木擰眉，好似在哪裡聽過這個名字，卻想不起來。

蓮香愣了愣，她也不曉得蘇婉認不認識她，也許聽說過，但聽過便忘了。蘇婉肯定不會在意她的。

「怎麼沒開門，是誰啊？」姚氏久久沒聽到動靜，尋了過來，只見蘇長木半開著門，人還擋在門前，好似在跟誰說話。

蘇長木轉身道：「她說她叫蓮香，來找婉娘子的。」

姚氏驚訝，該不會是她想的那個蓮香吧？快步走到門邊，只見一位容貌素麗的年輕婦人拘謹地站在門口。

「妳是毓秀坊的蓮香師傅？」姚氏問。

蓮香微微點頭。「是，我能見見婉娘子嗎？」

「妳找我家娘子做什麼？」

「這個，我想親自和她說。」

姚氏想了想，放蓮香進來，在門房稍坐一會兒，她進去稟告一聲。

蓮香暗暗吁了口氣，點頭應了。

姚氏匆匆趕回後院，蘇婉已經醒了，坐在繡架前，琢磨著怎麼縫補那件嫁衣。

「娘子，毓秀坊的蓮香師傅來了，說是要見您。」

「誰？」蘇婉迷茫地回頭看姚氏，不確定真的聽到了那個名字。「蓮香師傅？」

「對！」

「她來見我做什麼？」蘇婉很疑惑，她和蓮香師傅應該沒什麼瓜葛啊，不會是怪她截胡了幾單生意吧？不過聽說找蓮香師傅做的活兒，多到都做不完了。

「不知道，她說要親自跟您說。」姚氏把蓮香的話複述給蘇婉聽。

蘇婉捏了捏針線，想了下道：「請她到偏廳坐吧。」

姚氏連忙出去了。

蓮香到了偏廳時，蘇婉還沒過來，她有些緊張地站著，姚氏請她坐，她也沒坐。

過了一會兒，收拾妥當的蘇婉才來到偏廳。

蓮香轉頭，聽過對方名頭的兩人，終於在此刻見上了。

蓮香的第一個感覺是——這位婉娘子真好看，如同她的繡品一樣美！

蘇婉倒是有些詫異，本以為蓮香師傅是四、五十歲的婦人，沒想到是個年輕的小娘子。

「蓮香師傅。」

「婉娘子。」

兩個人同時開口，蘇婉停了下，便道：「妳先說吧，找我有何事？」

蓮香深吸一口氣，才道：「我想跟婉娘子學刺繡，拜您為師！」

蘇婉傻住了。「什麼，跟我學？不可不可！」連忙拒絕。

前世她帶過不少徒弟，跟他們有了感情，所以沒想過在這裡收徒，就算要找，也不可能找蓮香師傅呀！

蓮香是毓秀坊的人，跟著她算什麼？她不想惹麻煩，她和喬勐的麻煩事夠多了。

最後，不管蓮香怎麼說，蘇婉還是拒絕了她，好言好語地將她勸出去。

結果，中午的時候，蓮香又來了，跪在喬府門口，請求蘇婉收她為徒，說是已經跟毓秀坊提解約了。

這一舉動，直接讓平江的百姓躁動起來，蓮香要拜蘇婉為師的消息，瞬間傳遍平江的大街小巷。

在外面賣飯掙錢的蝨子聽說了，連生意都不做了，趕回喬家一探究竟。

「娘子，蓮香師傅已經在門口跪一個多時辰了。」

姚氏走進內室，幫蘇婉端了碗冰鎮酸梅湯，憂心忡忡地說道。

「她想跪，就讓她跪吧。」蘇婉呼了口氣，將剛換了線的針別到繡架上，抬手接過姚氏端來的酸梅湯，略微煩躁道。

她已經讓姚氏去勸過蓮香了，硬是不走，這不是讓她為難嗎？

「日頭這麼毒，萬一蓮香師傅曬出個好歹來，豈不是要賴上咱們家？」姚氏覺得不妥。

她勸也勸了，請也請了，蓮香師傅卻非要蘇婉答應收下她，才肯起來。

不知這小娘子怎麼那樣倔，自己好歹也是平江有名的師傅，這下好了，她這一跪，讓她家娘子成了平江百姓茶餘飯後的話題。

蘇婉想想也是，看看窗外高高掛起的烈日，她一個不愛用冰的，今日屋子裡都放了冰，心中有些不忍。可她不喜歡受人威脅，現在蓮香不就是把她架了起來嗎？收了她不好，拒了也不好。

這種時候，蘇婉想念起喬勐了，要是他在，蓮香大概不敢上門。

「乳娘送碗湯給她吧，就說我盼著她喝了這碗湯，能冷靜下來。我們不適合當師徒，若是她以後有針線上的問題，可以來問。有同好即是有緣，交個朋友也行。」蘇婉說完，頓時覺得自己像個拒絕小姑娘求愛，還希望對方能跟自己做朋友的渣男。

姚氏記下，退了出去。

蘇婉繼續繡補嫁衣。

喬宅門外，有看熱鬧的路人加鄰里，隔得遠遠地指指點點。要不是因為長得凶神惡煞的九斤守在門口，這些人就要到蓮香跟前詢問緣由了。

蓮香又熱又渴，可是她不能起來，她不能就這樣放棄，她的日子無邊黑暗，唯有刺繡帶給她微弱的光，如今這點微光，她也快要失去了。

姚氏挽著食盒過來，看看遠處看熱鬧的人，又看跪在地上、腰背依舊挺直的蓮香一眼，嘆息一聲，蹲到她跟前，打開食盒，拿出碗，盛了一碗酸梅湯給她。

蓮香愣愣的，沒有接。

「這是婉娘子要我端來的，讓我跟妳說……」姚氏將蘇婉要她告訴蓮香的話，一字不錯地轉述給她。

蓮香聽完，舔了舔乾乾的嘴唇，依舊沒有去接酸梅湯。

「蓮香師傅，喝吧，喝了就回去，別跪著了。再跪下去，腿要廢了，人也吃不消。」姚氏見她這般，又勸了一句。

蓮香神色木然，低著頭，目光落在雙手處。「沒事的，手還在就好。」

「我是真心想拜婉娘子為師，我知道我這樣做讓她很為難，但是請她放心，只要她收我為徒，其他的都不用她操心。」蓮香嗓子很乾，聲音沙啞。

姚氏見她絲毫不動，沒了法子，起身幫九斤也盛了碗湯。

九斤本來為著大熱天的還要出來看著這個來找事的小娘子而生氣，這會兒冰涼的酸梅湯下肚，火氣消了一半。

「快走吧，再待在這裡礙眼，等那些看的人都走了，我就把妳扔出去！」九斤警告道。

蓮香不為所動。

「九斤哥，姚嬤嬤！」

這時，蟊子跑過來，瞧見站在門口的九斤和姚氏，向他們打了個招呼。
「這個時辰，你怎麼過來了？」九斤納悶，蟊子是傍晚才會過來交錢的。
蟊子和他的夥伴們現在還住在城郊的破廟裡，身上不宜留錢，所以每日賺的錢都會交給喬勐或蘇婉保管，月底再分帳。
「我聽說毓秀坊的蓮香師傅要來拜婉娘子為師，所以過來看看。」蟊子小聲道，說著便去偷瞄還跪在那裡的蓮香。
瞧清楚蓮香的樣子，蟊子不由睜大了眼睛，驚叫起來。「是妳！」
一直低著頭的蓮香抬頭望向蟊子，也是一愣，表情隨即只剩木然。
「你們認識？」九斤和姚氏同時問。
蟊子連忙把兩人叫到一邊，解釋道：「九斤哥，你記得我跟你說過，以前有個姊姊每月十五都會給我們送吃的、穿的嗎？就是她！」
蟊子吞了口口水，還沒辦法把那個姊姊和毓秀坊的蓮香師傅連在一起。蓮香師傅長年居於繡坊，從不輕易出門，他自然見不到。那個好心姊姊也是，每次都把東西放在破廟門邊，要不是他有次特意守著，還不知道她長什麼模樣呢。
難怪，後來他在城裡尋遍了，也沒能找到她。
「啊？她就是……」九斤撓撓頭，一時不知該怎麼辦。
他經常聽蟊子說起這個做好事不留名的姑娘，也曾欽佩過，甚至還暗想過要娶個這樣心善的娘子。

這下，姚氏更加為難了，想了想，摸摸此時也是無比糾結的蝨子的腦袋。「走，我帶你進去見婉娘子。」

蝨子垂下腦袋，偷偷瞄了瞄蓮香，見她完全沒看他，腦袋不由垂得更低了。

就在他們準備進門時，天空突然響起一聲巨雷，緊接著天色暗下，有閃電劈落。

「快進去，要下雨了！」姚氏連聲道。

她剛說完，豆大的雨滴便噼哩啪啦落下了。

「蓮香師傅，快跟我們進去躲雨吧！」姚氏一邊往門內走、一邊喊著蓮香。

蓮香搖搖頭，沒有動。

蝨子見罷，跑到蓮香身邊。「大姊姊，妳先跟我們進去再說吧。」

雨很大，蓮香整個人濕透了，卻抿緊了唇，依然搖搖頭。

「蝨子快來！」九斤站在門簷下，神色複雜地看著兩人，叫了蝨子一聲。

蝨子勸不動蓮香，只好回去，一邊走、一邊回頭，回想起往日受恩的種種。

他不能去求蘇婉，蘇婉不願意的事，喬勐也不會去做，那他更不可能了。喬勐走前還叮囑過他們，定要照看好蘇婉，不許惹蘇婉不高興。

蝨子苦惱極了，感覺自己小小年紀，壓力太大。

姚氏快步進去找蘇婉，走了幾步，便瞧見蘇婉正站在廊簷下，看著月亮門的方向。

「人還在外面嗎？」待姚氏走近，蘇婉便開口問道。

姚氏用帕子擦去身上的雨水，點點頭，然後跟她說起蓮香和蝨子的淵源。

蘇婉聽完，嘆了一聲。「妳把人帶進來吧，要是她不肯進來，就說我跟她談談，再決定要不要收她為徒。」

姚氏欲言又止，最終什麼也沒說，找了兩把傘，出去了。

她走到門外時，意外瞧見正打著傘站在蓮香身邊的九斤。

九斤見到姚氏，尷尬地笑了笑，收起傘，匆匆走了。

姚氏沒太在意，把蘇婉的話說給蓮香聽，蓮香這才肯動了，可是腿怎麼也站不起來。

這時，一直在偷偷看著她的蝨子拉來九斤，幫了一把，扶起蓮香。

姚氏帶著蓮香走到蘇婉跟前時，外面的雨突然停了。夏日的雨就是這般，來得快，去得也快。

蓮香一見到蘇婉，便想說話，蘇婉打住了她，讓她先緩緩，等等再說。

蘇婉讓九斤先帶著蝨子下去，然後吩咐銀杏拿了條帕子，給蓮香擦擦身子，又讓白果做一碗薑茶來。

等蓮香喝完薑茶，不再發抖後，蘇婉讓她坐下，自己也坐到上首。「妳為什麼這麼執著，要拜我為師？」

這是她想不明白的地方。雖然她自認繡工甚好，但此時名聲未顯，遠不及蓮香。

「我聽聞，婉娘子曾經見過我在毓秀坊鋪子裡賣的繡品？」蓮香抬眼看蘇婉。

蘇婉點頭。

「依婉娘子所見，繡品如何？您說實話，沒關係的。」

蘇婉答道：「一般。」

蓮香冷笑一聲。「婉娘子客氣了，若是我，只會恥笑。原來大名鼎鼎的蓮香師傅，繡工也不過如此！」

蘇婉沈默，她確實是這麼想。

「但是，婉娘子可曾想過，其實蓮香師傅不是一個人，而是一個名稱呢？」

蘇婉十分訝然。「妳是說……」

蓮香嘴角勾起嘲諷的笑。「蓮香師傅，這個稱呼早就不是我一個人的了，只要能仿出我的繡活，哪怕只有幾分，阿貓阿狗，誰都可以是蓮香師傅。」

「毓秀坊借妳的名頭去賣其他繡娘的繡品？所以金六姑娘那條紅蓋頭，不是妳繡的？」

蘇婉表情複雜地看著蓮香。

「本來是找我，可我拒絕了，因為實在沒工夫，但金家加了銀子，胡管事便作主接了。那時，我在趕比金家來頭更大的人家的繡活，他便找仿我繡工仿得最像的學徒來繡，結果，呵呵……

「這種事，又不是第一次發生了，別人只會道一句蓮香倨傲，徒負虛名，哪裡會知道他們拿到的繡品，根本就不是我繡的！」

蓮香對於毓秀坊的感情，這些年早就耗完了，如今只剩屈辱。

蘇婉沈默不語。

蓮香便繼續講起她的過往。

原來，她十歲那年，家裡遭了災，逃到平江。到平江不久後，家人便去世了，那時毓秀坊來挑小學徒，見她還算伶俐，就帶走她，取名蓮香。

後來，她憑著一幅仙女散花繡圖成名，人稱一聲蓮香師傅。再後來，她越來越忙，日子裡只剩下繡活。毓秀坊的人還怕她跑了，一直監視著她。

當年，她和毓秀坊訂的是十五年的契約，今年正是第十五年，不過還有兩個月。

本來她打算再等兩個月，但毓秀坊最近一直在逼她簽新的契約，她怕自己再不來，就沒機會了。她死也不想留在那裡。

蓮香說完，向蘇婉跪下。

「對不起，婉娘子，我雖無意將您牽扯進來，但我還是做了，這是我的錯。我不奢求您原諒，哪怕您收下我當個學徒，我也樂意。

「我從您的繡品上，看到了一顆真正愛著刺繡的心。您的繡品乾乾淨淨，沒有沾染上那些銅臭。我真的很想跟在您身邊學習，我從十歲成為學徒，到現在整整十五年，實在不想讓真心喜愛的東西變得面目全非，而自己也不再是自己。」

蓮香泣不成聲地說著這些話，句句猶如警鐘，重重敲擊在蘇婉心頭。

在前世，她最後是否也只成為蘇婉師傅這個名稱？

蘇婉無從得知，但她知道，自己並不想。

第二十三章

蘇婉沈默半晌，扶起蓮香。

「妳且起來。」

蓮香還在無聲落淚，旁邊的銀杏和姚氏也跟著抹眼淚。

姚氏見蘇婉叫她起身，她沒有動，便過去扶她。

「蓮香師傅，婉娘子讓妳起來，妳就先起來吧。」

蓮香的膝蓋早已麻木，腿上無力，對蘇婉歉意地笑笑，藉著她們的力，才咬緊牙關站起身，坐回原位。

「多謝婉娘子。」

「銀杏，妳去拿些膏藥來。」蘇婉猜測，蓮香的膝蓋一定是傷了。

銀杏連忙低頭抹掉眼淚，快步往外走去。

蝨子和九斤還站在外面廊下，見銀杏出來，連忙將早已備好的藥膏塞給她。

銀杏瞥了蝨子一眼，趕緊拿進去。

蘇婉見銀杏手上拿著藥，還這麼快就回來，猜到怎麼回事，什麼也沒說，讓姚氏關門。

銀杏捲起蓮香的褲腿，露出雙膝，眼淚差點又沒忍住。要是她，早就疼得哭死過去了。

蘇婉又是一聲嘆息。

蓮香連忙道：「婉娘子，不礙事的，其實有些是舊傷。從前還是學徒時，我經常被管事罰跪，不怎麼怕疼的。」

她說完，有些不好意思，畢竟自己方才所為確實不厚道，若是蘇婉肯收她，她定會加倍償還這份恩情。

「這毓秀坊真是個狼虎窩，吃人的地方！」姚氏見了，也著實心疼，罵了毓秀坊兩句。

「說這些有什麼用？」蘇婉想著，要是喬勐在，定會氣得去砸了毓秀坊，轉念一想，他可能也只懶洋洋地說一句「干爺何事」。

他才走幾日啊，她便這般頻頻想起他了。

「婉娘子，這次我是買通了看管我的嬤嬤偷跑出來的，不能再回去了。不過您放心，我會自己跟他們上縣衙打官司。我早攢夠了錢，當年他們也沒想到我會出名，簽的契約並不如現在嚴苛，可以提前解約贖身。」

這會兒蘇婉心裡也拿不定主意，看看姚氏，又看看銀杏，兩個人都低頭不吭聲了。

「妳的事，妳自己安排。如今……我看妳還是先養好傷吧。」蘇婉定了定神，囑咐道。

蓮香心裡暖暖的，望著蘇婉的眼裡充滿了感激。「謝謝婉娘子。」

雖然蘇婉看著比她小，可她心中卻有一片孺慕之情。

「不過，聽妳說的，妳應該沒有嫁人啊，怎麼卻是婦人裝扮？」蘇婉又問了一句。

銀杏幫蓮香抹了藥，小心放下她的褲管，也抬起頭看蓮香。

「我是自梳的。」簡單一句話，道盡她的苦楚。

蘇婉徹底對蓮香沒了脾氣，又吩咐銀杏去找些衣物，領著蓮香去換。

「婉娘子，我來之前，將身契和攢的錢藏在城郊破廟三里地外的舊橋下，得拿回來。」

「妳這樣子怎麼去？」蘇婉看她一眼。

蓮香咬了咬唇，心想自己又惹蘇婉不開心了。

蘇婉實在不喜歡這小媳婦的樣子，直言道：「以後有什麼事就直接說，不需要這樣。」

蓮香驚訝地看著蘇婉，她十歲之後，都是在繡坊學習與人相處的方式，那裡住著很多繡娘，每個人說話之前，都要在肚子裡繞三圈，怕得罪了人，別人在繡品上下絆子。

大家表面和和氣氣，暗地裡鬥得妳死我活，恨對面的小娘子恨得要死，見了面，還是要親親熱熱叫著姊姊妹妹。

「好。」蓮香應下。

蘇婉不知蓮香有沒有聽進去，捏了捏眉心，朝門口喊了一聲。「九斤！」

九斤探了腦袋進來。

蘇婉吩咐他去將蓮香的東西取回來，又加了句不要被人發現。

九斤領命去了。

此時，毓秀坊亂了套，胡管事一臉陰沈地看著跪在面前、放走蓮香的管事嬤嬤。

「她只說想出去走走，哪承想是去找婉娘子。胡管事，我知道錯了，饒我這一回吧。」

「拉下去！」

胡管事不耐煩聽她叫屈，直接命人拉走。至於拉下去的後果是什麼，縮在繡坊裡的繡娘們自是明白，瑟瑟發抖。

「胡管事，我聽說娃霸現在不在家，不如我們闖進去，把蓮香帶出來！」一個臉上有刀疤的繡坊護衛，眼裡滿是惡色地說道。

「嗯，不過還是要先去探探蘇氏的態度，她要是不想管這事還好，要是她想管，那就別怪我們不客氣了。」胡管事眼裡閃過一抹陰翳，蓮香不能落到其他人手裡，她知道太多毓秀坊的秘密了。

「這事要不要告訴坊主？」

「暫時先不要。」

胡管事說著，臉色更不好看了。

蓮香收拾好自己不久，九斤將她的東西拿回來了。

這時，蘇長木來報，毓秀坊的胡管事來求見。

蘇婉閉了閉眼，她就知道，這人一定會登門的。

蓮香聽見了，身子不可控制地抖了抖。「婉娘子……」

「走，我們去會會他。」蘇婉看蓮香一眼，放下繡針，今日著實是沒心情做繡活了。

「啊？不請進來？」姚氏問了句。

蘇婉搖頭。「他是個外男，我家官人又不在家，如何能請他進門？」

姚氏言是。

「蝨子，找你的兄弟們將胡管事上門的事宣揚出去，順便傳些毓秀坊虐待繡娘的話，不要說實了，就說些似是而非的話。」蘇婉轉身吩咐蝨子。

蝨子高興地領命而去。

「銀杏，木叔，你們從後門走，去找找曹家住在哪間客棧，如果他們還在平江，就請他們過府一敘。」

銀杏和蘇長木看著蘇婉沈下的側臉，心中不由有些不安，趕緊照辦。

「婉娘子是怕……」九斤一臉嚴肅地問。

「那姓胡的絕不是良善之輩，既然蓮香進了我們府裡，你說他們能放過我們嗎？」蘇婉的心也是沈沈的，喬勐不在家，而且帶走了不少人，這會兒的喬府，還有什麼震懾力？

蓮香也後怕不已，她這衝動之舉，看來是給喬家帶來了禍害。

「婉娘子，我……」蓮香跪下來，頭重重地磕在地上。

蘇婉一把將她拉起。「妳要學會站起來，不是從這家逃到另外一家，就可以高枕無憂了。妳的命，掌握在妳自己手上。」

蘇婉看著蓮香的眼睛，一字一句地告訴她。

蓮香懵懵懂懂。

蘇婉繼續吩咐人。

「白果，去把家法棍拿出來！九斤，二爺還留了多少人？」

九斤想了下，道：「我大約還能找出十來個可靠的；不怎麼可靠的，也有十來個。」

蘇婉想了下，可以了，應該能震懾對方幾日。

「走！」

她說完，帶著九斤、姚氏、白果、蓮香，往門口走去。

九斤拉開門，胡管事和一位婦人站在門口。

「喲，我說今日好好的怎麼下了雨，原來是胡管事要登門啊。」蘇婉站在門檻內，沒有跨出去。

胡管事原本要揚起的笑臉，立時僵了僵，不明白他登門和下雨有什麼關聯。

「請婉娘子安。」胡管事身後的婦人先向蘇婉問了安。

蓮香見到婦人，摳了摳手心，努力控制住自己的情緒。這婦人是毓秀坊管繡娘的嬤嬤，無論在外多風光的繡娘，在她面前，就如同一隻狗。

蘇婉感覺到蓮香的恐懼，輕輕瞥了她一眼。「這位是？」

婦人立即道：「小婦人乃是毓秀坊的管事嬤嬤。」

蘇婉笑了，目光轉向胡管事。「這位嬤嬤，看來也是管著胡管事的啊？」

婦人一愣，連忙道：「不是，小婦人怎麼能管胡管事。」

「那我跟胡管事說話，妳倒先插起嘴來了。」蘇婉輕笑。

胡管事一甩衣袖，面上似有不悅。「還不向婉娘子賠罪。」

婦人向蘇婉賠禮，蘇婉沒理她，直接對胡管事說：「不知胡管事來，所為何事？平江城裡的人大概都知道我家二爺外出了，請恕小婦人不能請您進門。」

「婉娘子，我此次登門，是想帶我們毓秀坊的蓮香師傅回去。我知道她叨擾了婉娘子大半日，實在是不好意思。」胡管事面容和善，笑容也是和藹可親。

這會兒，看熱鬧的百姓慢慢往這邊靠攏了。

「蓮香師傅有手有腳，等她想回去了，自然會回去。」蘇婉不軟不硬地回了胡管事。

「蓮香，永州李家的繡活要到期了，耽誤了可不好。」胡管事將目標轉向蓮香。

蓮香搖搖頭，不肯走。

「蓮香，妳跟我說，是不是婉娘子許諾了妳什麼？妳告訴我，我們毓秀坊定加倍給妳。妳是我們毓秀坊的老師傅了，這麼多年，毓秀坊待妳如何，妳可要知道感恩啊！」胡管事先倒打一耙，而後再挾恩威脅蓮香。

「就是啊，蓮香師傅，妳怎麼突然要拜婉娘子為師？」

「是不是婉娘子要開繡坊了？」

「瞎說什麼，是蓮香師傅來找婉娘子的，我聽說，毓秀坊的管事嬤嬤會虐待繡娘。」

「啊？這話從何而來？」

「我聽我七姑家的三舅家的五姨說的，他們家有人在毓秀坊做雜活，那裡的繡娘個個吃不好、穿不暖，成天被關在屋子裡幹繡活。」

「我的老天爺啊，毓秀坊實在太可惡了！」

這會兒，說什麼的人都有，胡管事的表情五顏六色，那個婦人也是。

「我不會跟你們回去的。永州的活兒，您不是已經給了其他繡娘嗎，不過是借了我的名頭！」

蘇婉側首看著結結巴巴、終於把話說全的蓮香，覺得完蛋。

以前她總怪喬勐惹事，看來這次，她也要惹上大事了。

蓮香的話一說完，圍觀人群倒吸一口氣，發出一聲驚嘆。

「蓮香，妳可知妳在渾說些什麼嗎？」胡管事怒聲斥道。

「蓮香啊，毓秀坊養了妳十幾年，精心栽培妳，妳怎麼能胡說呢？」婦人也是一副不可思議、怎能這樣忘恩負義的哀切表情，大聲地指責蓮香。

蓮香看看面無表情的蘇婉，心裡很忐忑，不知道蘇婉是不是很不喜歡她這樣，但是她沒有回頭路了。

「我沒有胡說，毓秀坊早被你們糟蹋得爛透了！你們以假亂真，以次充好，有多少不是我繡的東西，打著我的名號賣出高價！」

蓮香心一狠，從蘇婉身後跨了一步，面向人群，越說越大聲。

「天啊，難怪我聽說蓮香這幾年的繡工時好時壞的。」

「就是就是，我還聽聞，有人買到不好的繡品，去找毓秀坊理論，胡管事說是蓮香心情不好時繡的呢。」

「有人說買蓮香的繡品，要先問問蓮香師傅今日心情可好，原來是這樣。」

「毓秀坊也太不厚道了！」

人群裡繼續議論紛紛，胡管事臉色一變兩變三變，最終還是將怒色壓下，嘆口氣。

「蓮香，就算妳想另攀高枝，也沒這麼詆毀舊東家的，於妳沒有任何好處。是誰教妳說這些話的？」

胡管事說著，還遞了個眼色給婦人，後者立即會意，道：「我們蓮香長年待在繡坊，大門不出、二門不邁的，鮮與人交往。不過她最是心慕繡工比她好的，這次定是被人矇騙，說了胡話。」

蘇婉聽了這話，笑了聲。「這位嬤嬤，聽妳這話說的，她大門不出、二門不邁，去哪裡被人矇騙？要騙，也是你們有機會不是？說起來，今日還是我第一次見蓮香師傅呢。」

「妳說第一次見就第一次了？妳三番兩次來毓秀坊，不就是想顯擺妳的繡工，好勾走我們蓮香！」婦人說著，扠起了腰。「你們家是什麼樣的人家，大夥兒可都清楚呢！妳家二爺不學無術，整日就知道魚肉鄉里，我看你們夫妻真是夫唱婦隨！」

喬勐人在上京，一口鍋從天上來。

蘇婉本還有些猶豫不決，到底要不要管蓮香這事，可這娘兒們說的什麼話！她家二爺怎麼了？她家二爺再不好，也只能由她打罵！

「這位嬤嬤，飯可以亂吃，話可不能亂說。」蘇婉臉色一凜，冷聲道。

「我家二爺，是妳能說的？」九斤一個跨步走出來，攔在婦人面前，怒聲喝道。

婦人嚇了一跳，腿下一軟，跌坐在地，呼天搶地起來。「哎喲，喬家欺人太甚，要殺人了啊！他們家想開繡坊，就要欺辱咱們毓秀坊了，繡工好有什麼好，人心都爛透了！」

蘇婉走過去，一巴掌揮在那個滿口胡言的婦人臉上，啪的一聲，非常響亮。

「閉嘴！我們喬家名聲，豈容妳胡謅！來人啊，立刻去臨江，向祖父稟明此事，定要請他老人家替我和二爺作主！」蘇婉嘶嘶吸氣，第一次打人巴掌，沒有經驗，手麻麻地疼。

婦人顯然被打愣了，圍觀百姓亦是同樣。

白果立即配合道：「是，婉娘子，奴婢這就去安排。」

「婉娘子，這是誤會，她一個愚婦滿口胡言，還請您不要計較！」胡管事握了握拳心，暗罵了聲蠢貨，勸蘇婉一句。

蘇婉橫眉冷對。「誤會？那毓秀坊對我也是誤會嘍？」

「毓秀坊在平江開了幾十年，怎會做如此損害名聲之事，定是有人誣陷。既然不是婉娘子，必然是他人。」胡管事言之鑿鑿，目光一轉，又對上蓮香，眼裡警告意味分明。

蓮香咬了咬牙。「蓮香願與胡管事對簿公堂！」

「妳！」胡管事此刻才發覺，事情真的脫離他的掌控。

人群再次喧譁，有些人半信半疑，有些人儼然信了，紛紛說起自己的看法，七嘴八舌，一時爭論不休。

蘇婉攬住蓮香。「胡管事還是去等衙門傳喚吧。」

「蓮香，妳真是太讓我失望，沒想到我們毓秀坊居然養了條毒蛇。往日恩情，難道妳都忘了？」胡管事痛心疾首地說道。

聽到他提往日恩情，蓮香直接對著胡管事，吐了一口唾沫。

「好好好！看來，婉娘子是非要插手我們毓秀坊的事了？」胡管事背對人群，眼裡滿是陰毒。

第二十四章

「婉娘子！」

片刻後，銀杏和蘇長木走過來，還帶來鄭氏和老嬤嬤。

「婉娘子，這是出了什麼事？」鄭氏一見這架勢，擔心地問道。

銀杏和蘇長木找到曹家人時，他們正準備返回臨江，聽到蘇婉來尋，還以為是嫁衣出了問題。

「鄭嬤嬤，對不住，家中一時出了些事，還請您先進門，後面咱們再詳談。」蘇婉立即走到鄭氏和老嬤嬤面前，拉住她們的手，十分抱歉地說。

鄭氏瞄了其他人一眼，竟然見到蓮香師傅還有毓秀坊的管事，眉頭微蹙，感覺事情並不簡單，但不想多問。

「好。」

蘇婉便讓銀杏領著人進去了。

「九斤去請衙門的人來吧，要是蓮香師傅今日在我家中出了差錯，我可就難辭其咎了。」蘇婉的心沒有像她面上表現得那麼鎮定，她也害怕，但不能表現出來。

她直直看著胡管事。

胡管事的臉色陰晴不定，他有些亂了方寸，他必須要回去做點什麼。而且剛剛被蘇婉請進門的人，他知道，是曹通判家的人。

這個蘇氏可真不好對付，眼下必須除掉蓮香，他的那些秘密，定不能公諸於眾！

蘇婉見胡管事這樣子，連忙讓白果把人護進門內。

「胡管事還有什麼事嗎？今晚不會來我家放火，燒了我家吧？」蘇婉直接在眾人面前大剌剌地說道：「各位鄉親，若是夜間得閒，可來我家附近轉轉，看看會不會有意外之喜。」

平江夜間無宵禁，但也有巡防。

蘇婉說完，不理胡管事了，轉身離開。

回去的路上，蘇婉附到蓮香耳邊，說了幾句話，所以蓮香一見到鄭氏和老嬤嬤，便向她們跪下，請她們救她一命。

「這是為何？」鄭氏連忙去扶蓮香。

蓮香便將自己的遭遇統統說了出來，頓時惹得鄭氏和老嬤嬤心疼，但她們到底是見過風浪的，直言需要回去稟明曹二太太。

蘇婉也沒想著她們能怎麼樣，只希望有人能為蓮香作主，她不希望這麼好的一個刺繡大家被折辱。

隨後，九斤找來衙門的人，又讓陳三思幫著寫了一份訴狀遞上去，只是現在沒有縣令，很多事無法及時處置。

蘇婉覺得，不能指望衙門，立即讓九斤派信得過的人去臨江尋趙立文，還有找人來喬家巡夜，她要喬家今夜燈火通明。

蓮香感激涕零，一夜輾轉反側，蘇婉也是一夜未眠。

防了兩日，暫且無動靜。

不是胡管事不想動手，而是喬家在門口支了個攤子，夜夜賣那個叫燒烤的東西！有些貪嘴的公子哥兒、食客，連勾欄和船舫都不去了。這玩意兒配小酒，極好！

第三日，趙立文來了，還帶來新縣令即將上任的消息。

這個縣令是趙家人。

這就是喬勐與趙立文在裡面攪渾水的結果。蔣家不會讓喬家來，喬家自然不會讓蔣家上，兩家鬥得不可開交，趙家自然就出頭了。

平江地處平運河中段，與臨江相近，交通便利，是個富庶的魚米之鄉，縣令一位，自然搶手。

毓秀坊坊主得知平江毓秀坊的事後，本要插手，但曹二太太讓人登門說了幾句話，讓事情變得棘手起來。

曹二太太是什麼人，坊主自然曉得，且曹二太太娘家與臨安王有淵源，喬太守面對曹家都要讓三分，他一個小小的繡坊坊主又能做什麼。且聽曹二太太的意思，這貴人也是知曉此事的。

涉及此事的，還有喬家那位庶孫，人人都說他不受寵，可這裡面的秘辛，有多少人知曉？這位坊主原是平江老人了，也知上一二，這回只好認了。

最關鍵的是，新縣令一上任，第一件審的就是蓮香狀告平江毓秀坊的案子，而新官上任三把火——

平江毓秀坊算是廢了，胡管事威風十幾載，終於在繡娘的歡呼中栽了。

因著欠下曹家人情，蘇婉對曹三姑娘的嫁衣更加用心。

事情平息了兩日，喬家門差點被人踏破，原先在毓秀坊訂繡品的人家，紛紛跑到蘇婉這裡來。

蘇婉沒想要這麼快開繡坊，但大家的熱情實在讓她有些招架不住，只得先買間鋪子，讓蓮香幫大家繡著，可是需要排隊。

平江毓秀坊一夜間倒了，裡面的繡娘如果願意去毓秀坊其他店鋪的可以去，也有不願再待在毓秀坊的，又拿得出贖金，便離開了。

蓮香告訴蘇婉，裡面有幾個好的繡娘，蘇婉便讓她把人留下來，幫著她一起做活計，將這個跟鬧著玩似的繡坊開起來。

月銀暫不提，只包吃住。蘇婉告訴她們，需要經過一個月觀察，如果她覺得她們好，才能留下她們。就算這樣，幾個繡娘也是高高興興的。

蘇婉將她們暫時安排在鋪子後面的小院子裡，蓮香也一起住在裡面。

曹家給的三百兩銀子，一下全花出去了。

蘇婉將最後一件扇套繡完時，在上京賺了錢的喬勐搖搖擺擺地回來了。

喬勐回來，第一件事，就是去被封的毓秀坊門口踹兩腳。

到家洗漱時，喬勐閉著眼坐在裝滿熱水的木桶裡，蘇婉拿著梳子坐在他身後，幫他梳理有點打結的長髮。

隨著她的動作，他的頭往後一顛一顛的。

蘇婉唇角漾開一抹笑意。「怎麼在上京就沒好好洗頭？」

「誰有空搭理啊？爺忙得覺都不夠睡。」喬勐語氣裡略帶了一絲得意，然後睜開眼，轉過身去看蘇婉。「爺這次賺了不少銀子呢！」

蘇婉把他的腦袋轉過去，從桶裡舀水，淋上他的腦袋，再慢慢淋到髮梢。

喬勐被水一嗆，抹了把臉，噗噗幾聲。

「賺了多少銀子？」蘇婉拿皂角搓洗已經梳開的頭髮。

喬勐把猝不及防嗆著的鼻子清了清，舉起三根手指頭。

蘇婉見了，忍俊不禁，這個手勢很像前世3與ＯＫ的笑話。

「娘子，妳笑什麼？」喬勐又轉了身，帶起一片水花，打濕了蘇婉的衣衫，被蘇婉輕拍了下額頭。

「輕一點，把我的衣服都弄濕了。」

「那妳笑什麼？從我回來後，妳老是笑。」喬勐乖乖回去坐好，有些鬱悶地說道。

「我哪有一直笑。」

「我都看見了！」喬勐很肯定，轉念一想，又道：「是不是爺回來了，妳很高興？」

他又轉了身，兩隻漂亮大眼亮晶晶地看著蘇婉，也跟著笑。

「是是是，我是因為你回來，才開心笑的，好不好？」蘇婉搖頭失笑，又把他的腦袋轉過去，一副拿他沒辦法的樣子。

「肯定是的，爺也開心。」喬勐伸出手臂，向後摸了摸蘇婉的臉。

蘇婉嫌棄地躲開，不小心扯了他幾根頭髮，喬勐齜牙咧嘴，又要轉身去鬧她。蘇婉不讓，喬勐作勢要拿水潑她，蘇婉先一步潑了他，兩人鬧成一團。

鬧完後，蘇婉全身都濕了，喬勐心裡一動，直接把她拉進了木桶……

等喬勐的頭髮擦乾後，夜都靜了。姚氏和銀杏在內室裡幫著收拾一番，這才離開。

蘇婉吐口氣，捶了捶腰，躺進了床。喬勐熄了燈，也跟著爬進去，並沒有躺下，而是接過蘇婉手上的蒲扇，幫她搧了起來。

「娘子，這段日子辛苦妳了。」喬勐一邊幫她搧風、一邊從枕頭底下的暗櫃裡拿出他一回來就放進去的包袱，把裡面的東西一股腦兒捧到蘇婉跟前。

這會兒，蘇婉有些睏了，半掀開眼皮。「什麼東西？」

「我賺的銀子！」

蘇婉立時睜開了眼，包袱裡是六個五十兩的銀錠子，還有一些碎銀，和一支金釵、一只玉鐲。

「不錯啊！」蘇婉拿起銀錠子在手裡掂了掂，又有種想用牙去咬的衝動。

喬勐把蒲扇搧得更帶勁了。「嘿嘿，娘子不知道，餅子和炸串在上京碼頭夜市有多受歡迎，我們走的時候，那些食客還問什麼時候再去呢。」

隨後，喬勐跟蘇婉講起這段時日在上京的見聞，還有上京的繁榮與熱鬧。上京夜間擺攤是有特定的夜市，還有專為外地來的人開的攤位，只要交保金即可進入。

喬勐講得興致勃勃，蘇婉摸著銀子，靜靜地聽著。

講了小半個時辰，喬勐終於想起來包袱裡的金釵和玉鐲。「這些是我在上京的金樓裡買的，他們說這家的東西最好看了。」

他說著，拿起金釵在蘇婉頭上比了比，一臉很滿意的樣子，然後又把玉鐲套進她手裡。

「好看。」他拉著蘇婉細細的皓腕看了看，點點頭，對上蘇婉笑吟吟的雙眼，又道：

「我家娘子好看，戴什麼都好看。」

蘇婉點點他的額頭。「這嘴去了上京一趟，也變得不一樣了。」

「哪有，我每天光想著怎麼賺錢，連那邊的小娘子長什麼樣都不知道。」喬勐立即挺直身子，連帶搖的風都變得正經起來。

「我又沒說你幹什麼去，這個樣子做什麼？」蘇婉把玩銀子玩夠了，將銀子和金釵一同塞進她藏在枕頭下方暗格裡的錢匣子，然後把破包袱巾還給喬勐。

她重新躺下，一臉心滿意足地拍拍枕頭。

被冷落的喬勐不依了，連忙跟著側身躺下。「娘子，妳是不是應該有話對我說？」

蘇婉疑惑地看他一眼。「九斤不是把家裡的事都告訴你了嗎？」

喬勐搖頭。「不是。」

「嗯……我是有件事沒告訴你。」

喬勐一怔，心跳加快。「什麼事？」

「我接曹家的那件活兒，曹二太太光訂金就給了三百兩，還有幾疋布和上等繡線。」

原本等誇獎的喬勐連蒲扇都不搖了，躺平望著幔帳頂，兩眼無神。

他家娘子危難時刻，他沒陪在身邊，連掙銀子的能力也……

唉……

「你怎麼了？」風突然停了，蘇婉側首去看喬勐。

「沒什麼。」喬勐把臉埋在枕頭裡，悶聲道。

蘇婉立即知道為什麼了，戳戳他的腰。「你不是還帶回了一批上京的貨嗎？」

喬勐點點頭，還是高興不起來。

「二爺，我熱！」蘇婉用腳踢踢喬勐，喬勐立即又幫她搧起來，只是臉依舊沒露出來。

蘇婉瞧著他這樣子，不由暗笑，轉頭面對喬勐，捏捏他的耳垂。「二爺，你這銀子對咱們家來說，正及時呢！」

「嗯？」喬勐納悶。

「我把那三百兩銀子敗光了。」

喬勐慢半拍地從枕頭裡把臉露出來。「不就是買了個鋪子？」

「嗯，那鋪子帶了間小院子，我把四個繡娘和蓮香暫時安置在那裡。現在包吃住，還沒有發月錢，暫時由她們自己輪流做飯。我打算幫她們請個廚娘，還有打雜的婆子。

「咱們家也需要廚娘，總不能讓白果一直做飯吧。還有，家裡沒個門房，你身邊連個能做瑣事的人都沒有。」

蘇婉絮絮叨叨，又講起繡坊各種繡品的料子、繡線等物品，還有家裡的一應開銷。

喬勐聽蘇婉一說，頭都大了，而且臨走前，他又跟鐵鋪訂了十個小鐵鍋，錢還沒付呢。

頓時覺得，自己帶回來的銀子算個屁，還洋洋得意，呸！暗自唾棄自己，整個人蔫了。

「對了，蓮香要拜我做師父，我還沒應諾她呢。你說，我要不要收下她？」蘇婉轉了話題，跟喬勐說起自己的苦惱。

「妳想不想？」喬勐只問了這一句。

「想也不想。」蘇婉抿抿唇，她也拿不定主意。

喬勐問她為何，蘇婉便將自己的顧慮說給他聽。

喬勐聽完，拍拍她。「只管做妳想做的，其他一切有我！」

蘇婉點點頭，望著從窗隙間流瀉的月光，思念起故鄉，可她再也回不去，再也見不了那些可愛的徒弟們。

「好。」蘇婉低聲應道。

喬勐不知道為什麼她突然難過起來，連忙將她往自己懷裡帶了帶。

「別擔心。」

不管妳過去是誰，妳現在是我的。

無論妳在想念誰，希望妳能如同想他們一般，想著我。

第二日，蘇婉把蓮香叫過來，說是同意她拜自己為師，把蓮香喜得眼淚汪汪。

蘇婉嘆息，覺得蓮香哪裡像個二十五歲的人，說十五都嫌大。

蓮香也覺得自己好似年輕了十歲，往日陰鬱一掃而空，對著蘇婉，只是一個勁兒的歡喜，便去準備拜師要用的東西。

等蓮香行過拜師禮後，出去溜達一圈的喬勐回來了。

「娘子，我明早就去臨江，妳要不要去？」

蘇婉愣了下，她是應該同喬勐去喝趙立文的喜酒，但喬勐說不必去，怕碰上他那位嫡母，給她難堪。

「不是去趙三家，是回妳娘家看看。」喬勐看出她的疑惑，連忙又道了一句。

「啊？」這下蘇婉更為難了，她和原主娘家更是不熟，不過回去看看也好，便答應了。

這事最高興的，莫過於姚氏與銀杏她們。但蘇婉只帶姚氏回去，要白果和銀杏留下。

「銀杏，妳幫我看管繡坊，安排繡活。」這些事，這幾日是蘇婉讓姚氏帶著銀杏做的。蓮香她們被毓秀坊壓迫著，只管做繡活，那些和人打交道的事，是不讓她們碰的。上次，鄭氏一再要求要親自和繡娘談，又有曹家的地位撐腰，胡管事才允許她們見面。

銀杏癟了癟嘴，雖然有些失落，還是應了下來。若是那麼一間鋪子真就給幾個繡娘作主了，她也不放心。

「白果，大根他們每日要回來吃飯，還是暫時辛苦妳們。等從臨江回來，咱們再添些人手，就不用老是讓妳做飯了。」蘇婉對白果道了一句。

白果連連擺手。「沒事，婉娘子，我能做的。」

等蘇婉說完，新進弟子蓮香見自家師父將目光轉到自己身上，連忙道：「蓮香一定帶著姊妹們好好做繡活。」

蘇婉點點頭，只道回來再幫她授課。

喬勐聽完她一大堆的吩咐後，早不耐煩了，見她安排好，就拉起她，往門外走了。

蘇婉被喬勐牽著走，要小跑才能跟上他的步伐，姚氏也跟在後面追著他們。

「二爺，你要做什麼？」

「給岳父岳母帶些平江特產過去。」

「那你慢些，我還沒換衣裳呢！」

喬勐放慢步伐。「沒關係，妳這樣就很好看了。」

蘇婉白他一眼。「你去買不就好啦，為什麼要帶上我，我的繡活還沒做完呢。」

喬勐腳下一頓，歪了歪頭。「這不是因為我沒銀子嘛。」

蘇婉無言了。

最後，買完要帶給蘇家人的禮品，喬勐又把蘇婉帶到鐵鋪，指著那十只鍋子，睜著大眼睛，無辜地看著她。

蘇婉只得讓姚氏付了錢，領回那十只鐵鍋。

「娘子，妳真好！」

蘇婉哭笑不得。

第二十五章

蘇家住在臨江下面的水烏縣。喬勐喝完趙立文的喜酒後，也跟著蘇婉住在蘇家。

趙立文拿到那四件扇套，很是喜歡，大大方方給了超出市價兩倍的銀子給喬勐，讓他帶給蘇婉。

收下銀子的喬勐，更加自閉了。

蘇婉抽空給趙三奶奶繡了兩件鴛鴦戲水小屏風擺飾，作為賀禮。

這兩件小東西，得到了趙三奶奶的喜愛，直言想見一見蘇婉。

喬勐去臨江處理從上京帶回來的貨了，蘇婉窩在她未出閣時待的閨房裡，縫補著曹三姑娘的嫁衣。

蘇母陪在一邊，看著她做繡活。

「真好。」蘇母看了又看蘇婉繡架上的嫁衣，突然說了一句。

蘇婉一直在埋頭繡花，這會兒抬頭活動肩頸，聽著蘇母的話，不由轉頭去看跟她有五分像的蘇母。

「娘，什麼真好？」

蘇母搖著扇子，站起來，走到蘇婉身後。「這件嫁衣好。唉，妳說妳那姑奶奶早不顯靈，要是在妳沒嫁人前就顯了靈，妳的嫁衣也不至於那麼寒磣了。」

蘇婉出嫁時的嫁衣，是原主繡的，只是原主的繡工實在不怎麼樣，後來只好請了繡娘，幫著一起繡。

「您還提這事做什麼？」蘇婉沒辦法說原主，只好故作害臊地轉了臉，不讓蘇母再說。

蘇母是個略微豐腴的美人，白白淨淨，溫溫柔柔。三十出頭，看著就像二十出頭似的。說話帶著江南特有的柔儂腔，細聲細語。

「時間過得真快，我家婉姐兒也嫁人了。」蘇母的心思從嫁衣上，轉到蘇婉身上。

蘇婉笑笑，自從她回來，這話蘇母都快說過不下十次了。她是蘇母的長女，也是第一個離開她身邊的孩子，蘇母自然是多了幾分感慨。

「娘，我都十八了。」

「是啊，都當人家的娘子了。」蘇母摸摸蘇婉的頭髮，話鋒忽然一轉。「妳這個月癸水有沒有來？」

蘇婉一愣，臉色微紅。「還……還沒到日子呢。」

蘇母點點頭。「有什麼事要告訴娘，知道嗎？」

蘇婉想著，大概是姚氏跟蘇母說了什麼，心裡嘆口氣，藉著要專心做繡活，哄著蘇母，送她出去。

再次落針前，蘇婉想著，有個娘親牽掛，似乎也很不錯。

到了晚間，喬勐回來了，帶著一身酒氣。

蘇婉捏住鼻子，將一個勁兒往她跟前湊的喬勐往外推。「臭，快去洗乾淨再來。」

微醺的喬勐不幹，就要抱著蘇婉。「娘子，我從上京帶回來的貨物，有一家商行看中了，今日已經付了訂金呢！」

「哦，那你是和他們去喝酒嗎？」

「不是，是回來的時候，碰上岳父了，他拉著我去喝的。」喬勐把老丈人招了出來。

「我爹？他找你喝什麼酒？」蘇婉原本正坐在妝臺前，準備卸下釵環就寢，這會兒被喬勐一頓歪纏，都出了汗。

「嘿嘿嘿，不告訴妳！」喬勐想起岳父的話，傻笑一聲，賣起了關子。

蘇婉嫌熱，又嫌他煩，直接對著他的手背拍打一下。「快鬆開！」

喬勐搖頭。「不鬆，又不疼！」

蘇婉無奈，試著站起來，可身後的傢伙就像無尾熊，怎麼也不肯鬆手。

「你是不是好幾天沒被打，心裡不痛快了是不是？」

蘇婉帶著無尾熊，艱難地往床邊走，幸虧這會兒屋裡沒其他人，不然喬勐形象全毀了。

「娘子捨不得打我的。」賴皮無尾熊也不知是真醉還是假醉。

「你看我捨不捨得！」蘇婉好不容易把喬勐拖到床邊，帶著身後的人躺下。

「嗯！」一聲悶哼傳來。
喬勐被壓了，蘇婉剛想取笑他兩句，喬勐一個翻身就將蘇婉壓在身下。
蘇婉立即瞧見他那雙明亮的眼睛，不知道為什麼，伸手遮住了它們。
「娘子，我答應岳父的，絕不會食言。」喬勐也不管眼睛被遮，抓住蘇婉的手說道。
「我爹跟你說了什麼？」蘇婉很好奇。
「不告訴妳。」
「嗷！」喬勐的腹部忽然被膝蓋一頂。「娘子，妳要謀殺親夫啊？」
蘇婉還是推不開他，身上黏糊起來，感覺先前的澡白洗了。
「你快去洗漱吧。」跟喝醉酒的人講不了道理，連武力都無用。
「那……洗好澡，可以跟娘子睡嗎？」喬勐的身子往下壓了壓，在蘇婉耳邊吐著氣。
蘇婉回來前兩日，都是跟蘇母睡的，喬勐和她爹都被無情地拋棄了。
「你先去洗，我今晚不去我娘那邊。」
這話一出，原本壓在她上面的喬勐騰地躍起，跑掉了。
「娘子，等我啊，我等會兒就來！」
蘇婉笑出了聲，笑了一會兒，閉起眼睛，準備裝睡。
另一邊，喬勐認認真真洗刷自己，把自己洗得乾乾淨淨，香噴噴的。
等他洗完出來，發現他家娘子睡著了。還不是假的那種。

翌日，蘇婉早早醒來，看著身旁還在熟睡的喬勐，有些不好意思，悄悄起身，披了件衣服，直接坐到繡架前，打算先繡上一會兒。

「娘子，這段時日妳都這麼早起？」喬勐翻個身，發現身邊空了，睜開眼在屋子裡找尋，在窗邊找到了蘇婉的身影。

「嗯，晨間日頭好，正好做繡活。」蘇婉沒有回頭，應了聲，纖手在光影下拈著繡花針，針上穿著彩色繡線，隨著手腕轉動，一點點痕跡被覆蓋，新的美麗圖紋躍然而出。

喬勐點點頭，也跟著起身。

「今日二爺還要去臨江嗎？」

「不了，趙三要帶她媳婦過來。」喬勐揉了揉有些發脹的太陽穴和額角。

「啊？趙三爺他們要來？」蘇婉連忙轉身確認。

「嗯，他們來見我們，方便一些。」喬勐解釋一句。

上趙家喝喜酒時，喬勐被他父親逮著，訓了小半個時辰，還提起了蘇婉。喬勐只得說蘇婉身體不適，沒跟過來，不然肯定要去他嫡母那裡立兩天規矩。

「今日何時來？我得去告訴母親一聲，讓她安排一下。」蘇婉說著，起身打開房門，準備叫姚氏。

對於蘇家，趙立文算是貴客了。

喬劭擺擺手。「不用岳母準備，我說要請他吃火鍋的。」

這下蘇婉總算知道他把小鐵鍋帶上的用途了。

趙立文的娘子姓吳，模樣嬌俏，笑起來有一對小酒窩，很是天真可愛，蘇婉一見著，便心生喜歡。

吳氏瞧見蘇婉，也覺得親切，兩個人一見如故，互相見了禮後，蘇婉便拉著她進內室說話去了。

兩個男人，你看我，我看你，被她們扔在外間。

內室的繡架上蓋了一層遮灰布，看不出裡面是什麼。蘇婉帶著吳氏坐到窗邊，桌上零散放著布料跟繡針、繡線。

「乳娘，快去上茶，泡二爺的那罐。」蘇婉讓吳氏坐下後，朝姚氏道了句。

姚氏應了一聲。

吳氏和趙立文是偷偷出來的，只帶了貼身丫鬟秀菊，一看就是大家出來的，舉止得體。

秀菊對蘇婉和吳氏福了福身，道：「婉娘子，奴婢也去幫忙吧。」

吳氏正揀著繡線看，連連擺手。「去吧去吧。」

蘇婉從桌上的籮筐裡挑出一些她繡的小玩意兒，又吩咐姚氏。「帶好秀菊姑娘。」

「妳的手可真巧！」吳氏拿著一個個用布做成的，繡得很可愛的人偶小掛飾，翻來覆去地看，衷心誇讚。

「妳挑兩個，隨便選。」蘇婉指指桌上五個掛飾，大方地對吳氏道。

五個掛飾分別是貓熊、金絲猴、蝴蝶、小老虎，還有一隻哈士奇。樣式挺簡單的，是蘇婉補嫁衣補累了，隨手做的。

吳氏聽了蘇婉的話，也沒跟她客氣，挑選起來，左拿一個很喜歡，右挑一個很喜歡，左左右右的，為難起來。

「要是都喜歡，全給妳吧。」蘇婉見她這般，笑著說道，只是目光落在哈士奇上，有些不捨。

「不行，我娘跟我說，做人不能貪心，再喜歡也不能。」吳氏歪著頭，看著手裡的貓熊和蝴蝶，露出一分不捨，最後將蝴蝶換成小老虎。

「我就要這兩個了。」她選完，朝蘇婉露齒一笑，將其他三個放回籮筐裡。

蘇婉見她這模樣，不由跟著笑了笑。

「我可以叫妳婉姊姊嗎？」吳氏把小貓熊掛到自己的腰帶上，抬頭問蘇婉。

蘇婉點頭。「可以啊，那我叫妳鈴妹妹。」吳氏單名一個鈴字。

兩人說笑間，姚氏帶著秀菊回來，擺上茶和點心，又出去了。

「婉姊姊，聽說二爺喜歡喝茶，我那裡有從娘家帶的茶葉，是今年的明前茶，趕明兒託人送去平江給妳。」吳氏輕抿了口茶，對蘇婉說道。

蘇婉沒跟她客氣。「那先謝過了。」放下茶碗，問道：「妳有沒有特別喜歡的花樣？」

吳氏也放下茶碗，拈起一塊綠豆糕，歪頭想著，說：「我喜歡荷花跟芍藥。」

蘇婉點點頭。「我得了空，給妳繡一條並蒂蓮褶裙。」

「真的啊，婉姊姊真好！」吳氏拉起蘇婉的手搖了兩下，蘇婉拍了拍她。

「婉娘子。」姚氏帶著秀菊，將剝好的石榴、切花的各種瓜果片端上來。

「看看喜歡吃什麼。」蘇婉指了指瓜果盤。

「我都喜歡。伏天裡，我最喜歡吃冰鎮過的瓜果了。」

吳氏吃一口瓜果，眼睛笑得瞇成縫，突發奇想，問道：「可以在衣服上繡瓜果嗎？」

蘇婉想到現代各種做成水果蔬菜樣式的抱枕，朝吳氏點點頭，心裡有了點想法。

「平江好不好玩啊？我也想去看看，我從小到大都沒出過臨江呢。」

「還行，沒有臨江繁華熱鬧，但景色還不錯。」蘇婉穿越來這裡，也沒細細比較過平江和臨江的差別。

「下次三爺去平江，我就求婆母讓我跟去。」吳氏滿臉嚮往，但說到後面，小臉皺了起來。「唉，嫁了人好煩哪，處處都被管著，我好羨慕妳，婆婆離得遠，不用聽規矩。」

蘇婉點點頭，確實是，幸虧喬勐勇敢「爭鬥」，被分出去了，她才不用困在那宅院裡，還是要獎勵獎勵他的。

「所以，我們處處靠自己了。」

吳氏噘了噘嘴。「也是，我聽三爺說，二爺分家的時候，喬家沒分一點家當給他。」

蘇婉拿著帕子壓壓嘴角，心想趙立文是替喬勐留面子了，喬勐分明是被攆出家門的。

這邊說著，待在外間的喬勐和趙立文也說完了話，前頭有小廝來報，說蘇父回來了。

喬勐便派人去叫蘇婉，說要安排晚膳了。

蘇婉聽了起身，準備去幫著弄。肉跟蔬菜已經切好，放在廚房裡了。

「聽說是要做火鍋，我也想去瞧一瞧。」吳氏跟著起身，挽住蘇婉的胳膊，一臉好奇的樣子。

「嗯，好啊。」蘇婉帶著吳氏往廚房走去，路上同她說起火鍋的幾種吃法。

喬勐和趙立文默默跟在聊得熱火朝天的兩位娘子身後。

大多數時候，都是蘇婉在說，吳氏表示驚嘆，一直說著「真的嗎」、「太好啦」、「妳好厲害」這些話。

喬勐拐了趙立文一下。「你這娘子可以啊！」覺得要仿效仿效，別看他現在看不見他娘子的臉色，可從她走路的步伐、手臂擺動的樣子上，都可以看出，這會兒他家娘子心情好得很，而且笑聲也太爽利了些。

趙立文得意地用摺扇拍了拍手心。「那是自然。」

喬勐瞥他一眼。「就是比起我家娘子，還差了點。」

「什麼？我家娘子哪裡差了？」趙立文不依了，停下腳步，拽住喬勐。

「喂，你這是做什麼？這不是很明顯嗎，還要我說？」喬勐一副你眼睛不好的樣子。

趙立文更加不樂意了，為什麼他娘子沒有蘇氏好，手裡摺扇一揮。「我今天就要跟你好好說道說道！」

喬勐沒在怕的，衣襬一撩，一個抬腳踏在臺階上。「來啊，說道就說道！」

「行！」趙立文把扇子往脖子後面一插，跟他擺了一樣的姿勢。「我家娘子出身好，知書達禮，嬌俏可人！」

喬勐冷哼一聲。「我娘子長得好看，女紅好，廚藝好！」

趙立文取笑他。「還會揍人呢。」

「那也是好，揍得我歡喜。」喬勐脖子一梗，揚聲道：「你娘子嘰嘰喳喳，太吵了！」

「我就喜歡她這般的，我聽了，心裡高興。」

兩個大男人，為著誰家娘子好，針鋒相對，爭得臉紅脖子粗。

走在前面的蘇婉和吳氏只顧自個兒說話，沒注意身後的動靜，一個拐角，就把自家男人給忘了。

「喬二，你變了，你以前不是這般的。」趙立文痛心疾首。

喬勐差點翻白眼，直接一個掃堂腿掃過去。「真男人就憑本事說話！」

趙立文一個躍步，側身躲開，同時摺扇橫切，直指喬勐面門。喬勐仰頭閃躲，雙手分開，抓到趙立文的摺扇，雙手合十地搶過來。

兩人一來一去，打了起來。

這時，蘇家小丫鬟慌慌張張地跑進廚房，高聲叫著蘇婉。

「姑娘，不好了，姑爺和他帶來的客人打起來了！」

蘇婉正帶著吳氏準備做鍋底，兩個人一聽，相視一眼，連忙往外走。

姚氏和秀菊也面面相覷，急忙跟上。

「怎麼打起來了？」蘇婉問小丫鬟。

「奴婢不知。」

蘇婉的火氣噌噌噌又上來了，喬勐真是在哪裡都不讓人放心，她在心裡算著，有半個月沒揍他了。

她快步來到兩人打架的地方，這兩人還在打，你一腿、我一拳，卻是傷不著彼此。

「二爺！」

「三爺！」

蘇婉和吳氏同時出聲。

兩個男人看見她們，愣了一下，然後分開來。

「二爺，你這是做什麼？」蘇婉走到喬二爺面前，拉開他。「這才過幾天安生日子呢！」就敢在丈人家裡跟客人動起手來了。

吳氏拉過趙立文看了看，見他沒事，鬆了口氣。「你們為什麼打架啊？」

兩個男人同時沈默，又非常有默契地說，只是在鬧著玩，好兄弟好些日子沒見了，今日見著，感到高興。

「所以……你們就去打一架？」蘇婉深吸一口氣，為這種幼稚而感到不可思議。

「婉娘子，我們真是鬧著玩的。以前我經常和喬勐這般，說不下去，就用武力切磋。」趙立文怕喬勐回去挨揍，跟著解釋了一句。

「那你和二爺誰更厲害？」吳氏一派天真地問趙立文。

「當然是爺了！」喬勐搶先道。

這話一出，蘇婉更加來氣，基於外人在，要給喬勐面子，只暗暗揪他一下。

吳氏有點不信，在他和趙立文身上來回掃視。趙立文當然也覺得是自己更勝一籌，眼瞧著，又要爭論起來。

這裡人多眼雜，蘇婉制住喬勐，讓他不要說話，不要惹事，便沒再糾纏，又帶著吳氏去廚房。

兩個男人也慢悠悠地跟在後面，不打架了。

第二十六章

等鍋底和蘸料配好後，蘇婉讓人把火鍋端至蘇家用膳的地方。

喬勐不是只帶了一只鐵鍋，帶了兩只，一只送趙立文，一只留給蘇家。

在一盤盤肉與蔬果端上桌之前，蘇婉吩咐喬勐，先幫鍋子上煤炭。

「娘子，老爺和太太來了。」

兩只小鐵鍋裡，一只是辣鍋，一只是漂著生薑、蔥、紅棗的清湯鍋，此時霧氣騰騰，紅綠相間的肉菜在湯汁裡翻滾，香氣溢滿整間屋子。

起初吳氏還顧著蘇家長輩在桌，吃得斯文，漸漸地抵不住這小鐵鍋的魅力，左手拿帕子壓在有些發紅的嘴下，小口小口吸著氣，右手的筷子卻一刻沒停。

不只她如此，其他人亦是。

蘇父和蘇母是大家長，還矜持些，蘇婉的弟弟妹妹們可就管不住自己了，連喬勐和趙立文也矜持不了。

「大姊，這個吃法，聽姊夫說是妳想出來的？」蘇二郎辣得滿面紅光，不停用手搧著風，嘶嘶兩聲，連喝幾口用冰水兌的果子汁後，才一臉好奇地問蘇婉。

他這一問，其他人也用相同表情看著蘇婉。蘇家人對於蘇婉，心裡都是帶著些疑問的，因為她嫁人後，性格變了不少，好像也比在家裡時聰慧了。

「就是沒事自個兒琢磨出來的。」蘇婉淡淡道，不太想聊這些事，便用公筷，涮了幾片五花肉給幾個弟妹，希望能堵住他們的嘴。

「唔，真好吃！」吧唧著嘴發出聲音的是蘇婉的小妹蘇妙，今年才七歲，已經可以自己吃飯，但只能吃些清湯鍋的肉菜。身上套了件套衫，前面還有兩朵小花，是蘇婉繡上去的。這會兒她吃得湯汁和醬汁流成一片，嘴饞得還想去摳衣服上的醬汁。

蘇婉見著，搖頭失笑，對蘇妙招招手。

蘇妙見她叫自己，連忙跑過去，揚起小臉。「大姊叫妙兒有什麼事？」

蘇婉摸摸她頭上的兩個小髻。「來，大姊弄給妳吃。看看妳，都成一隻小髒貓了。」

蘇妙彎眉笑。「謝謝大姊。」蘇家女兒個個都是美人胚子，蘇妙小小年紀，便依稀可看出日後的閉月之色。

她和蘇婉有著蘇家特有的小梨渦，只是蘇婉不明顯，她的很明顯。

喬勐看著兩人相處的模樣，心中不由一熱。蘇小妹和蘇婉有三分像，若是他家娘子生了個女兒，是不是也是這般？

「現在大姊怎麼這樣喜歡小妹了？」蘇二郎明明記得，以前他家大姊不怎麼喜歡老是黏著她的小妹。

「吃你的！」蘇父瞪了蘇二郎一眼。女子成了親，喜愛孩子還不是正常的事？

「趙家哥兒，鈴姐兒，來，吃些甜菜，這甜菜是自家後院種的。」蘇母暗自踢了蘇父一腳，又招呼趙立文和吳氏。

喬勐坐在蘇父旁邊，這一腳的腳風都帶到他這裡了，正在吃菜的他，差點被嗆到。

原來，娘子訓人的方法是有根源的。

他現在覺得，一直對他很溫和、帶著笑容的丈母娘，有點……不好惹。

他默默地往蘇婉跟前靠了靠。

因著是夏日，吃完晚膳，這會兒天色才微微暗了些。撤了飯桌，孩童散去，只留下已十六歲的蘇二郎。

蘇家父母坐上首，趙三爺為客坐左下。蘇婉夫妻陪坐在對面，蘇二郎侍於親長左右。

「岳父，岳母，小婿今日借娘子之手做的火鍋，您看如何？」喬勐率先開口問道。

「自是好的。」蘇父鼻間還殘留著火鍋的香氣。

「趙三覺得呢？」喬二爺又問趙三爺。

趙立文看他一眼，展開摺扇搧了搧。「嗯，還不錯。」

「我覺得好吃。」吳氏補上一句。

趙立文無奈地用摺扇遮了額頭。

「哈哈，有嫂子這話，我便放心了。」

蘇婉聽到這裡，自然知道，喬勐肯定有關於賣火鍋的想法。

「你有什麼想法，只管說出來，別兜圈子了。」蘇婉端起茶碗，喝了口茶，對喬勐道。

喬勐嘿嘿笑一聲。「知我者，娘子也！」

「咳……」趙立文受不了，清了下嗓子，轉頭幫他娘子搧起風來。

吳氏瞥他一眼，納悶地說：「官人，我不熱。」

喬勐笑，趙立文氣悶。

蘇婉拍額頭，只當沒看見。

「前些日子，娘子說希望我能做火鍋的生意，我考慮了些日子，覺得可行。」喬勐在秀恩愛裡得勝，連帶腰板都挺直了。

其他人正色聽著他說。

「但是我覺得，要想做大做好，靠我一個人是不行的，娘子在平江開了間繡坊，以後也會越來越忙，連現在都不得閒。」喬勐繼續說道：「我呢，手上也有其他生意，肯定不能專心做這事。」

蘇父點點頭。「所以賢婿的意思是，想讓蘇家也插手？這是不是有些不好？」

喬勐問道：「為何？」

「你是喬家人，為何不尋喬家人一起做？喬家是你的助力，蘇家於你，不光不能給幫助，還可能拖後腿。」蘇正林如實說。

「岳父難道還不知我如今在喬家的處境？」喬勐臉上陰沈一閃而過。

蘇父內心嘆息，正是因為知曉，喬勐來跟他說，他會被分出去單過，他和蘇母才敢同意這樁婚事。

喬勐找上趙立文，自是因為兩人交情，拉上蘇家，實則臨時起意，一來他想幫幫他娘子的娘家，二來是經過這幾日的相處，發現蘇家人待他娘子是真心好的。三來，他發現他這大舅子不愛讀書。

「這火鍋難就難在醬料和鍋底上，兩個方子都在娘子手上。」喬勐又補了一句。

「她既嫁了你，自是喬家人，無須為了這個，就要送利給我們。」蘇父撚了撚短鬚道，

自然明白，女婿是想帶上他的長子。

他只是水烏縣的小小縣丞，以往萬萬沒想到，能和臨江知州家做親家。

「娘子是您的女兒，而我也算是您的半子。」喬勐對上蘇正林的目光，定定看著他。

「父親，母親，無須太過為難，二爺與我是真抽不開手，可若不做這生意，覺得是個遺憾，既然他有這份心，你們受著便是。」這件事，蘇婉才是最有發言權的人，看了看喬勐，又看自家爹娘，隨後說道。

既然喬勐有心想拉拔她娘家，搭上趙家，她自然是好。

算了，等會兒就不收拾他了。

「爹，我想做，我真的不喜歡讀書，想跟著姊夫做生意。」這幾日聽著喬勐提起去上京

做生意的見聞，蘇二郎不由心生嚮往。

他這一說，蘇家夫妻相視一眼，良久蘇母暗暗點了個頭，蘇父這才鬆口，說是想聽聽喬劭的計劃。

自從喬劭覺得自己的賺錢能力遠低於娘子後，悶了一段時日，最近重新振作起來，日日琢磨著，自然琢磨出了些東西。

他口若懸河，滔滔不絕將他的計劃說出來。

首先，他們先開一家火鍋店試營業，地址待定。他娘子出秘方，他出鐵鍋，趙家出鋪子，蘇家出人。蘇二郎畢竟沒有做過生意，要先累積經驗。

接著，是關於火鍋店的經營。

趙立文有一下、沒一下地揮著扇子，低著頭聽，吳氏眼睛睜得大大的，目光渙散地看著前方。

蘇二郎倒是興致勃勃，滿臉崇拜地看著喬劭。

蘇婉揉揉眼睛，早知道，就帶點東西來繡一繡了。

好不容易，喬劭停了下來，趙立文立即接話，針對他的計劃，提出若干疑問。

兩個人一來一去，熱烈討論了起來。

蘇婉打了個哈欠，抬頭見對面的吳氏也打哈欠，悄悄對吳氏眨了眨眼，吳氏一臉呆相地看著她。

蘇婉起了身。「父親，母親，孩兒有些累，先告退了。」說完，又對吳氏道：「鈴妹妹，妳不是要看並蒂蓮褶裙的花樣子？」

吳氏一聽，立即站起來。「對對對！」跟著蘇婉走了。

蘇婉帶著吳氏回她的房間。

「今日要不要在我家裡住下？」

「不用不用，三爺來時便知今夜應該回不去，已經訂好客棧。」這會兒，吳氏蹦蹦跳跳的，來了精神。

「那倒也好。」蘇婉也不睏了，笑道。

「婉姊姊，妳家二爺好能說呀！」吳氏挽著蘇婉，皺了皺鼻頭。

蘇婉打趣她。「三爺的話也不少。」

「嘻嘻，也是，我第一次聽他說這麼多話。我在家裡見他，總是不苟言笑，還沒見過他這一面呢。」

「是啊，我也見了二爺很多不同的面。」

「我瞧得出來，喬二爺很疼愛婉姊姊。以前我總聽人家說，喬家二郎多壞，有多不好，現在見著人才知道，原來根本不是那樣。」吳氏說著，有些不好意思地看蘇婉。「我知道三爺和二爺交好時，還有些不高興，後來聽三爺講了二爺許多事，覺得他也挺不容易的。」

蘇婉好奇地問吳氏。「三爺說了哪些事啊？」

喬勐的過去，她也不太清楚。

吳氏便拉著她，把趙立文說的，如倒豆子般，全說給蘇婉聽。

比如喬勐小時候因為打碎哥哥的筆洗，便被嫡母罰跪一夜。最後還是他的乳娘求到老夫人跟前，才把他救回來。再晚些，膝蓋就要廢了。

還有，誣陷他偷她的首飾；弟弟們撕壞了他的作業，他和弟弟們打架，被罰的也是他，還有很多很多……

就嫡母這種一點也不高明的手段，也幾次三番差點要了他的命。

可最讓喬勐心寒的，是喬家人的漠視，是他父親的不作為。

此刻，蘇婉很想將這個小可憐抱進懷裡哄一哄。

而還在討論火鍋店該如何開的喬小可憐，冷不防打了個噴嚏。

「嘿，我家娘子才離開我幾步啊，這就想我了？」

等前頭談完事情，月牙已高高掛起。

送走趙立文夫婦，蘇婉和喬勐回了臥房。

「娘子。」一進屋，喬勐便支開姚氏，將蘇婉推到床邊坐下，搬了張椅子坐到她跟前，乖巧地伸出手心。

蘇婉不明所以，側頭納悶地看他一眼，隨後略遲疑地將自己的手放上去。

這下換喬勐滿臉困惑了。「娘子，妳……妳不打我嗎？」

「我為何要打你？」

「今日我跟趙三嬉鬧打架了。」而且喬勐在心裡算了算，他娘子這次真的好久沒「教育」他了。

蘇婉笑起來，將放在喬勐手心裡的手抽出，反手啪地拍了一下。「好了，打完了，快去洗漱吧，你身上一股火鍋味。」很敷衍地推了推喬勐。

喬勐不太開心，開始亂想起來。「娘子，妳是不是很生氣？沒事的，我皮糙肉厚，多打幾下也沒關係。」

他好怕她這樣敷衍、平淡地對他。

「你這人真是不知好歹。」蘇婉被喬勐這話逗樂了。「真不打你，打了你，你就能長記性了？快去洗漱吧。」

她說著，站起身拉他一把，表示她真的沒有生氣。就算有氣，也被他的淒慘童年故事給消磨了，恨不能過去抱一抱、哄一哄兒時的他。

喬勐不知道自己被好兄弟添油加醋講了一堆淒慘過往，惹得他家娘子對他心生憐愛。見蘇婉真不像有氣的樣子，只好起了身。

他走了兩步，拉開領口聞了下，嗯，真的一股火鍋味，難怪娘子嫌棄。

喬勐想著，又回頭看蘇婉一下。

蘇婉朝他擺擺手，示意他趕緊去洗漱。

等兩人清理好自己，已是深夜。

蘇婉側躺在喬勐旁邊，睡不著，戳戳洗完澡便睏意濃濃的喬勐。

喬勐勉強睜開半隻眼。「怎麼了？」

「咱們現在在水烏，這幾日你也一直往臨江跑，你說喬家會不會知道？咱們是不是該去請個安？」

「不去！」喬勐嘟囔一句，翻個身，他聽見喬家兩個字就煩。

蘇婉把他拉回來。「若是被他們知曉，我們來臨江，卻未登門請安，到時對你又是一頓編排。」

「管他呢，我都習慣了。」喬勐的好脾氣似乎全給了蘇婉，面對其他人的時候，永遠是不耐煩與暴躁。

蘇婉心裡還是沒底，她也不想面對臨江的喬家人，在聽了他們怎麼對待喬勐後，更是不想。但是這個時代，孝道就像頭頂上的一座山，稍有差遲，能壓死人。

她家二爺其實心腸不壞，人也不算差，可那些傳言就像能吃人的老虎，若是不解決，遲早要傷害喬勐。

「二爺，二爺。」蘇婉待要再說什麼，喬勐已經打起小呼嚕，怎麼叫也沒用了。

她嘆息一聲，也閉上了眼。

次日，趙立文又登門同喬勐還有蘇家人再次談了火鍋店的事，走的時候，笑容滿面。

喬勐回來，告訴蘇婉談成了。到底怎麼談的，蘇婉沒過問，反正她出技術，不過問經營，他們愛怎麼搞就怎麼搞。

之後，喬勐的貨物變成銀錢時，蘇婉也把曹三姑娘的嫁衣補好了。

蘇婉本想親自去臨江，交到曹家人手上，但喬勐強烈反對。至於為何反對，自然是不想讓她去喬家，彷彿那裡有洪水猛獸。

兩人商量了一番，喬勐讓人去通知曹二太太，讓她帶人來水烏取嫁衣。

蘇家人除了蘇母，其他人不知蘇婉在繡什麼，所以鄭氏來取嫁衣時，也並未久留。

送走曹三姑娘的嫁衣後，蘇婉和喬勐也與蘇家人道別，回平江去。

臨走時，兩人還帶走了蘇二郎和想去玩玩的蘇妙。

——未完，待續，請看文創風928《金牌虎妻》2

為流浪貓狗加油 和貓寶貝 狗寶貝

廝守終生(一定要終生喔！)的幸福機會

對人來說，貓寶貝狗寶貝只是生活的一部分，
但妳（你）對牠們來說，卻是生活的全部，領養前請一定要考慮清楚——

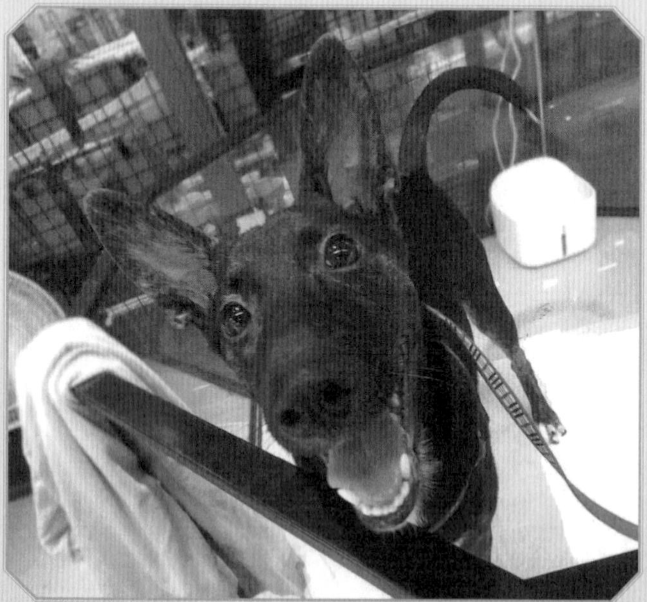

▲ 動靜皆美的小公主 童童

性　　別：女生
品　　種：米克斯
年　　紀：8～10個月左右
個　　性：活潑好動
健康狀況：已完成三劑幼犬疫苗＆體內外驅蟲；
犬瘟、腸炎、心絲蟲皆為陰性
目前住所：新北市新店區

本期資料來源：中途陳小姐

『童童』的故事：

胸前有一撮白毛的童童，曾於去年十一月初被認養，可惜中途只開心了一星期，因為領養人家中的貓咪無法接受童童，於是牠只好又回到中途家中，現在要再重新出發找新家～～

童童是隻貼心又靈動的小女生，一天二十四小時牠的蹤影總是會讓人備感溫暖。白天，牠活潑好動又愛講話，對於外面的世界總是充滿好奇心，一見有新鮮的事物都喜歡去探索一番、開懷大叫；晚上，牠化身暖暖包，會躺在人身邊陪睡，到了早上該起床的時間，甚至會用一個早安吻來喚醒你。

中途非常希望能幫貼心的童童找到幸福一輩子的家，所以若您是喜愛戶外活動的朋友，牠會是非常適合的良伴喔！不過領養前還請詳閱認養資格，勿因一時衝動而領養。如果決定好了，就請連絡中途周小姐LINE ID：valeria0901吧。

認養資格：

1. 認養人須年滿二十歲，若與家人同住，請先徵得家人或房東的同意，
   以免日後因家人或房東不同意的理由而棄養！
2. 不因工作、唸書、搬家、結婚、生育、移民、男女朋友分手而棄養童童，並要具備飼養寵物之耐心。
3. 童童尚在幼齡期，會因為長牙、換牙而咬家裡的東西，甚至關籠時有可能會該該叫，
   長大後是一般中型犬大小，這些成長過程若能接受再來領養喔！
4. 這時期的童童需要細心照顧，若工作繁忙、長時間不在家，不建議領養。
5. 須同意結紮，負擔晶片轉移費NT$100，並簽認養寵物切結書。
6. 須同意送養人日後之追蹤探訪，對待童童不離不棄。
7. 狗狗沒有健保，醫療費可能從幾千甚至到幾萬都有可能，請衡量自身能力與經濟狀況再來領養！

來信請説明：

a. 個人基本資料：姓名、性別、年齡、家庭狀況、職業與經濟來源等。
b. 想認養童童的理由。
c. 過去養寵物的經驗，及簡介一下您的飼養環境。
d. 若未來有結婚、懷孕、出國或搬家等計劃，將如何安置童童？

2021
過年書展
狗屋

我的書櫃春意濃濃

牛角掛書好快樂

2/1(8:30)~2/21(23:59)

Bang！新書75折

文創風 923-926 清棠《書中自有圓如玉》全四冊

文創風 927-929 橘子汽水《金牌虎妻》全三冊

Wow！舊作一樣精采

【72折】文創風870～922

【66折】文創風750～869

【49折】文創風594～749（加蓋 ⓔ ㊣）

Yo！銅板價不買就虧大了 此區加蓋 ㊣

【70元】文創風001～593

【50元】花蝶/采花/橘子說全系列（典心、樓雨晴除外）

【3本20元】小情書全系列、Puppy1～300

【15元】Puppy301～546

清棠姊姊發紅包嘍！

《書中自有圓如玉》任1本＋文創風 872-874《大熊要娶妻》任1本

→ 即贈 紅利金 20元，買齊全套三冊就贈 紅利金 60元

※加購舊書1本贈紅利金20元，2本40元，最多可獲得紅利金60元

※以單筆訂單交易為主，限下次購書時使用

2/16 歡喜冤家與您不見不散！

橘子汽水 婦唱夫隨，富貴花開

左手生財，右手馴夫，
這穿越後的日子可有得忙了呀～～

文創風 927-929《金牌虎妻》全三冊

唉，一朝穿越就直接當人妻，丈夫還是被踢出家門、靠收保護費度日的失寵庶子，
本性不壞，但打架鬧事如家常便飯，根本像她養過的哈士奇，一日不管便闖禍！
幸好丈夫喬勐天不怕地不怕，就怕惹她生氣傷心，還有她那根聞名鄉里的家法棍，
關起門來懂得跪算盤認錯，她就不跟他計較了，定把他調教成有出息的忠犬，
從此街頭一霸變成唯娘子是命的妻管嚴，她馭夫的名聲在平江可是響叮噹啊～～
接下來還有更重要的事得做──喬勐口袋空空，以前收的保護費還不夠養家呢！
眼看喬家不肯給金援，打算讓他們自生自滅，再不想辦法賺銀子就要餓肚子了。
幸好前世她是精通雙面繡的刺繡大師，又擅長廚藝，乾脆用這兩樣絕活來掙錢吧！
孰料她準備一展身手之際，喬勐無端捲入傷人官司，縣令盛怒將他抓進牢裡。
她的生財大計豈能少他出力，如今禍從天降，她該怎麼替他解圍才好……

2021
過年書展
狗屋

姊姊妹妹扭一NEW，牛出一個好喜氣

抽獎方式　活動期間內，只要在官網購書並成功付款，系統會發e-mail給您，並附上抽獎專用之流水編號，買一本就送一組，買十本就能抽十次，不須拆單，買越多中獎機率越大

得獎公佈　3/10(三)於狗屋官網公佈得獎名單

獎項

經典獎	5名	創意天后莫顏最新力作《莽夫求歡》全一冊　電子書2月上架
新書獎	3名	《書中自有圓如玉》全四冊
	3名	《金牌虎妻》全三冊
狗屋獎	3名	紅利金 600元
	3名	紅利金 300元
	3名	紅利金 200元

過年書展 購書注意事項：

(1)請於訂購後**三日內**完成付款，最後訂購於2021/2/24前完成付款才算有效訂單喔！
(2)寄送時間：若欲在過年前收到書，請於**2/5前下訂並完成付款**。
2/6後的訂單將會在2/17上班日依序寄出。
(3)購書滿千元(含)以上免郵資。未滿千元部分：
郵資65元(2本以下郵資50元)／超商取貨70元(限7本以內)／宅配100元。
(4)特賣書籍因出書時間較久，雖經擦拭、整理，仍有褪色或整飾痕跡，故難免不如新書亮麗。
除缺頁、倒裝外無法換書，因實在無書可換，但一定會優先提供書況較良好的書給大家。
若有個人原因需要換書，需自付來回郵資。
(5)各書籍庫存不一，若遇缺書情形可選擇換書或退款。
(6)歡迎海外讀者參與(郵資另計)，請上網訂購或是mail至love小姐信箱
(love@doghouse.com.tw)詢問相關訊息。

狗屋有權修改優惠活動的實施權益及辦法。

風 文創

927

金牌虎妻 1

國家圖書館出版品預行編目資料

金牌虎妻 / 橘子汽水著. --
初版. -- 臺北市 : 狗屋出版社有限公司, 2021.02
冊 ; 公分. --(文創風)
ISBN 978-986-509-184-2(第1冊 : 平裝). --

857.7　　109021489

著作者　橘子汽水
編輯　安愉
校對　黃薇霓
發行所　狗屋出版社有限公司
地址　台北市104中山區龍江路71巷15號1樓
電話　02-2776-5889～0
發行字號　局版台業字845號
法律顧問　蕭雄淋律師
總經銷　知遠文化事業有限公司
電話　02-2664-8800
初版　2021年2月
國際書碼　ISBN-13　978-986-509-184-2

本著作物由北京晉江原創網絡科技有限公司授權出版

定價260元
狗屋劃撥帳號：19001626
網址：love.doghouse.com.tw　E-mail：love@doghouse.com.tw